Charlotte Kerner
Kopflos

PIPER ORIGINAL

Charlotte Kerner
Kopflos

Roman um ein wissenschaftliches Experiment

Piper München Zürich

Originalausgabe
Februar 2008
© Piper Verlag GmbH, München 2008
Satz: psb, Berlin
Druck und Bindung: Clausen & Bosse, Leck
Printed in Germany   ISBN 978-3-492-27146-2

www.piper.de

Inhalt

Meisterstück
Prolog

Dieses Buch erzählt die Geschichte eines Mannes, der bei seiner Geburt bereits fünfundzwanzig Jahre alt und einen Meter und dreiundachtzig Zentimeter groß ist und neunundsiebzig Kilo wiegt. Er hat einen makellosen Körper und einen interessanten, leicht kantigen Kopf. Unter seiner Schädeldecke sitzt ein ausgewachsenes Gehirn, etwa tausendfünfhundert Gramm schwer und damit dreimal so groß wie das eines gewöhnlichen Neugeborenen. Seine gefalteten und gefurchten Hirnhälften verfügen zusammen über einhundert Milliarden Nervenzellen, und jedes Neuron bildet wiederum mehr als zehntausend Kontaktstellen. Eine Billiarde Synapsen kann er nutzen, um sich im Zellenuniversum seines Kopfes zurechtzufinden und in der Welt zu verorten.

Dieser Mensch ist kein Wunder. Er ist das Ergebnis jahrzehntelanger Forschung und ein wahrer Sohn des modernen Prometheus. Im einundzwanzigsten Jahrhundert sind aus den einsamen Rebellen, die Menschenbildner einst waren, interdisziplinäre neurowissenschaftliche Expertenteams geworden. Keiner wird mehr für das Wagnis bestraft, sondern es wird allen applaudiert und zu ihrem Meisterstück gratuliert.

Nur ahnt niemand, wer dieser Mann ist, der dort erschaffen wurde.

Und welches Schicksal ihn und alle erwartet, die das Meisterstück gewollt haben.

I Kreuzungen und Trennungen

»Ein paar Milliarden Zellen
im Dunkeln. Das Menschengeschlecht,
ein winziges Knäuel
zwischen Anfang und Amnesie.«

Hans Magnus Enzensberger
aus dem Gedicht Limbisches System

Es stellt die Welt immer auf den Kopf, wenn Kinder früher als ihre Mütter und Väter sterben. Falsch kommt es uns vor, widernatürlich und unmenschlich. Immer stürzt eine Zukunft ein, jedes Mal wieder und jedes Mal auf andere Weise. Und deshalb wird es nie zur Routine, Eltern den Tod ihrer Tochter oder ihres Sohns verkünden zu müssen. Es wird mit der Zeit nicht leichter; auch für eine Medizinerin wie Lena-Maria Kraft nicht, die das bereits Dutzende Male hatte tun müssen. Lena wünschte sich manchmal, sie wäre aus Stein. Doch weil sie das nicht war, trug sie bei solchen Gesprächen immer ihren weißen, altmodischen Baumwollkittel, der längst aus der Mode gekommen war, aber zu ihr gehörte wie eine zweite Haut.

Der ungewohnt steife Stoff, der sich völlig von den modernen, federleichten Kunstfaseranzügen unterschied, war für Lena wie ein Schutzpanzer. Nur in ihm hielt sie der Gefühlsflut stand, die an solchen Tagen über sie hereinbrach. Dass viele Kollegen diese Marotte belächelten, ob offen oder hinter vorgehaltener Hand, störte sie nicht. Dass sie deswegen als leicht egozentrisch galt, war ihr bestenfalls ein Schulterzucken wert. Niemand konnte ihr diesen Tick, und sie gab zu, dass es einer war, austreiben. Sie wusste selbst, was für Lena-Maria Kraft am besten war.

So war es immer gewesen.

An einem heißen Donnerstag im August nahm Lena um halb zwei Uhr nachmittags einen jener Kittel aus dem Schrank, der im Vorraum zu ihrem Labor stand. Nachdem sie das Kleidungsstück übergezogen hatte, drückte sie langsam jeden Knopf in den dafür passenden, etwas zu

engen Schlitz, der sorgfältig umsäumt war. Echte Hand-
arbeit war das, noch aus der Zeit ihrer Großmutter Maria,
von der sie außer der zweiten Hälfte ihres Vornamens
und der Begeisterung für die Medizin auch mehrere solcher Stücke aus Baumwolle geerbt hatte. Sie liebte den
Geruch des Stoffs und wie er sich anfühlte. Die inzwischen üblichen dünnen Nanotextilien berührte sie nicht
gerne, sie verursachten ihr Gänsehaut.

Das Bekleidungsritual beruhigte sie. Danach kontrollierte sie stets ihr Aussehen in einem großen Spiegel.
Wie jemand sie als Person wahrnahm, lag allein in ihrer
Hand. Im Labor und in der Klinik wollte sie anders wirken
als im Privatleben. Nur selten wurde sie von Patienten
und Kollegen auf der Straße, in einem Lokal oder an
anderen öffentlichen Orten erkannt, und das war ihr sehr
recht. Wenn sie nicht arbeitete, trug sie ihr Haar offen
und in die Stirn gekämmt, und Kontaktlinsen ersetzten
die Brille. In der Klinik dagegen band sie die halblangen
Haare streng zurück und ganz aus dem Gesicht, das betonte ihre hohe Stirn und ließ sie männlicher, fast andro-
gyn erscheinen. Zusammen mit einer dunkelbraunen
Hornbrille sollte es Kompetenz und Härte signalisieren,
sie abschirmen und Distanz schaffen.

Die Augen schminkte sie immer gleich stark, gleichgültig ob sie in dieser klimatisierten Prometheus-Kunst-
welt oder draußen weilte. Seit sie sich erwachsen fühlte,
und das hatte mit ihrem siebzehnten Lebensjahr begonnen, benutzte sie dunkle Lidschatten, blauschwarze
Wimperntusche und Kajalstifte, mit denen sie ihre Augen
umrandete. Dadurch wirkten die Augen manchmal wie
eingesunken und leicht verhangen, weshalb sie schnell
traurig aussah. Manchmal hatte diese Bemalung auch
etwas Komisches, besonders wenn sie im Laufe eines
Arbeitstages verwischte. Dann schien Lenas leicht melan-

cholisches Clownsgesicht durch, das etwas von dem zynischen Witz verriet, mit dem sie andere unterhalten, aber auch sehr verletzten konnte.

An diesem Augustdonnerstag hatte sie einen Einsatz als Transplantationsbegleiterin und musste auf die ZI-N, die zentrale Intensivstation, Abteilung Neurologie. Dort stand eine Hirntoddiagnostik an, schon zum zweiten Mal in dieser Woche. Normalerweise wäre sie gar nicht an der Reihe gewesen, aber ein Kollege hatte seinen Dienst mit ihr getauscht, weil er eine Veröffentlichung vorbereiten wollte.

Ihr Arbeitgeber, die Prometheus-Stiftung, die in Gemberg bis heute eine große Privatklinik auf dem Campus der alten Universitätsklinik betreibt, ist spezialisiert auf Transplantationen aller Art. Zur Prometheus-Philosophie gehört, dass die Neurowissenschaftler der Forschungsinstitute nicht nur im Labor oder theoretisch arbeiten, sondern auch in den Kliniken spezielle Aufträge übernehmen. Sie sollen dadurch den Kontakt zu den Patienten nicht verlieren, für die geforscht wird. Und das galt für alle, auch für Lena-Maria Kraft.

An diesen Tag und die hektische Zeit danach würde sie sich immer in allen Einzelheiten erinnern: Jede Geste und jeder Satz, die Gespräche und ihre Gedanken waren schon bald an das Wissen gekoppelt, dass der Neue und sie sich seitdem aufeinander zubewegten, langsam und zögernd zuerst, aber dann immer zwingender und schließlich unaufhaltsam. Er sollte ihr berühmtester Patient werden. Aber zuerst gab es nur Josef Metzig und dann Gero von Hutten.

Er ist ein Roman, und deshalb hat er einen Anfang wie jedes Buch, wie jedes Leben, in das ein Mensch meistens kopfüber hineinstürzt. Gero drückt sich gerne gewählt aus.

Und wie hat alles begonnen? Hals über Kopf oder Herz über Kopf? Josef ist stolz auf seine vermeintlich witzige Frage.

Doch Gero bleibt ernst. Ganz klassisch lief es ab, der Kopf kam zuerst, bevor sie ihm gleich zwei Leben schenkten.

Wieso zwei? Josef ist verwundert.

Deins und meins macht zwei! Kannst du nicht zählen? Gero klingt ärgerlich.

Nein, weil ich immer noch ziemlich kopflos bin, aber auf meine ganz eigene Weise, entgegnet der andere. Eins und eins ist manchmal eben doch nur eins.

Lena neigte zum Grübeln und Tagträumen – besonders an solchen Tagen, an denen die Welt kopfstand, weil Kinder früher als ihre Mütter und Väter starben. Aber sie hatte aufgehört, dagegen anzukämpfen. Nahm es hin, dass sie sich dann so krank und ohnmächtig fühlte wie die Angehörigen ihrer Patienten. Oder auch wie Rönne. Beim letzten Blick in den Spiegel an diesem Donnerstag, als sie die Falten des weißen Mantels glatt strich, musste sie an ihn denken, an dieses Alter Ego des Dichters und Nervenarztes Gottfried Benn.

Der Arzt Rönne war der Erzählung »Gehirne«, die sie zu Beginn ihres Medizinstudiums gelesen hatte, entsprungen. Seitdem war sie diesen Seelenverwandten nie wieder losgeworden. Rönne hatte genau wie sie im Laufe seines Berufslebens Hunderte von Gehirnen betastet, betrachtet und seziert. Am Ende aber presste er nur noch die kleinen Finger und seitlichen Handflächen zusammen und bildete einen nach oben offenen Schädelknochen nach. Doch seine Hände umfingen nichts, er starrte ins Leere. Alle »zerfließlichen« Denkorgane, die jemals durch seine Hände gegangen waren, hatten ihm seine große Frage nicht beantworten können: »Wie ist es denn mit den Gehirnen?« Sie hatten ihr Geheimnis bewahrt, und darüber war der Arzt verrückt geworden.

Das würde ihr nicht passieren, dessen war sich Lena ganz sicher. Und trotzdem fragte sie sich an diesen besonderen Tagen, welches Schicksal wohl sie noch erwartete.

So leer wie am Anfang des zwanzigsten Jahrhunderts, zu Rönnes Lebzeiten, waren die Hände der Wissenschaftler ihrer Generation schon lange nicht mehr. Jahrzehnt um Jahrzehnt mit Wissen angefüllt, drohten sie eher überzuquellen. Und Lena hatte immer öfter das ungute, manchmal auch verzweifelte Gefühl, diese Tausende von Puzzleteilen kaum noch halten zu können: farbige Aufnahmen der Gehirnstrukturen, elektrische und magnetische Denkspuren, aufgezeichnete Gehirnwellen und quantifizierte Transmitterströme, über den Stoffwechsel errechnete Denkprozesse, Sprechorte und Bewegungszentren in bunten Schnittbildern katalogisiert – und das alles ertrinkend in einem Meer kluger Theorien. Es war viel, aber noch nicht genug. Es reichte noch nicht, um Rönnes Frage zu beantworten, die inzwischen nicht nur Lenas große Frage, sondern zur Obsession der meisten Hirnforscher geworden war: Wie ist es denn mit den Gehirnen? Wie webt die Materie das menschliche Bewusstsein? Gibt es am Ende doch eine unerklärbare Seele? Wie entsteht aus der Finsternis das Licht?

Vielleicht wegen dieser Fragen oder besser wegen der immer noch fehlenden großen Antworten war Lena vor einiger Zeit zu den Quellen, dem Ursprung, zurückgekehrt, in die Zelle und bis in den Zellkern. Sie hatte etwas Handfestes, Greifbares gesucht und forschte inzwischen mit embryonalen und adulten Stammzellen. In der Abteilung »Regenerative Medizin« züchteten mehrere Prometheus-Teams aus diesen Alleskönnern die verschiedensten Gewebe, um kranke Organe zu heilen. Es war ein unvergesslicher Moment gewesen, zuckende Herzmuskeln in einer Schale zu sehen. Und dann die Freude beim Anblick der ersten dreidimensionalen, gezüchteten Gehirngewebe, die Dopamin produzierten und Parkinsonkranke heilen konnten. Im Neurolabor versuchte ihre Gruppe, zerstörte Nerven kontrolliert und neu wachsen zu lassen, im Rückenmark und an der Peripherie. Ihren Professorentitel hatte sie sechs Jahre zuvor erworben, kurz vor ihrem dreißigsten Geburtstag, und zwar mit der Arbeit »*Der individuelle Nervenwachstumsfaktor – Nerve Growth Factor (NGF)*«. Und irgendwann würde es auch gelingen – davon war sie fest überzeugt –, Gehirne nicht nur zu reparieren, sondern auch nachzubessern, regelrecht aufzurüsten und andere komplexe Organe wie eine Niere oder ein Herz vollständig neu zu züchten. Dann würde niemand mehr auf ein passendes Spenderorgan warten müssen oder oft genug vergeblich hoffen. Und diese Gespräche, in denen die Welt kopfstand, würden seltener oder ganz überflüssig werden, und der Tod wäre besiegt, noch nicht für immer, aber wenigstens eine Zeit lang, und nicht für alle, aber für viele.

Lena spürte, dass es ihr immer wieder guttat, die hohe gläserne Zentralhalle des Klinikums zu durchschreiten, durch die die Patientenströme mit Leuchtziffern gelenkt wurden. Hier passte sie her, hier fühlte sie sich am richtigen Platz, sie war zufrieden. So ganz in Weiß, bekleidet mit diesem altmodischen Kittel, fiel sie auf: Die Besucher und die Kranken, die umherliefen oder geschoben wurden oder vor Türen warteten, drehten sich nach ihr um. Sie war nicht eine der ihren, sondern jemand, der sich aus der Masse heraushob. Sie wirkte größer, als sie war, so aufrecht ging sie.

Weithin sichtbar und hell ist sie, eine strahlende, stolze Erscheinung, fast eine Verheißung. Seht, wie sie huldvoll lächelt, Hoffnung verströmend und Heil bringend – wie hieß das noch in diesen alten, kitschigen Filmen? Halbgott in Weiß? So hätte sie sich wohl beschrieben, wenn jemand sie angehalten und gefragt hätte, wie sie sich denn selbst sähe, und zwar jetzt, genau in diesem Moment. Lena stellte sich das verblüffte Gesicht des Fragers vor, wenn er diese Antwort bekommen hätte, und musste laut lachen. Sie hatte eben einen Hang zu Inszenierungen, und sie konnte gut damit leben, dass dies andere Menschen irritierte.

Ihre manchmal etwas überspannte Phantasie war das Erbe ihrer Mutter Renate, einer kunstbegeisterten Germanistin. Sie war vor zwei Jahren mit Anfang siebzig gestorben – sieben Jahre nach ihrem Mann – und hatte ihr Leben lang Theaterstücke schreiben wollen, weil sie an die Magie der Sprache glaubte. Aber nach der Heirat und der Geburt ihrer einzigen Tochter hatte sie am Ende doch nur zusammen mit Lenas Vater, einem Innenarchitekten, im elterlichen Einrichtungshaus gearbeitet. Erfolgreich zwar, aber ihre Mutter war niemals wirklich zufrieden gewesen mit dem, was sie ein Krämerleben nannte, und sie hatte ihre Tochter genau das immer spüren lassen. Lena hatte sich schon früh geschworen, sich nie zu begnügen, sondern immer weiter zu gehen, über alle Grenzen hinaus.

Auf dem Weg zur Intensivstation, als dieses Hochgefühl sie umfing und zufrieden machte, dachte Lena mitleidig und ein wenig wehmütig an ihre Mutter. Und dabei kam ihr bereits diese andere Mutter in den Sinn, die sie noch nicht kannte und der sie sogleich gegenüberstehen würde. Die Mutter eines Sohnes, der wohl nie mehr mit ihr sprechen konnte. Das sagte zumindest der Datenfluss des Patienten, der am frühen Morgen auf ihrem PC aufgelaufen war.

Nichts Ungewöhnliches schien sie zu erwarten, nur das übliche, ganz alltägliche Geschäft: Der Patient Josef Metzig, 18 Jahre und 9 Monate alt, seit einem Jahr Student der Computerwissenschaften, war zwei Tage zuvor, am Dienstag, dem 2. August, um die Mittagszeit, verunglückt, ein Sturz mit seinem Rennrad auf der Zentrumstraße Nummer sieben, Höhe Hochhäuser. Er hatte keinen Helm getragen, das taten diese jungen Leute nie, und sein rechter Hinterkopf war auf die Bordsteinkante aufgeschlagen, ungebremst. Passanten alarmierten sofort den Notarzt. Als man das Unfallopfer mit einer klaffenden Kopfwunde in die Klinik einlieferte, war es nicht mehr ansprechbar. Glasgow-Koma-Skala 6, notierte der Sanitäter des Ambulanzwagens. In der Aufnahme hatten die Ärzte folgenden Status erfasst: »Atmung spontan, irregulär, pendelnde Augenbewegungen, Pupillen untermittelweit bei nur geringer Reaktion auf Licht. Puppenkopfphänomen auslösbar, kein Meningismus. Soweit beurteilbar keine sichere Halbseitensymptomatik, Babinski-Zeichen beidseits positiv, links ausgeprägter als rechts.« Ein sofort angeordnetes Notfall-CT bestätigte »eine allgemeine Hirnschwellung, kleinere Kontusionsblutung occipital rechts und eine kleine Hirnstammblutung mesencephal«. Josef Metzig war auf die Intensivstation verlegt und seitdem künstlich beatmet worden.

Zeitgleich hatten die Ärzte versucht, die Hirnschwellung mit Medikamenten – »einer standardisierten Hirnödem-therapie« – in den Griff zu bekommen, aber vergeblich.

Josef Metzig entglitt ihnen.

Wir leben auf des Lebens Schneide: Gehirnwellen und Gehirnströme erzeugen Unwetter, Gewitter im Gehirn. Schwarze Löcher und Gefühlsüberschwemmungen. Josef schüttelt sich angewidert.

Gero bleibt dagegen sachlich: Menschenbeben werden registriert als Oszillationen auf den unterschiedlichsten Koma-Skalen, aufsteigend durchnummeriert von 1 bis 6 oder absteigend klassifiziert von 16 bis 3.

Jetzt zählt Josef langsam rückwärts: 15, 14, 13, 12, 11 und so weiter. Aber immer von kaum bis maximal beeinträchtigt, weder nach unten noch nach oben offen. Der Ausgang bleibt oft ungewiss, da ist nichts zu machen, bedauert er.

Aber wenigstens das endgültige Gehirn-Aus lässt sich sicher diagnostizieren. Wir warten doch alle auf das dicke Ende, aber was ist das? Der Tod? Gero wirkt plötzlich nachdenklich.

Oder die neue Unsterblichkeit? Josef tippt ihm mit dem Zeigefinger auf die Stirn: Zerbrich dir lieber nicht den Kopf!

Lena hatte schon lange aufgehört zu zählen, wie oft sie »Puppenkopfphänomen auslösbar« notiert hatte, wenn die Augen des Kranken nach einer ruckartigen Seiten-drehung des Kopfes auf die entgegengesetzte Seite glit-ten, vorhersehbar und willenlos. Bei der Einlieferung war dieser Sohn noch nicht ganz verloren gewesen, das be-legte dieser Befund. Er zeigte, dass Josef Metzigs Augen-nerven noch mit dem Gleichgewichtsorgan gekoppelt waren, noch hätte er sich im dreidimensionalen Raum bewegen und seinen Seheindruck stabil halten können.

Solche Reflexe mit ihren verschlüsselten Signalen und Botschaften aus dem Körperinnern, die jeden Menschen unsichtbar zusammenhalten und aufrecht gehen lassen, hatten sie schon als Studentin fasziniert. Als sie zum ersten Mal den harten Stiel eines Reflexhammers über den äußeren Fußsohlenrand eines Patienten führen musste, war sie zu ängstlich gewesen. »Fester, fester, Lena-Maria«, hatte der Professor gefordert, »Kraft, so heißen Sie doch, oder? Also nutzen Sie sie!« Das Gekicher der anderen hatte sie nie vergessen. Es war einer der ersten Kraft-Witze gewesen, der Begründer einer langen Tradition von Kraft-Witzen, und keinen hatte sie jemals wirklich lustig gefunden.

Lange Zeit hatte sie ihren Nachnamen verflucht, inzwischen schätzte sie ihn: Die meisten Patienten fühlten sich gleich besser und sicher aufgehoben, wenn sie sich als Professorin oder – was sie lieber tat – als Doktor Kraft vorstellte. Der Name allein zauberte schon Hoffnung auf ängstliche Gesichter. Und deshalb verstand sie nicht, wie ein Psychiater bloß den Nachnamen Redegeld behalten und eine Anwältin als Frau Zorn glücklich werden konnte oder warum es einer Kollegin und Chirurgin nichts ausmachte, Professorin Bruch zu heißen. Und was mussten sterbenskranke Patienten wohl von einem Mediziner namens Schwach denken?

Damals am Krankenbett, bei ihrem zweiten, kraftvolleren Versuch, fiel ihr nun wieder ein, hatte sich der Großzeh des Patienten doch noch angehoben, und sie hatte stolz verkünden können: Babinski postiv! Ihre erste neurologische Diagnose war das gewesen.

Das Leben ist doch ein verrückter Kreislauf, ging ihr durch den Kopf, als endlich die Tür zur ZI-N am Ende des langen Ganges auftauchte: Am Anfang und am Ende ist der Mensch unfähig zu stehen und seine Umwelt klar und scharf zu sehen. Und deshalb haben Neugeborene und vom Tod bedrohte Kranke dieselben Primitivreflexe – Puppenkopfphänomen nicht auslösbar und Babinski positiv –, janusköpfig kündigen sie entweder den Beginn oder den Untergang eines Menschen, den Aufstieg oder Fall einer Person an.

Für Josef Metzig jedenfalls bedeutete »Babinski positiv« nichts Gutes. Sie konnte sich genau vorstellen, wie sein Großzeh nach oben gekippt war und die anderen Zehen sich in dieser unverwechselbaren, fast graziösen Bewegung wie ein Fächer gespreizt hatten. »Es ist ein Zeichen, dass die Pyramidenbahn verletzt ist, über die wir Muskelbewegungen willentlich steuern«, das hatte sie in einer Prüfung erklärt und nie mehr vergessen. »Auch Neugeborene haben einige Tage bis Wochen einen positiven Babinski, denn die Verbindung vom Großhirn ins Rückenmark ist bei ihnen noch nicht ausgebildet.«

In der vergangenen Nacht waren in Josef Metzigs Körper sehr wahrscheinlich die letzten Verbindungen gekappt worden, und er hatte die Nulllinie erreicht, sein Gehirn war verstummt, unwiederbringlich. Der medizinische Fachausdruck für diese innere Enthauptung lautete: Dissoziierter Hirntod.

Und damit war er schließlich doch endgültig verloren.

Lassen Sie uns also kurz über diesen Begriff Hirntod *sprechen, der oft missverstanden wird und deshalb vielen Menschen Angst bereitet.*

Dass der Tod vom Gehirn ausgehen kann, blieb jahrtausendelang unsichtbar, weil diese Todesursache nur eines der drei Vorzimmer ist, durch die der Gesamttod zum Menschen vordringen kann: Die zwei anderen sind der Herztod, der den

Herzschlag stoppt. Oder der Lungentod, wenn dieses Organ das Atmen aufgibt.

Nimmt der Tod im Gehirn seinen Anfang – vom Hirntod sprach man zum ersten Mal im 18. Jahrhundert – blockt ein erhöhter Druck innerhalb eines Schädels, etwa ausgelöst durch eine Kopfverletzung oder Blutung, den Blutfluss zum Kopf ab. Dann erlöschen nach kurzer Zeit alle Funktionen im Groß- und Kleinhirn und dem Hirnstamm. Die vom Gehirn gesteuerte Atmung setzt aus, und der Mensch stirbt seinen ganzen Tod wie seit Menschengedenken.

Zwei Tode kann die moderne Intensivmedizin überwinden: Sie bringt ein Herz wieder zum Schlagen und kann so einen Menschen retten. Sie bringt eine Lunge wieder zum Arbeiten, und jemand überlebt. Manchmal jedoch wird ein Körper wiederbelebt und künstlich beatmet, aber das Gehirn geht trotzdem verloren: Seine Zellen reagieren besonders schnell und sensibel, wenn die Sauerstoffversorgung unterbrochen ist. Nach wenigen Minuten stirbt es einsam und abgekoppelt vom Restkörper, dissoziiert eben. Und zurück bleibt ein sogenannter Hirntoter, dessen natürliches Sterben nur durch die maschinelle Beatmung aufgehalten wird. Als dieses Phänomen zum ersten Mal auf den modernen Intensivstationen auftrat, fragte man sich, ob und wie ein solcher Zustand zu verhindern sei.

Bis heute bleibt eine Prognose in der Intensivmedizin besonders schwierig, und oft ist das Ende ungewiss. Nur in dem alten Märchen vom »Gevatter Tod« war der Arzt fein raus. Denn sein Pate, der Tod, machte ihm ein ganz besonderes Geschenk: Stand der Arzt am Bett eines Kranken und sah seinen Gevatter am Kopfende, so konnte er »keck sprechen, du wolltest ihn wieder gesund machen«. Stand der Sensenmann dagegen am Fußende des Bettes, war alle ärztliche Kunst vergebens. Seine sicheren Vorhersagen machten den Arzt berühmt. Eines Tages ließ der kranke König nach ihm schicken. Als dieser den Paten am Fußende erblickte, erkannte er, dass für den Kranken »kein Kraut gewachsen« war. Der Arzt überlistete den Tod, indem er das Bett mit dem Kranken einfach herumdrehte. Der König wurde wieder gesund.

Hätten die Gebrüder Grimm ihr Märchen im zwanzigsten Jahrhundert verfasst, hätte der Arzt den König wohl auf eine Intensivstation eingewiesen, und dort hätte sich dem alten Gevatter sein moderner Bruder zur Seite gesellt. Vielleicht auch als Mahner.

Verstört sahen die Menschen anfangs auf diese beatmeten Körper und hatten große Mühe, diesen Teiltod zu begreifen. Sie fragten sich: Liegt hier etwa eine beatmete Leiche? Ist mit dem Gehirn schon der Mensch gestorben? Oder lebt die Person trotzdem weiter? Denn noch immer galt jemand, auch vor dem Gesetz, als lebend, solange sein Herz schlug.

Dieses Herztodkriterium brachte Ärzte und Angehörige in große Bedrängnis. Beendeten sie die künstliche Beatmung, um jemanden in Frieden sterben zu lassen oder um Intensivbetten frei zu räumen, töteten sie ... und machten sich strafbar.

In diese Zeit der Ratlosigkeit platzte im Jahr 1967 die Nachricht von der ersten Herzverpflanzung, und mit jedem weiteren Fortschritt in der Transplantationsmedizin – die Nähtechniken für die Blutgefäße wurden immer feiner, die Narkosemethode immer besser – stieg die Nachfrage nach Spenderorganen, Jahr um Jahr. Anfangs wartete bei der Operation eines möglichen Organspenders bereits ein zweites OP-Team, um nach dem letzten Herzschlag sofort die Organe entnehmen zu können. Die Furcht wurde nicht kleiner, sondern eher größer, zu früh für tot erklärt zu werden.

In dieser Situation verwandelte sich der isolierte Hirntod von einem Fluch zu einem Geschenk des medizinischen Fortschritts, und zwar für Kranke, die ein neues Organ brauchen. Hirntote sind nämlich die idealen Organspender: so tot wie nötig, so lebendig wie möglich.

In den Achtzigerjahren des vorigen Jahrhunderts wurde deshalb nach langen gesellschaftlichen Debatten einen neue Scheidelinie zwischen Tod und Leben gezogen. Die Grenze hieß »Kriterien des Hirntods«. Der Gesetzgeber definierte den kompletten Hirntod fortan als den Tod eines Menschen, weil damit alle »für ein eigenständiges körperliches Leben erforderlichen Steuerungsvorgänge erloschen« seien. Und für die ist das Gehirn unersetzbar. Die Unsicherheit war beendet. Seitdem kann ein Hirntoter Organe spenden, und Ärzte dürfen die künstliche Beatmung abstellen, damit der vollständige Tod eintritt. Erst dann gilt jemand als tot, als Leiche, und kann bestattet werden.

Der dissoziierte Hirntod, den das zwanzigste Jahrhundert gebar, war nie eine rein naturwissenschaftliche Definition, sondern bis heute auch eine gesellschaftliche Übereinkunft, eine soziokulturelle Definition, der man sicherlich folgen kann, aber nicht muss. Und er ist ein Mittel zum Zweck geblieben. Trotzdem sind seine Kriterien naturwissenschaftlich erklärbar und haltbar, denn sie definieren ein unumkehrbares biologisches Lebensende. Erst nach einer Reihe von Untersuchungen dürfen zwei unabhängige Gutachter überhaupt die Diagnose stellen. Nach einer korrekten Hirntodfeststellung ist noch niemals ein Mensch ins Leben zurückgekehrt. Der Hirntod gilt als sicheres inneres Todeszeichen.

Diese Todesdefinition hat die Sicht auf den Menschen verändert und vor allem geschärft. Zunächst führte sie zu einem Hirnzentrismus: Das Gehirn war um die Jahrtausendwende, nach der Dekade des Gehirns, der große Star. Ganz hoch oben saß es unter der Schädeldecke, unangreifbar, verehrt als Essenz des Menschen. Es machte in der Forschung und in Büchern Karriere, der neuronale Mensch wurde geboren und über alles gestellt. Der Leib wurde fast wieder geteilt in Geist und Körper, der Mensch hatte plötzlich ein biologisches und ein personales Leben. Doch genau das reizte zum Widerspruch und

läutete eine Gegenbewegung ein: Der somatic turn, *die verstärkte Hinwendung zum Körper, stand am Beginn unseres
einundzwanzigsten Jahrhunderts. Der Körper als Maß wurde
neu etabliert, und er ist inzwischen als wichtiger Identitäts-
stifter und Wesensbildner bestätigt – gerade auch für das
Gehirn, weil es ja selbst auch ein Stück Körper ist. Seitdem
stagniert jedoch wieder die Bereitschaft, Organe zu spenden.
Und das ist unser Problem.*

Es war zwei Uhr nachmittags, als Lena-Maria Kraft
das zentrale Überwachungspult der ZI passierte. Sie war
zuvor durch die Desinfektionsschleuse gegangen und
hatte spezielle Schuhe angezogen. Auf den Monitoren
waren alle Patienten gleichzeitig zu sehen. Wie eine in
den Hyperschlaf versetzte Mannschaft auf einer Reise
durch den Orbit, dachte sie und lächelte der Komman-
dantin der Pflegebesatzung zu. Die leuchtenden Lämp-
chen unter jedem Bild meldeten intakte Vitalfunktionen
oder blinkten und sendeten Alarmsignale, wenn Gefahren drohten. Die Intensivkojen waren in einer U-Form
angeordnet, in den Boxen gab es keine Fenster nach draußen. Die Jahreszeiten waren ausgesperrt, im Sommer wie
im Winter herrschten dieselben Temperaturen. Tag und
Nacht waren auf die Minute genau geregelt: Um sechs
Uhr wurde es langsam heller, ab zwanzig Uhr begann es
dunkel zu werden. Das Licht war gedämpft, wenn keine
Visite und keine Untersuchungen anstanden. In diesem
zeitlosen Raum waren das Leben und das Sterben angehalten.

Lena öffnete die metallene Schiebetür mit dem runden
Glasfenster zur Einheit 02. Der Kranke lag nur mit einem
leichten Laken bedeckt in dem extrahohen Bett, das
die Pflege und alle anderen Zu- und Eingriffe auf den beatmeten Körper erleichtern sollte. Die an der Stirnwand

des Bettes aufgestellten Monitore, über die EEG- und EKG-Kurven wanderten, die Blutdruck und Pulsschlag meldeten und den Sauerstoffgehalt im Blut registrierten, erinnerten Lena an bunte nächtliche Leuchtreklamen. Bitte unbedingt weiterleben!, verkündeten sie unermüdlich.

Einen Organspenderausweis hatte Josef Metzig nicht bei sich getragen, deshalb musste sie mit seinen nächsten Angehörigen reden, in diesem Fall zuerst mit der Mutter, um seinen Willen zu erkunden und die Zustimmung zur Organspende zu erwirken. An diesem Tag ausnahmsweise schon vor der offiziellen Hirntoddiagnostik, die erst für 17 Uhr angesetzt war. Der zweite Arzt war leider erst später verfügbar, aber sie wollten keine Zeit, keinen ganzen Tag verlieren. Zu viele standen auf den Prometheus-Listen, warteten auf ein Spenderorgan und hofften auf ein zweites Leben.

Am Bett saß Kara Metzig und streichelte abwechselnd die rechte und linke Hand ihres Sohns. Lena vergegenwärtigte sich schnell die Angaben aus der Akte: Die Mutter des Patienten war 56 Jahre alt und Witwe, Realschulabschluss, katholisch, Buchhalterin in einem Supermarkt in einer kleinen Stadt südlich von Gemburg. Der Patient war ihr einziges Kind. Der typische, tragische Fall.

Die Frau neben dem Bett schien die Fremde, die eintrat, nicht zu bemerken oder ignorierte sie bewusst. Sie drehte sich erst um, als sich Lena mit ihrem Standardsatz vorstellte.

»Wie Sie ja bereits wissen, arbeite ich für die Prometheus-Stiftung als Transplantationsbegleiterin.«

»Die Stationsschwester hat mir gesagt, dass jemand kommt.« Kara Metzig wandte den Blick wieder zu ihrem Sohn.

Sie hatte ein unscheinbares rundes Gesicht, aber schöne, dunkle Auge, die auffielen. Sie war eine mütterliche

Frau, einfach und etwas zu bunt gekleidet, wodurch sie jedoch eher älter als jünger wirkte. Sie trug eine dieser zementierten Dauerwellenfrisuren, im Nacken zu kurz geschnitten, damit sie lange hielten. Lena fand diese Mode, wenn es überhaupt eine war, grässlich.

»Danke, dass Sie sich Zeit für mich nehmen. Wir können auch gerne in unser Besprechungszimmer gehen ...«

»Nein, nein! Ich gehe in kein anderes Zimmer. Josef kann gerne mithören, ich habe nichts zu verbergen.«

Die Medizinerin zog einen Hocker heran, stellte ihn hinter Kara Metzigs Stuhl, der ganz nah an das Bett gerückt war. Nun saß sie etwa einen Meter von dem Kranken entfernt, programmierte den Voicerecorder und legte ihn in ihren Schoß. Für die Gesprächsaufzeichnungen benutzten alle Transplantationsbegleiter der Prometheus-Gruppe dieses Gerät, das etwa die Größe einer Zigarettenschachtel hatte. Ein spezielles Computerprogramm erkannte die Stimme seines registrierten Benutzers und unterbrach die Aufnahme, sobald dieser selbst sprach. Denn für die Dokumentation und juristisch bedeutsam waren allein die Aussagen der Angehörigen, sollte es einmal zu Nachfragen und Widersprüchen kommen. Alle Aufzeichnungen blieben im elektronischen Archiv der Prometheusstiftung gespeichert.

Der Recorder filterte die Nebengeräusche heraus, dieses Piepsen und Rauschen und Blubbern, wenn der Sauerstoff für die Beatmung durch Wasser geleitet und befeuchtet wurde, bevor er durch den Beatmungsschlauch in einen Körper gepumpt wurde.

Kara Metzig beugte sich immer wieder zu ihrem Sohn, während sie sprach. Sie vermied es, die Frau im weißen Kittel anzuschauen. Nach jedem Satz machte sie eine Pause, und man spürte, dass sie am liebsten ganz geschwiegen hätte. Lena konnte sich nicht erinnern, dass

ein Gespräch auf der ZI-N jemals so schleppend und müh-
sam verlaufen war.

Voicerecording-Protokoll des Gesprächs mit Kara Metzig

Mein Sohn hat nur den einen Vornamen, Josef.
In drei Monaten wird er neunzehn, und das ist wieder ein
Sonntag.
Und deshalb geht alles gut aus.
Josef hatte immer Glück, er ist ein Sonntagskind.
Ich rede viel mit ihm.
Ich flüstere ihm Sätze ins Ohr, den ganzen Tag.
Du wirst wieder gesund, ich bin bei Dir.
Solche Sachen eben.
Das ist das Einzige, was ich tun kann.
Gestern hab ich ihm zum ersten Mal etwas vorgesungen.
Das alte Kinderlied, das er so gerne mochte.
Da hat er gelächelt.
Niemand redet mir das aus, weder die Schwester noch Sie!
Ich sehe und fühle, dass er mich hört.
Ich bin schließlich seine Mutter.
Natürlich weiß ich, was passiert ist.
Er ist mit dem Kopf auf den Bordstein geschlagen.
Das hat mir der Polizist am Telefon gesagt.
Das war der Anruf, vor dem jede Mutter Angst hat.
Von dem Moment an, wenn ihr Kind zu laufen anfängt.
Wenn es Roller fährt, dann ein Fahrrad und schließlich ein
Auto.
Das hört nie auf, auch wenn man nicht immer daran denkt.
Und eines Tages kommt dieser Anruf.
Natürlich ist Josef bewusstlos.
Nach so einem Sturz ist doch jeder Mensch bewusstlos.
Er liegt da wie eine Puppe.
Als Kind hatte ich eine lebensgroße Babypuppe.
Auf die war ich sehr stolz.

Wenn ich ihren Kopf drehte, bewegten sich ihre Augen in die entgegensetzte Richtung.

Diese Puppe bewahre ich auf – für meine Enkelkinder.

Josefs Kinder werden sie später bekommen.

Er war auf dem Weg zu seiner Freundin.

Gestern Nachmittag hat sie ihn besucht.

Was? Haben Sie tot gesagt, Frau Doktor?

Der Tod sieht anders aus.

Josef schläft einfach tiefer als sonst, er sammelt Kraft.

Warten Sie doch einfach ab, er erholt sich wieder.

So gesund und stark wie er ist, und so schön.

Nur sein Körper lebt noch?

Das hier ist mein Sohn und kein Ding aus Ihrem Lehrbuch!

Diesen jungen Mann habe ich großgezogen.

Sehen sie die große Narbe am linken Knie?

Da ist er hingefallen mit dem Fahrrad, als er vier war.

Auf der Stirn, die kleine Narbe dort oben rechts stammt von einem Hockeyschläger. Josef spielte in der Schulmannschaft.

Er atmet nur noch, weil er beatmet wird?

Woher wollen Sie das wissen?

Die Maschine könnten Sie ja kurz abstellen, um es zu testen?

Unterstehen Sie sich, irgendetwas abzustellen!

Wer im Krankenhaus liegt, ist nicht tot.

Josef ist nicht tot! Noch lange nicht.

Mein Junge ist stark!

Ich sehe doch, dass seine Beine zucken.

Er freut sich, wenn Rita neben ihm liegt.

Er lächelt, wenn ich ihm ein Lied singe.

Er lebt, das spüre ich.

Er redet nur nicht.

Aber trotzdem wollen Sie ihn für tot erklären.

So schnell wie möglich an seine Organe, das wollen Sie.

Sie sind gierig, weil er jung und gesund ist.
Aber ich will nicht, dass Sie ihn ausnehmen.
Doch, das Wort passt, es gibt kein schönes Wort dafür.
Nichts macht Sinn, und sein Tod schon gar nicht.
Ich gebe ihn nicht auf, ich gebe ihn nicht weg.
Schalten Sie endlich diesen verfluchten Rekorder ab und lassen Sie mich mit meinem Sohn allein!

Josefs Mutter biss sich auf die Lippen, während Lena das Aufnahmegerät abschaltete. Sie wusste, sie würde keine Antwort mehr bekommen, auf keine Frage, und schon gar nicht auf die nach einem Organspenderausweis.

»Auf Wiedersehen«, sagte Kara Metzig knapp.

Lena erhob sich seufzend. »Ich informiere Sie, wenn es etwas Neues gibt. Auf Wiedersehen!«

Er hätte auch mein Sohn sein können, wenn ich gleich mit achtzehn ein Kind bekommen hätte, dachte Lena, als sie den Gang hinunterging und die ZI verließ. Sie war jetzt doppelt so alt wie Josef Metzig. Wie würde sich das wohl anfühlen, wenn hier kein Fremder, sondern ihr eigener Sohn läge? Vielleicht war sie kinderlos geblieben, um genau das nie am eigenen Leib erfahren zu müssen.

Denk nicht zu viel nach, hatte ihre Mutter ihr oft geraten. Aber Lena war nicht nur klug und wissbegierig gewesen, sondern immer schon ein wenig zu sensibel und zu abwägend. Und irgendwann wusste sie einfach zu viel über das Sterben und damit auch über das Leben, und so kam ihr als Medizinstudentin das Urvertrauen in das Glück, dieser etwas blauäugige Optimismus abhanden, den jeder Mensch braucht, um ein Kind in die Welt zu setzen. Und plötzlich war sie zu alt geworden und hatte das erlaubte Gebäralter überschritten. An ihrem achtundzwanzigsten Geburtstag hatte sie diese Tatsache fast überrascht und emotionslos zur Kenntnis genommen.

Ob sie eine ganz andere geworden wäre und ob sie überhaupt hier säße, wenn sie einen Sohn hätte? Nein. Sie war schließlich immer ohne Bedauern kinderlos geblieben, oder doch nicht?

Lena stieß Luft aus. Diese Tage, an denen die Welt kopfstand, bekamen ihr einfach nicht.

Die Medizinerin besann sich, dass im kleinen Gesprächsraum der ZI-N Rita Simon wartete. Vielleicht würde sie von ihr mehr über die Einstellung des Patienten zur Organspende erfahren. Für drei Uhr hatte der Stationsarzt die junge Frau dorthin bestellt. Josef Metzigs Freundin war dreiundzwanzig Jahre alt, Studentin der Anglistik und Filmwissenschaften, auch das wusste die Medizinerin aus der Akte.

Die junge Frau saß bereits in dem Zimmer, als Lena-Maria Kraft, zehn Minuten vor dem vereinbarten Termin, eintrat. Nur zwei auf drei Meter maß dieser Raum, aber er hatte an einer Seite große, bodentiefe getönte Glasscheiben mit einem Blick in die Grünanlage, das nahm ihm alle Enge. Die Klimaanlage surrte leise.

Ein dunkler, interessanter Typ war die junge Frau. Sie wirkte schmaler und drahtiger, als Lena erwartet hatte. Wirkte eher wie eine Sportlerin als eine Intellektuelle. Und sie sah viel jünger aus, man hätte sie mühelos auf achtzehn schätzen können. Das machten die kurzen schwarzen Haare, die gefärbt sein mussten, denn Ritas Augen waren sehr hell und sehr blau.

»Guten Tag, mein Name ist Lena-Maria-Kraft. Sie sind sicher Rita Simon?«

»Ja, guten Tag. Der Stationsarzt hat Sie angekündigt.« Sie machte Anstalten aufzustehen.

»Bitte bleiben Sie sitzen!« Lena gab ihr die Hand und setzte sich in den zweiten Sessel. »Wie Sie ja bereits wissen, arbeite ich für die Prometheus-Stiftung als Transplantationsbegleiterin.«

Rita Simon nickte und wendete sich ab, ihr Blick wanderte zum Fenster hinaus.

»Draußen sind über 36 Grad im Schatten, es ist der heißeste Tag in diesem Sommer«, murmelte sie und beendete so das kurze Schweigen, »und es soll noch heißer werden.«

»Darf ich unser Gespräch aufnehmen?«

Rita Simon drehte sich wieder zu Lena: »Wenn Sie wollen.«

Kerzengerade saß sie nun da, stützte sich mit den Handflächen auf der Sitzfläche ab.

Rita starrte auf Lenas altmodischen Kittel und fand diesen Aufzug wahrscheinlich eher peinlich, aber auch wieder besonders. Lena beobachtete, wie die junge Frau die Stuhllehnen umklammerten, wie ihre Hände zitterten. Sie wollte nicht weinen, nicht zusammenbrechen vor einer Unbekannten. Aber sie wartete auch darauf zu reden, wollte sprechen, um so ihren Schmerz zu bändigen. Sie wollte verstehen, wo es nichts zu verstehen gab. Ein Ruck ging durch ihren Körper und sie schluckte, bevor sie zu erzählen begann, schnell und konzentriert.

Voicerecording-Protokoll des Gesprächs mit Rita Simon

Fragen Sie mich bitte nicht, was Sie fragen wollen. Ich weiß, warum wir uns treffen. Lassen Sie mich einfach reden. Einfach nur reden, sonst muss ich schreien! Ich muss Umwege gehen, bis ich antworten kann. Sehen Sie, wie ich zittere. Lassen Sie mich reden, das wird mich beruhigen. Drei Tage lang war ich sprachlos, wie erstarrt. Weil ich schuld bin an Josefs Tod! Er war doch auf dem Weg zu mir. Ich hab ihn angerufen und gesagt, beeil dich. Denn ich wollte ... bei ihm sein, und zwar genau an diesem Nachmittag! Beeil dich bloß! Beeil dich bloß! Immer wieder hab ich das gesagt. Mein Empfängnistest meldete höchste Wahrscheinlichkeit! Mach schnell, mach bloß schnell, Liebster, habe ich mir immer wieder gesagt. Beeil dich doch! Warum brauchst du so lange? Wir wollen doch ein Kind, unbedingt. Es lebt doch schon fast, wenn wir es denken und so heftig wollen. Und während ich ihn herbeisehnte, hatte er diesen Unfall. Das konnte doch nicht sein. Verrückt, oder? Josef war genau der richtige Mann für mich. Ich hatte vorher noch nie jemanden getroffen, von dem ich mir ein Kind gewünscht hätte. Mit einer Samenspende wollte ich nicht schwanger werden, auch wenn das inzwischen Mode ist. Aber dann verliebten wir uns auf den ersten Blick. Ja, es ist nichts dabei, Ihnen davon zu erzählen. Ich saß auf einer Bank am Stadtteich, es war ein Sonntag im Februar. Sechs Monate ist das jetzt her. Der See war zugefroren, sonnig war es, aber kalt. Ich hatte eine Decke mit und mich darin eingerollt. Und Josef radelte vorbei, sehr langsam, und dann sahen wir uns an. Er stieg ab und setzte sich zu mir, ich gab ihm ein Stück Decke ab. Einfach so. Er fragte mich nach meinem Namen, und als ich ihn nannte, küsste er mich. Einfach so. So einfach war das. An die Liebe auf den ersten Blick glaube ich und daran, dass ein Mann und eine Frau gut zusammenpassen müssen. Ich meine das ganz konkret, physisch betrachtet: Es muss stimmen, was die Größe angeht und die Formen und den Geruch. Oft sehe ich Paare, bei deren Anblick es körperlich wehtut, wie schlecht sie zusammenpassen. Wenn nichts harmoniert, bin ich mir sicher, wird diese Liebe nicht dauern. Meine Prognosen sind gefürchtet, weil ich meistens recht behalte. In dieser Sache bin ich etwas überdreht, meinte Josef. Aber er fand auch, dass wir ein perfektes Paar waren. Er war ein froher Mensch, wirklich lebensfroh. Und das Rennradfahren liebte er. Sie hätten sehen sollen, wie er ging, so fest und dabei auch geschmeidig. Alle Frauen drehten sich nach ihm um. Vielen Männern war er eher suspekt, zu gepflegt und zu schön war er für sie. Er war wirklich sehr attraktiv, aber kein Schönling. Dazu waren seine Nase zu schief und seine Lippen zu schmal. Naiv war er nicht, sondern offen und ganz ohne Arg. Das hat mich immer tief berührt, das bei ihm zu spüren. Er tat mir verdammt gut. Auch seine Langsamkeit, die andere schnell mit Trägheit verwechselten. Ich bin nervöser und ehrgeiziger, schneller und unzufriedener. Josef hatte keinen großen Ehrgeiz, er studierte bemüht, aber ohne große Ziele. Er wollte einen Beruf, der ihn ernährte, das war alles. Leidenschaft entwickelte er nur bei seinem Rennrad und bei mir. Mit ihm Liebe zu machen war einfach und unkompliziert. Ich bin sicher, dass es geklappt hätte mit ihm und mir und dem Kind. Wir wollten zusammen nach England oder in die USA gehen. Josef hätte mir Halt geben. Ich will an die beste Filmakademie der Welt in Los Angeles. In die Stadt der Engel. Immer noch.

Sicher wäre er langsamer gefahren, wenn ich ihn nicht so angetrieben hätte. Mach schnell! Mach schnell! Es war doch so heiß, gerade am Dienstag. Und niemand fährt an solch einem Tag so schnell, dass er ins Schwitzen kommt. Beeil dich bloß! Warum hab ich das getan, ihn so zu hetzen! Ich dachte zuerst, es ist Josef, als das Telefon klingelte. Davon erzählen viele, von dieser Kälte, die dich erfasst, innen und außen, und die dein ganzes Leben anhält. Dein Freund hatte einen Unfall, nur ein Satz, und dein Leben steht still, ein Augenblick, und alles zerbricht. Ich kann seitdem nichts essen, nicht schlafen und denke immer wieder nur: Ich bin schuld! Als ich ihn am ersten Tag berührte, fühlte ich ihn noch. Aber gestern, am zweiten Tag nach dem Unfall, als ich mich neben ihn ins Bett legte, war ich nicht mehr sicher, ob er mich noch spürte. Diese Anziehung zwischen uns war weg. Doch, es gibt dieses unsichtbare Band zwischen zwei Menschen, und das war durchtrennt. Aber das konnte ich seiner Mutter doch nicht sagen! Dazu war ich zu feige. Stattdessen habe ich hysterisch gelacht. Sie dachte wohl, ich freue mich. Weil Kara immer noch hofft, er hat wieder einmal Glück, ihr Sonntagskind.

Mich mochte sie nie. Zu alt für ihn fand sie mich, und zu bestimmend. Als er angedeutet hat, dass wir ein Kind wollen, sagte sie nur zu ihm, du bist viel zu jung. Als Kara noch jung war, galt es als besonders emanzipiert, sehr spät Kinder zu bekommen. Sie war schon Ende dreißig und ihr Mann bereits Anfang fünfzig, als Josef auf die Welt kam. Deshalb war ihr Sohn mit zwölf Jahren Halbwaise. Das ist doch unverantwortlich!

Josef wollte nie, dass seinem Kind so etwas passiert.

Wie stirbt man eigentlich? Wissen Sie das, als Expertin? Auf einen Rutsch oder ganz langsam, Stück um Stück, Zelle um Zelle? Von oben nach unten, von rechts nach links, Hauch um Hauch? Darüber grübelte ich bis um fünf Uhr morgens und rannte schließlich hierher. Um Josefs allerletzten Hauch zu spüren, ihn einzuatmen und mitzunehmen. Ich muss wie eine Irre ausgesehen haben. Die Schwester hat mich jedenfalls zu ihm gelassen. Dass ich die ganze Intensivstation zusammenbrülle, damit habe ich gedroht. Und als ich Josef berührte, seinen Körper streichelte, war er schon gegangen. Und dann erst sah ich die Nulllinie. Was das bedeutet, weiß ich, und wissen Sie woher? Vor zwei Jahren habe ich eine Seminararbeit über diese post-mortem-Filme geschrieben, in denen sich Flatliners und Wiedergänger tummeln. Doch nur im Film sind die Grenzen zwischen Jenseits und Diesseits durchlässig. Das wirkliche Leben ist anders. Da kommt niemand zurück. Heute Morgen habe ich seine Augenlider angehoben. Diese starren Pupillen, die nie wieder auf Licht reagieren werden, sind von einem unglaublich undurchdringlichen Schwarz. Ich wollte es sehen. Die Augen sind tatsächlich die Fenster unserer Seele, und die hat Josefs Körper verlassen.

Ja, es stimmt, ich spreche über ihn in der Vergangenheitsform: Er war, er hatte, er ging … Dass ich das so schnell sagen kann: Er war, er hatte …

Keine Angst, ich habe den Zweck unseres Treffens nicht vergessen, ich weiß, was Sie wissen wollen. Ja, Josef hatte einen Organspenderausweis. Genau wie ich auch. Ich vermute, der liegt in seiner Schreibtischschublade. Ein Klassenkamerad von ihm hatte in der zehnten Klasse eine neue Niere bekommen und darüber in der Schule berichtet. Josef war damals erst sechzehn, trotzdem ließ er sich einen Ausweis mitbringen. Seiner Mutter hat er nie davon erzählt, weil sie immer diese schreckliche Angst hatte, er könnte verunglücken. Josef wollte auch verbrannt werden, das weiß ich, weil wir vor drei Monaten meinen alten Onkel beerdigt haben. Es war eine Urnenbestattung, aber das ist heute wegen der Bodenknappheit sowieso fast immer der Fall. Nein, ich will nicht wissen, wer später mit Josefs Organen lebt. Obwohl ich mir sicher bin, dass er das im umgekehrten Fall gewollt hätte. Vielleicht ist es bei seiner Mutter anders, wenn sie zustimmt. Wenn! Aber das kann ich mir nicht vorstellen. Bei der beißen Sie auf Granit.

Rita Simon trank das Glas Wasser, das die ganze Zeit vor ihr gestanden hatte, in einem Zug leer, hastig wie ein kleines Kind. Verloren wirkte die zierliche Frau auf dem großen Stuhl. Lena hätte ihr beinahe mit der Hand über die schwarzen Stoppelhaare gestrichen, aber sie unterdrückte diesen Impuls.

»Hat Josef Ihnen gegenüber Einschränkungen erwähnt? Wollte er beispielsweise nur bestimmte Organe freigeben?«

»Nein, keine, da bin ich sicher.« Abrupt stand Josefs Freundin auf. »Und wie geht es nun weiter?«

»Ich rede nochmals mit der Mutter«, erklärte Lena. »Jetzt, nachdem ich sicher weiß, dass Josef Metzig für eine Organspende war. Ich möchte seine Mutter einbeziehen, obwohl wir das nicht müssen.«

»Das finde ich gut.« Rita lächelte zum ersten Mal.

»Um 17 Uhr wollen wir das offizielle Hirntodprotokoll machen, und dann wird der passende Organempfänger gesucht. Zuerst auf den hausinternen Listen, dann noch über Eurotransplant. In jedem Fall sind noch diverse Untersuchungen nötig: zur Gewebeabgleichung, zur Blutgruppe. Auch Alter und Gewicht werden neuerdings berücksichtigt und auf Seiten der Empfänger auch die Dringlichkeit. So kann alles noch etwas dauern.«

»Gehen Sie eigentlich zur Beerdigung eines Spenders?«, fragte Rita Simon unvermittelt.

»Warum interessiert Sie das?«

»Kein Ahnung! Es ist mir durch den Kopf gegangen. Einfach so.«

»Manchmal tun wir das, aber nur, wenn die Angehörigen es ausdrücklich wünschen. Meistens sind wir dabei, wenn die Beisetzung auf dem Gedenkhof unserer Klinik stattfindet. Das ist ein Ort, an dem sich später auch die Organempfänger mit einer Zeremonie oder allein und in aller Stille bei ihren Lebensrettern bedanken können.«

»Das wird Josefs Mutter nicht wollen. Sie müssen wissen, dass sie ein sehr traditioneller Mensch ist. Sie wird ihn im Familiengrab beerdigen lassen, neben seinem Vater.«

Als Rita Simon bereits auf dem Weg zur Tür war, rief ihr Lena, einer Eingebung folgend, hinterher: »Darf ich Sie noch um etwas bitten? Wären Sie damit einverstanden, dass ich Frau Metzig unser Gespräch vorspiele? Falls es nötig wird …«

»Sie meinen wegen der Zustimmung zur Organspende? Natürlich, warum nicht?«, Rita Simon zuckte mit den Schultern. »Es gibt einen Ausweis, wie ich schon sagte. Ich gehe die nächsten Tage nicht in die Wohnung. Das kann ich noch nicht ertragen, seine Sachen dort liegen zu sehen, so als ob er gerade weggegangen ist und gleich wiederkommt. Sagen Sie seiner Mutter, sie soll den Ausweis suchen, sie hat Josefs Hausschlüssel. Und sie würde sich nicht trauen, den Ausweis zu vernichten, wenn sie ihn wirklich findet. Ich kann mir sogar vorstellen, wo er ist. Wahrscheinlich liegt er in der zweiten Schublade von oben, rechts im Schreibtisch. Richten Sie ihr das aus.«

»Danke! Vielleicht sehen wir uns doch bei der Beerdigung wieder.«

»Ich glaube nicht. Seine Mutter wird nicht wollen, dass er hier beerdigt wird. Also leben Sie wohl.«

»Sie auch. Und alles Gute für Amerika!«

Rita Simon ging zur Tür, aber sie drehte sich nochmals um und hob die Hand zu einem Gruß. Sie öffnete die Tür nur so weit, dass sie wie ein Kind beim Versteckspielen schnell hinausschlüpfen konnte.

Eine Weile noch blieb Lena im Gesprächsraum sitzen, nachdem sie den Voicerecorder zusammengepackt hatte. Fast bedauerte sie, Rita Simon nicht mehr zu treffen. Irgendwie eigenwillig und besonders war sie gewesen. Dann ging Lena zurück zur Koje 02, wo Kara Metzig immer noch am Bett des Sohnes ausharrte, in derselben Stellung wie vorhin, als die Ärztin sie verlassen hatte.

Lena berichtete Josefs Mutter von ihrem Gespräch mit Rita Simon.

»Warum haben Sie überhaupt mit ihr geredet? Die beiden sind nicht verheiratet, sie kann nichts entscheiden, gar nichts …«

»Nein, das kann sie nicht. Aber sie kann uns Hinweise geben, wie ihr Sohn über eine Organspende dachte. Damit wir in seinem Sinne handeln. Rita jedenfalls ist für eine Organspende und …«

»Was geht mich die Meinung dieser Freundin an! Sie ist nur eine unter vielen!«

»… und Ihr Sohn war auch dafür, es gibt einen Spenderausweis!«

»Und warum weiß ich nichts davon? Ich bin schließlich seine Mutter.«

Lena verkniff sich einen Kommentar. »Rita weiß sogar, wo der Ausweis liegt.«

»Das kann ich nicht glauben, Frau Doktor! Ich muss an die frische Luft!«

»Darf ich Ihnen denn vorspielen, was Rita gesagt hat?«

Kara Metzig ignorierte die Frage. »Sie war nicht gut für ihn!« Danach schwieg sie, machte jedoch keine Anstalten mehr, aufzustehen. Sackte mehr und mehr in sich zusammen.

Lena wartete eine Weile, bevor sie fortfuhr. »Rita gibt sich die Schuld an Josefs Unfall …«

»Warum soll sie schuld sein? Was um Himmels willen hat sie getan?« Hektische rote Flecken bildeten sich in ihrem Gesicht.

»Hören Sie Rita einfach an! Sie hat zugestimmt, dass ich ihnen das Gespräch vorspiele. Ich will Ihnen nichts verheimlichen, Frau Metzig. Sie sind doch seine Mutter!«

Wieder schwieg Kara Metzig, dann atmete sie einige Male tief durch.

»Gut«, seufzte sie schließlich, »was hat Rita mir zu sagen?«

Zweimal hörte sich Josefs Mutter das Gesprächsprotokoll an. Sie blickte dabei auf ihren Sohn, ungläubig und den Kopf leicht in den Nacken gelegt. Sie hatte aufgehört, ihn ständig zu berühren. Das Papiertaschentuch in ihrem Schoß war am Ende zerpflückt, doch die roten Flecken waren aus ihrem Gesicht verschwunden. Sie wirkte gefasst, obwohl Tränen über ihre Wangen liefen und sie nun blass aussah.

»Wissen Sie, an was ich die ganze Zeit denken musste?«, fragte Josefs Mutter und schaute Lena zum ersten Mal direkt und offen an. Ihre Stimme klang nun nicht mehr schrill, sondern sanft: »An meine alte große Babypuppe mit den rollenden Augen und daran, dass ich niemals ein Enkelkind haben werde.«

Bevor Lena ein Wort sagen konnte, sprach Josefs Mutter bereits weiter.

»Geben Sie mir noch Zeit, Frau Doktor. Lassen Sie uns, meinem Josef und mir, noch Zeit. Sehen Sie ihn sich doch an. Bei ihm dauert es länger zu verstehen, was passiert ist. Dass er sterben muss, ist doch nicht wirklich zu glauben. Es ist fast ein Wunder, dass ich dieses Kind geboren habe. Schauen Sie ihn an! Wie heil und gesund und schön er aussieht.« Sie wurde leiser, bis ihre Stimme bei den letzten Sätzen fast versagte: »Bitte, lassen Sie mir noch etwas Zeit, um Abschied zu nehmen. Um das alles hier zu begreifen. Das sehen Sie doch sicher ein, wie schwer das ist. Er ist etwas Besonderes, mein Junge, sehen Sie das nicht?«

Bis zum diesem Zeitpunkt, bis zum diesem flehentlich vorgebrachten Wunsch, war alles wie üblich und wie erwartet gelaufen. Doch dann gewährte Lena ohne Zaudern und ohne nochmals nachzufragen Kara Metzig einen Aufschub: zweiundsiebzig weitere Stunden mit ihrem Sohn. »Gut, ich verschiebe die Hirntoddiagnostik auf Montag früh.«

Als sie den Satz beendet hatte, bereute sie bereits jedes einzelne Wort. Doch Josefs Mutter hatte ihre Hände schon ergriffen und wollte sie gar nicht mehr loslassen.

»Gott segne Sie«, schluchzte sie. »Danke, danke, ich bete für Sie, Sie sind ein guter Mensch.« Fast hätte sie der Frau im weißen Kittel die Hände geküsst.

Diese beschämende Geste und das Gestammel der Mutter und die Tränen auf ihren Händen trieben Lena die Schamesröte ins Gesicht. Mit einem Ruck befreite sie sich aus Kara Metzigs Griff, wischte die Hände am Arztkittel trocken und stand auf. Der Stuhl rutschte mit einem unangenehmen quietschenden Laut nach hinten. Hastig gab sie Josefs Mutter eine Visitenkarte und erklärte, sie könne jederzeit anrufen – direkt bei ihr oder gleich beim Transplantationszentrum von Prometheus: »Falls Sie es sich vor Sonntag anders überlegen oder noch mal über die Organspende reden wollen.«

Lena unterrichtete die Stationsschwester, die sich über den harschen Ton wunderte, und bat darum, den zuständigen Kollegen über den neuen Termin zu informieren.

»Beeilen Sie sich, wir haben noch 45 Minuten!« Lena klopfte nervös auf den Tresen.

Schwester Franziska begriff, dass sie besser nicht nach dem Warum fragen sollte.

Den Gang zurück durch die hohe gläserne Halle genoss Lena dieses Mal nicht. Sie lief gebeugt und schnell, wollte unsichtbar bleiben, und tatsächlich schien sich diesmal niemand nach ihr umzudrehen – trotz des weißen Kittels.

Sie betrat das Büro in der Transplantationsabteilung. Hier fanden die Nachgespräche statt, wenn Organ- oder Gliederverpflanzungen erfolgreich verlaufen waren und die Operierten eine Begleitung wünschten.

In Josef Metzigs elektronischer Krankenakte ergänzte sie: »Zustand Donnerstag, 4. August (3. Tag nach Einlieferung): Hohe Wahrscheinlichkeit Dissoziierter Hirntod (Null-Linien EEG registriert um 3 Uhr). Weiteres Vorgehen: Beobachtungszeit von 72 Stunden vor der rechtskräftigen Hirntodfeststellung erforderlich. Termin: 8. August, morgens 9 Uhr.« Als Begründung notierte sie: »Psychologische Indikation: Zustimmung zur Organspende durch die Mutter (Witwe, einziger Sohn) noch unsicher.«

Ihr Gesicht glühte immer noch aus Scham über den peinlichen Auftritt und weil sie zwar nicht die Unwahrheit schrieb, aber seinen Spenderausweis nicht erwähnte. Mein Gott, was war bloß in sie gefahren? Überarbeitet und unausgeschlafen machte man eben leicht einen Fehler! Sie hatte sich überrumpeln lassen, war sentimental geworden,weil sie unkonzentriert gewesen war. Sie hatte in der letzten Zeit einfach zu viel über den Go-Go-Versuchsreihen gebrütet. Aber ihr Prometheus-Team wollte unbedingt das erste sein, das »Supermanns Traum« wahr machte.

Dieser Begriff stammte aus einem alten Artikel, und sie verwendete ihn gern in ihren Vorträgen, weil er meistens entspanntes Gelächter auslöste. Der Ausdruck ging zurück auf einen längst verstorbenen Darsteller einer – bei den heutigen Jugendlichen weitgehend unbekannten, aber vor etlichen Jahrzehnten noch sehr beliebten – Comicfigur, die den dummen Namen Superman trug. Der amerikanische Schauspieler war nach einem Reitunfall querschnittsgelähmt geblieben und hatte bis kurz vor seinem Tod im Jahr 2004, du liebe Güte, wie lang war das her, immer wieder verkündet: »Eines Tages werde ich aus dem Rollstuhl aufstehen.« Zu seinen Lebzeiten hatte es die Wissenschaft nicht mehr geschafft, aber Kollegen hatten bereits um die Jahrtausendwende Eiweiße isoliert, durch die das Rückenmark vernarbte und eine Heilung unmöglich wurde, weshalb sie diese Stoffe Nogo, nichts geht, getauft hatten. Mit maßgeschneiderten Antikörpern, den Nogo-A, erzielte man bald erste Verbesserungen. Lenas Team jedoch war noch einen Schritt weiter gegangen und züchtete inzwischen Go-Go-Proteine, um das daumendicke Rückenmark aktiv wachsen zu lassen und vollständig wiederherzustellen. Go, go! Sie wollten hier ganze vorne mit dabei sein!

Lena flüchtete in das Labor, um sich abzulenken. Sie stand neben dem *DNA Sequencer Stretch*, ihrer geliebten alten, grauen Kiste. Fast eine Antiquität war das, inzwischen schon reif fürs Medizinmuseum! Lena griff nach dem Haifischzahnkamm und trug damit Genproben auf. Dieses altmodische Sequenzieren der Erbinformation entspannte sie. Zuerst wurden die Proben zwischen den mit Gel gefüllten Glasplatten sauber getrennt, bevor die Chromatogramme der Basenfolgen, die an bunte Strickleitern erinnerten, schließlich ausgedruckt wurden. Doch was sie sonst als befriedigend und besinnlich empfand, brachte sie an diesem verflixten Tag auf keine anderen Gedanken. Auch einfach aufzuräumen half nicht.

Diese überflüssige Beobachtungszeit für Josef Metzig anzuordnen war unprofessionell gewesen. Sie ging damit nicht nur das Risiko ein, dass er plötzlich starb, ohne gespendet zu haben, obwohl sein Zustand sehr stabil zu sein schien. Viel schlimmer war, dass sie das Vertrauen derer missbrauchte, die auf sie angewiesen waren, um zu leben. Tausende Kranke waren auf den europäischen Wartelisten und bald hundert im privaten Prometheus-Register verzeichnet, und alle hofften wochen- und monatelang auf ein Herz oder eine Niere, brauchten eine

Lunge oder eine neue Leber, und zweiundsiebzig Stunden konnten für einige entschieden zu lang sein. An all diese hatte sie nicht gedacht, warum war ihr das passiert? Es war doch fast wie immer gewesen an diesem Tag, aber eben nur fast. Und dieses *fast* beunruhigte sie.

Sie fühlte sich, als sei sie aus der Bahn geraten.

Abends zu Hause, es waren nur fünfzehn Minuten von der Klinik bis zu ihrer Altbauwohnung, wurde ihre Laune nicht besser. Sie fluchte zum wiederholten Male darüber, dass sie keine Klimaanlage besaß und es unerträglich schwül war. Ihr höchst privater Protest war das gegen die Klimaerwärmung. Doch dieses trotzige Festhalten an ihrer Abneigung gegen diese surrenden Dinger kam ihr inzwischen selbst nur noch lächerlich vor. Wenn sie bedachte, wie sehr das Klima inzwischen viele Teile der Welt verändert hatte, konnte der Verzicht auf eine einzelne Klimaanlage wohl kaum etwas ausrichten.

Sie rief eine Freundin und zwei Bekannte an, aber niemand antwortete. Sie war gern allein, doch an diesem Abend fühlte sie sich einsam, und wenn sie das tat, trank sie zu viel. Sie saß in der Dämmerung, den Sessel nah an das geöffnete Fenster gerückt, und wartete, bis es ganz dunkel wurde. Sie beobachtete gern den Himmel. Sie hatte seit dem Mittag nichts mehr gegessen und spürte den Alkohol schneller als sonst. Nach drei Glas Weißwein prostete sie dem bunten Zuckerskelett zu, das sie aus Mexiko mitgebracht hatte und das plötzlich in ihrem Bücherregal obszön herumzutanzen begann.

Sie stellte das Weinglas zur Seite und stand auf. Auch sie sollte wieder einmal tanzen gehen oder weit weg-fahren! Irgendwohin, wo alles anders war und fremd. Sie hatte es immer geliebt zu reisen, doch die Arbeit fraß sie in letzter Zeit auf. Das war weder gut für ihr sowieso kaum mehr vorhandenes Privatleben noch für ihren Beruf. Sie wurde unachtsam. Wenn sie heute bestimmter aufgetreten wäre, hätte Kara Metzig zugestimmt, da war sie sich sicher. Es hatte nicht mehr viel, eigentlich hatte gar nichts mehr gefehlt, aber Lena hatte es nicht wirklich versucht. *Keine Niere und kein Auge mitgebracht und kein Herzchen zu finden!* Sie glotzte in ihre leeren Hände und schüttelte heftig den Kopf. Langsam benahm sie sich genauso verrückt wie Doktor Rönne. Sie presste die Fingerkuppen zusammen, bis sie schmerzten. So, als könnte sie damit alle um Vergebung bitten, die sie durch ihr Zaudern töten würde.

Als Lena endlich im Bett lag, war es bereits ein Uhr, und ihr schwindelte noch immer. Zwischen Wachen und Träumen murmelte sie unverständliche, wütende Worte. Sie hatte es so verdammt satt, heulende und verzweifelte Mütter zu ertragen. Und dann sah sie, wie auf einem Foto, wie in einem Traum, eine Frau im weißen Kittel neben einem Bett saß. War sie das oder Rita Simon, die sich ihren Arztmantel gegriffen und übergezogen hatte? Sie konnte das Gesicht der Frau nicht sehen, aber den Mann daneben umso besser: Josef Metzig. Fast nackt war er, nur ein dünnes Tuch bedeckte seine Hüften. Sein Oberkörper glänzte, ein Schweißfilm reflektierte das diffuse, fast unheimliche Licht. Immer wieder meinte Lena auch, diesen einen, so unverwechselbaren dumpfen Ton zu vernehmen: Als ob ein Schädel auf Stein aufschlägt. Oder eine Melone auf einen Boden fällt. Oder ein Körper haltlos umkippt wie ein gefällter Baum auf einer Lichtung. Oder waren es nur die Schritte der Mieter in der Wohnung über ihr? Bei jedem neuen Ton zuckte die Frau neben dem Bett zusammen. Schließlich fragte der junge Mann: »Bin ich wirklich schon tot?« Der Beatmungsschlauch schien ihn nicht zu stören, aber seine Augen blieben geschlossen.

Für den Bruchteil einer Sekunde, bevor Lena endlich einschlief, begriff sie, dass ihr Zaudern an diesem Donnerstagnachmittag auf der ZI-N einen banalen und fast primitiven Grund gehabt haben musste: Josef Metzigs Attraktivität.

Unzählige psychologische Studien hatten schließlich nachgewiesen, dass schöne Menschen immer mehr von allem bekommen: mehr Aufmerksamkeit und mehr Geld, mehr Anerkennung und mehr Liebe. Und jetzt auch einen Todesaufschub! Unbewusst werden Äußerlichkeiten belohnt. Schon Babys betrachten die Gesichter schöner Menschen länger als Bilder, auf denen hässliche Frauen und Männer abgebildet sind.

Während sie mit Kara Metzig gesprochen hatte, hatte sie diesen ebenmäßigen, wohlgeformten Körper länger angeschaut als üblich, und vor allem anders als sonst. Nicht nur wie eine Ärztin einen Patienten oder wie eine Mutter ihren Sohn betrachtete. Wie eine Frau ihren Mann oder ein Mädchen seinen Geliebten. Selten hatte sie so lange und so dicht neben einem Patienten gesessen. Josef Metzig hatte mit seinen fast neunzehn Jahren den biologischen Gipfel seiner körperlichen Existenz erklommen. Fix und fertig ausgereift war er. Geformt wie Michelangelos David, das Fleisch gewordene männliche Schönheitsideal, das lebende Klischee! So vollkommen würde er nie wieder sein, selbst wenn er weiterleben könnte. Da hielt selbst Gevatterin Tod bewundernd inne und traute sich nicht offiziell, Schluss zu machen. Denn das wäre in seinem Fall wirklich ein Skandal.

Ich bin auf diese dummen Äußerlichkeiten reingefallen, das war ihr letzter Gedanke an diesem Tag. Doch in der Nacht verglühte diese Erkenntnis wie eine Sternschnuppe.

Am nächsten Morgen fühlte sie sich unausgeschlafen. Auch ein vages Unbehagen war geblieben, dem sie aber lieber nicht nachspüren wollte. Sie wollte nicht wissen, woher dieses bittersüße Grauen rührte, das ihr in der Kehle saß. Josef Metzigs Bild war in den Falten und Fallen ihres Gehirns versunken, sie hatte ihn und seinen schönen Körper einfach vergessen.

Als sie am Freitagmorgen gegen zehn Uhr, eine Stunde später als üblich, ins Labor kam, wollte der Kollege, den sie gestern auf der ZI-N vertreten hatte, wissen: »Lief alles gut? Du siehst schlecht aus! Ist was passiert?«

»Das Übliche«, antwortete sie und log nicht einmal. »Ich habe schlecht geschlafen, es war wieder einmal zu heiß.«

»Du solltest dir endlich eine Klimaanlage einbauen lassen.«

»Hör bloß auf«, murrte sie.

Der Aufschub, den Lena entgegen aller Vernunft Josefs Mutter gewährt hatte, sollte jedoch viel mehr sein als eine kleine, erklärbare und verzeihliche Schwäche im Leben der Ärztin und Neurowissenschaftlerin Doktor Kraft.

Eineinhalb Jahre später wird Rita Simon von einer *prometheia*, einer wirklichen Vorsehung, sprechen und dabei ihren schwangeren Bauch streicheln. Und Kara Metzig wird neben ihr sitzen, zustimmend nicken und glücklich lächeln, weil sie nun doch noch Großmutter werden sollte. »Ich wusste es schon immer: Josef wird weiterleben!«

Denn nur weil Lena angeordnet hatte, den Patienten Metzig drei Tage später als möglich für hirntot zu erklären, begegnete seine Mutter am Freitag nach dem Unfall auf einer schattigen Bank vor der Klinik einer Frau, deren Mann auf derselben Intensivstation lag.

So mischte der Zufall das Überlebenspiel neu und Kara Metzigs Sohn wurde darin ihrer aller Joker.

Die Kliniken mit ihren hellen hohen Hallen sind die Kathedralen des einundzwanzigsten Jahrhunderts. Stimmst du mir zu?, will Josef wissen.
Gero muss nicht lange überlegen und zeigt seine Zustimmung mit dem für ihn so typischen kurzen Nicken. Du hast recht! In diesen Medizintempeln betet das Volk fortschrittsgläubig zu den Halbgöttern in Weiß, fleht sie um das ewige Leben an, und viele glauben wieder an Wunder. Und manchmal werden ihre Gebete sogar erhört, wie bei uns.
Josef faltet seine Hände. Und Lahme gehen, und Blinde sehen wieder, und Taube hören mit einem eingepflanzten Computer, und ein neues Herz belebt eine alte Brust, und jemand lacht wieder froh mit einem neuen Gesicht.
Gero stimmt in diese Litanei mit ein, sie reden plötzlich durcheinander. Die Theologen wurden längst abgelöst von den Designern und Körperingenieuren, die in den Operationssälen und Laboren werkeln und wirken und Segensreiches und nie geahntes Neues und Wunderbares vollbringen, im und am Menschen, und uns schön und neu machen.
Kreationen ohne Grenzen, himmelschreiend und himmelwärts. Josef breitet seine Arme aus wie ein Prediger, und Gero tut es ihm gleich. Was bleibt ihm auch übrig? Sie verharren nun stumm in dieser ehrfürchtigen Geste, einige Zeit lang schweigen sie, bevor sie in prustendes Gelächter ausbrechen.

Unter der verblühten Zierkirsche mit den braunroten Blättern begegneten sie sich. Dort im Schatten stand die

Bank, auf der Kara Metzig saß, einen Tag nach ihrem Treffen mit Lena-Maria Kraft. Sie hatte das Klinikgebäude verlassen, um nachzudenken, um sich zu erinnern an die Sommer mit ihrem Jungen, der bald von ihr gehen würde. Als sich eine Fremde auf dem Weg näherte, blickte sie mürrisch und misstrauisch auf.

Yvonne von Hutten lief eigenartig, sie wirkte wie betäubt. Sie war ebenfalls hier draußen, um allein zu sein. Als sie die Frau auf der Bank sitzen sah, wollte sie eigentlich umkehren oder nach einem höflichen »Guten Tag« weitergehen. Doch dann roch sie die frisch gemähte Sommerwiese neben dem gepflasterten Weg und strauchelte. Es war derselbe Duft wie im elterlichen Garten, wo sie sich als Kind immer so unbeschwert und frei und niemals allein gefühlt hatte. Und genau nach diesen Gefühlen sehnte sie sich so sehr, dass sie beschloss, sich ebenfalls hierhin zu setzen.

»Darf ich?«, fragte sie.

»Natürlich.«

»Der Schatten tut gut!«

»Ja, es ist sehr heiß heute!«

»Achtunddreißig Grad im Schatten habe ich gelesen. Es wird jedes Jahr wärmer, nicht wahr?«

»Ich meine, es sind nur zweiunddreißig Grad.«

»Das reicht auch!«

Yvonne von Hutten und Kara Metzig kamen schnell ins Gespräch. Denn sie erinnerten sich daran, sich auf dem Gang der ZI schon mehrere Male begegnet zu sein. Gero von Huttens Frau war Kara Metzigs hell blondiertes Dauerwellenhaar, ihre billigen T-Shirts in den oft viel zu grellen Farben und ihr unruhiges Hin- und Herschreiten aufgefallen, einem Raubtier im Käfig gleich. Josefs Mutter dagegen hatte nicht vergessen, dass die Frau neben ihr öfters still vor einer Kojentür am hinteren Ende der

Station gekauert hatte. Immer schwarz oder grau gekleidet, streng und traurig, genau wie jetzt, trotz dieser Temperaturen.

»Wohnen Sie auch im Patientenhotel?«, erkundigte sich Kara Metzig.

»Nein, wir stammen aus Gemberg!«

In einer Klinik werden Fremde schneller vertraut, sind offener als sonst. Als Leidensgenossinnen können sie nachfühlen, wie es dem Gegenüber ergeht. Hier brauchen alle Trost. Fragen werden nicht aus Neugier, sondern aus Anteilnahme gestellt. Und so stellten beide schnell fest, dass Gero von Hutten, der Ehemann, und Josef Metzig, der Sohn, nicht nur beide auf der ZI lagen – der eine in Koje 02 in der Sektion Neurologie, der andere in Nummer 20 bei den Internisten –, sondern dass auch ein zutiefst menschlicher Wunsch sie einte: Geros Frau wollte nicht, dass ihr Mann starb. Und Kara Metzig hoffte tatsächlich weiter auf ein Wunder und betete, dass ihr einziges Kind entgegen allen ärztlichen Diagnosen und Prognosen wieder aufwachen würde und weiterleben könnte.

»Wie alt ist ihr Mann denn?«, wollte Kara Metzig wissen.

»Zweiunddreißig Jahre. Und ihr Sohn?«

»Er ist achtzehn, aber bald wird er neunzehn.«

Immer schneller stellte Yvonne präzise Fragen zu Josefs Krankengeschichte. Kara gab bereitwillig Auskunft und fragte dann bald genauso direkt zurück. Sie erfuhr, wie Geros Unfall passiert war und dass die Ärzte eine Woche lang um sein Leben gekämpft hatten und dass er – fast ein Wunder! – überlebt hatte, schwer verletzt und ohne rechte Hand und mit einem zerstörten linken Arm und einer kaputten Niere und Verbrennungen am ganzen Körper.

»Nur sein Kopf ist unversehrt geblieben«, Yvonne drückte einen Finger fest an die Schläfe, »wirklich nur der Kopf!«

Nach diesem Satz sahen sich die zwei Frauen an und verstummten.

Der Ehemann und der Sohn. So musste es sein. Sie waren wie füreinander bestimmt. Keine hatte die andere gedrängt, es hatte sich einfach so ergeben, Satz um Satz, auf dieser Bank im Halbschatten des verblühten Baums, dessen viel zu trockene Blätter laut raschelten.

Yvonne brach das Schweigen. »Mein Mann hat noch nicht zu Ende gelebt, er will und er muss weiterleben. Und dazu braucht er einen neuen Körper.«

»Und mein Sohn hat einen wunderschönen, heilen Körper.« Kara Metzig klang vorsichtiger. »Aber am Montag wollen sie ihn für tot erklären. Ich will nicht, dass er stirbt.«

Sie mussten am Ende wirklich nur noch eins und eins zusammenzählen. Es war eine einfache und zwingende Rechnung,

»Was warten wir noch? Lassen Sie uns handeln, für Ihren Sohn und für meinen Mann«, schlug Yvonne vor.

Alles schien erträglicher zu sein als der Tod.

Gemeinsam gingen sie zurück in die Klinik, Yvonne von Hutten vorneweg, Kara Metzig ein paar Meter dahinter, gedankenverloren. Und dann standen sie nebeneinander in der Koje 20, in der Gero von Hutten lag. Kara Metzig wäre am liebsten wieder hinausgegangen, aber sie musste sich zwingen, diesen verwüsteten Körper anzuschauen. Überall liefen Schläuche hinein und heraus, durchstießen seine Haut, ragten aus Verbänden hervor. Sie sah den verbundenen rechten Unterarmstumpf und den schlaffen, zertrümmerten linken Arm und ahnte die Verbrennungen am Rumpf, als der Mann leise stöhnte. Und falls Kara Metzig noch unsicher gewesen war, nach diesem Anblick war sie voller Mitleid und umso fester entschlossen, alles zu wagen.

Und dann folgte Yvonne von Hutten der anderen in die Koje 02, und auch sie stellte sich an das Fußende des Bettes, in dem Josef Metzig zu schlafen schien. Mein Gott, er ist wunderschön, dachte sie. Ruhig und regelmäßig hob und senkte sich sein Brustkorb. Doch aus diesem künstlich am Leben erhaltenen, fast friedlich wirkenden Traum würde er nie wieder erwachen. Kaum zu glauben, denn seine festen Beine und die Arme und Hände schienen sich nur auszuruhen, um nachher umso schneller loslaufen und umso fester wieder zugreifen zu können. Yvonne sah und spürte in diesem Bett noch so viel Leben, dass nun auch sie bestärkt wurde, alles zu wagen.

Kara Metzig zog ihr Mobilfon und die Visitenkarte aus der Tasche, die Lena ihr gegeben hatte. »Ich rufe diese Transplantationsbegleiterin an!«

Sie hatte nicht lange überlegen müssen, ob sie lieber direkt das Transplantationszentrum der Prometheus-Klinik informieren oder zuerst die Medizinerin in ihren Plan einweihen sollte. Denn Lenas weißer Kittel hatte Kara Metzig an den alten Hausarzt erinnert, den ihre ganze Familie verehrt hatte, als sie selbst noch ein Kind gewesen war. Sie tippte die Mobilnummer der Medizinerin ein.

»Sie wird uns verstehen«, erklärte sie, »diese Frau hat schon einmal Mitleid gezeigt. Gestern. Mit mir.« Sie zeigte der anderen das Kärtchen: »Ihr Name ist Lena-Maria Kraft, Professor Kraft.«

Die Medizinerin meldete sich sofort.

Josefs Mutter nannte ihren Namen und bat um ein Treffen.

»Geht es um die Organspende?«

»Ja, aber es eilt!«

»Hat sich sein Zustand denn verschlechtert?«

»Nein, alles scheint stabil zu sein!«

»Warum eilt es dann so?«

»Passt es Ihnen gleich morgen früh?

»Doch, das geht. Samstag um 9 Uhr im Gesprächsraum der ZI?«

»Können Sie bitte wieder an das Bett meines Sohnes kommen? Und eine Bekannte wird auch dabei sein.«

Lena, die gerade einen Stapel Infrarotbilder im Labor geordnet hatte, ließ erstaunt den Hörer sinken. Josefs Mutter hatte ihr nicht verraten, um was es ging, und sie hatte nicht weiter danach gefragt, auch nicht nach der Bekannten. Lena war viel zu erleichtert darüber, dass der unnötige Aufschub nicht zu einem strikten Nein der Mutter geführt hatte. Sie war noch einmal davongekommen. In dieser Nacht schlief sie gut und traumlos.

Die Unbekannte, die am Fußende des Bettes stand, war einen Kopf größer als Josefs Mutter und etwa von der gleichen Größe wie Lena. Ihre Augen waren ungeschminkt, die Lippen dafür umso sorgfältiger dunkelrot bemalt. Sie trug einen schwarzen Overall mit einem weißen Leinenschal, kompakt war sie, aber nicht dick. Wahrscheinlich eine Architektin, dachte Lena, auch wenn sie nicht erklären konnte, warum die Frau diesen Eindruck machte. Es war auch kurios, dass sie selbst wie eine Negativaufnahme dieser Fremden wirkte, mit ihrem weißen Kittel und den dunkel geschminkten Augen. Sie mussten etwa gleichaltrig sein.

»Mein Name ist Yvonne von Hutten. Danke, dass Sie Zeit für uns haben.« Die Frau machte sofort einen Schritt

auf Lena zu und begrüßte sie mit einem kräftigen Hände-
druck. Der harte, entschlossene Zug um ihren Mund verschwand auch dann nicht, als sie lächelte. Schräg geschnitten waren die grünen Augen in dem großflächigen
Gesicht, interessant sah sie aus und recht arrogant.

Lena begrüßte auch Josefs Mutter, die wieder neben
dem Bett ihres Sohnes saß. »Wir brauchen dringend Ihre
Hilfe«, erklärte Kara Metzig. »Und dafür brauchen Sie
Josefs Spenderausweis. Ich habe ihn bei mir. Er lag tatsächlich in der zweiten Schublade von oben, rechts im
Schreibtisch. Ich war gestern Abend noch in seiner Wohnung.«

»Sie müssen uns helfen«, bat Yvonne von Hutten

»Wenn ich kann, gerne! Worum geht es denn?«

»Ich stimme jetzt einer Spende zu«, sagte Kara Metzig
so behutsam, als löse jedes Wort einen Schmerz in ihr
aus. »Aber nur vollständig …«

»Was meinen Sie mit vollständig?«

»Nur wenn er …« Sie stockte und schaute zu der anderen, die ermutigend nickte, »… nur wenn er heil bleibt.
Nur wenn Sie den ganzen Körper meines Sohnes transplantieren, gebe ich Ihnen meine Zustimmung.«

Bevor Lena den Mund öffnen konnte, ergänzte Yvonne
von Hutten: »Und mein Mann, Gero von Hutten, soll der
Empfänger sein. Das ist unsere zweite Bedingung. Er liegt
in Raum 20, ebenfalls hier auf der ZI, bei den Internisten!«

Lena blickte von einer zur anderen. »Das kann nicht
Ihr Ernst sein!«

»Doch, es ist unser voller Ernst.«

»Seit wann kennen Sie sich überhaupt?«, wollte die
Ärztin wissen.

»Gestern Nachmittag haben wir uns getroffen …«, erklärte Josefs Mutter, »und zwar auf der Bank unter der

Zierkirsche. Sie wissen schon, dieser braunrote, halb vertrocknete Baum.«

Die Medizinerin schwieg wieder und strich sich nervös die Haare zurück, rückte an ihrer Brille. Als sie längere Zeit nichts sagte, wurde Kara Metzig unruhig.

»Ist es eine Geldfrage?«, fragte Yvonne von Hutten.

»Es ist doch nicht verboten, oder?«, wollte Kara Metzig wissen.

Lena versuchte sich zu sammeln: »Habe ich Sie beide wirklich richtig verstanden? Sie wollen tatsächlich eine Kopfverpflanzung? Darum bitten Sie mich, oder vielmehr uns, also die Prometheus-Klinik?«

»Gleichgültig, wie Sie es nennen, Körperspende oder Kopfverpflanzung…«, Yvonne von Hutten holte tief Luft. »Genau das wollen wir! Dieser Körper hier lebt und ist intakt. Und der Kopf meines Mannes ist intakt, aber sein Körper vollkommen zerstört. Er ist Maler und besitzt keine Hände mehr. Es ist fraglich, wie lange er überhaupt noch überleben kann. Ich will nicht, dass sein Körper ihn … abhängt. Er soll nicht sterben. Er hat noch so viele Bilder im Kopf und ein ganzes Leben vor sich. Er ist erst zweiunddreißig! Erst zweiunddreißig!« Die letzten Worte schrie sie, nun komplett außer sich!

Kara Metzig stand auf und berührte Yvonne von Huttens Arm. »Beruhigen Sie sich, Yvonne!«

»Sie erlauben?« Lena setzte sich auf den leeren Stuhl. Jetzt hatte sie weiche Knie und bekam kaum mehr Luft. Sie öffnete die Knöpfe ihres Arztkittels. Sie war entsetzt und erstaunt, ängstlich und euphorisch, ungläubig und trotzdem zu allem bereit.

»Ich bin überrascht, und das ist noch hoffnungslos untertrieben«, murmelte sie, Josef Metzigs Körper im Blick. Es war ungeheuerlich, was diese zwei Frauen wollten. Ungeheuerlich und sehr verlockend.

»Bitte, lehnen Sie nicht ab«, flehte Josefs Mutter

Nein, die beiden Frauen machten keine Scherze.

»Die Organspende ist ein Akt der Nächstenliebe, das haben Sie doch selbst gesagt!« Nun sprach wieder Josefs Mutter, sanft und eindringlich. »Kann man einem anderen denn mehr Nächstenliebe zukommen lassen als durch eine Körperspende?«

»Was spricht denn dagegen?«, wollte Yvonne von Hutten wissen

»Es ist noch nie versucht worden«, brachte Lena heraus. »Noch nie!«

»Aber ich habe schon viel darüber gelesen«, warf Kara Metzig ein.

»Es wird viel Unsinn geschrieben.«

»Und es gibt immer ein erstes Mal«, sagte Yvonne von Hutten.

»Nur bei Affen ist es gelungen. Und das ist lange her.«

»Und für Menschen wird es doch seit langem diskutiert … oder?« Kara Metzig klang unsicher.

»Richtig, es wird diskutiert … aber bislang eben nur diskutiert!«

»Und das tun Sie sicher auch bei Prometheus«, hakte Geros Ehefrau nach. »Ich weiß, dass es machbar ist. Ich habe gestern Abend über ihre Go-Go-Arbeiten gelesen, im Betanet, nachdem mir Kara Ihren Namen genannt hatte. Sie sind eine der Besten! Und Ihre Klinik ist es auch. Wir nehmen Sie nur beim Wort! Wenn es tatsächlich stimmt, was auf diesem Informationsblatt steht, dann können Sie es tun. Dann *müssen* Sie es tun!« Sie zog eine Werbebroschüre hervor, die Lena nur zu gut kannte.

DIE PROMETHEUS-STIFTUNG

PROMETHEUS bedeutet »Der Vorausdenkende«, der einen Blick in die Zukunft wagt.

PROMETHEUS erschuf und belebte in der griechischen Mythologie nicht nur den Menschen, sondern er gab ihm auch das Feuer. Kultur und Wissenschaft, Technik und Fortschritt.

PROMETHEUS – kein Name passt besser zu unserer Stiftung. Weil auch wir

– dem medizinischen Fortschritt verpflichtet sind
– die Zukunft gestalten
– Leben verlängern oder neu ermöglichen
– Vorsorge tragen für unsere Patienten über die medizinischen Eingriffe hinaus
– Immer den ganzen Menschen im Blick haben

Die PROMETHEUS-Stiftung arbeitet im Rahmen der gesetzlichen Bestimmungen, ist jedoch zugleich unabhängig und frei, insbesondere in der Forschung, weil sie sich allein aus privaten Mitteln, einem großen Stiftungskapital und Patientenspenden, finanziert. Deshalb können wir die Besten und die Ersten sein zum Wohle der Patienten. Der Campus der PROMETHEUS-Institute und PROMETHEUS-Kliniken beherbergt deshalb auch Reha-Einrichtungen. Wir arbeiten mit den modernsten Geräten und Methoden und unsere Transplantationsbegleitung ist kostenlos.

**Wir kennen keine Grenzen,
sondern nur Herausforderungen.**

Ob Organ- oder Gliedertransplantationen, Gesichtsrekonstruktionen oder Körpermodelling – wir sind Ihr Partner, heute und auch bei Medizintestamenten. Vereinbaren Sie gerne ein kostenloses Beratungsgespräch.

Gestalten Sie mit uns gemeinsam die Zukunft.

Werden Sie Mitglied bei PROMETHEUS und sichern Sie sich so – für alle Fälle! – einen Platz auf den Organempfänger-Listen (Bonus für Spenderwillige!) oder in unseren Pflegeheimen. Denn wir kümmern uns um Sie bis an ihr Lebensende.

Erfahren Sie mehr unter *prometheus.inst* im Betanet.

————————

Lena empfand den Text, den sie natürlich kannte, nun plötzlich ganz anders – wenn man jedes Wort ernst nahm, und das hatte sie noch nie in aller Konsequenz getan, bekam man plötzlich ein flaues Gefühl. Dasselbe wie damals als Studentin, als sie auf ihre Prüfungsnoten gewartet hatte.

Und Geros Frau hatte in einem wesentlichen Punkt tatsächlich recht: Seit vielen Jahren wurde sehr ernsthaft über die Kopfverpflanzung gesprochen und nicht mehr nur spekuliert. Eine solche Operation war in einigen Fällen schon erwogen, aber am Ende immer wieder verworfen worden. Und jetzt könnte es tatsächlich soweit sein, hier in der Prometheusklinik: Ihr wurden der gesunde Körper eines Hirntoten und ein gesunder Kopf angeboten, ja fast aufgedrängt, serviert wie auf einem Tablett!

Ob Judith so lange gezögert hatte, bevor sie Holofernes köpfte? Woher bloß kannte sie diese Zeilen – noch aus der

Schule? –, die ihr durch den Kopf spukten: »Danach schnitt sie ihm den Kopf ab. Und wälzte den Leib aus dem Bett. Oh armer Holofernes! O, du verrücktes Weib? Wo ist das edle Haupt? ...« Verdammt, was sollte sie tun?

»Ich bin sicher, dass Sie uns helfen können.« Josefs Mutter streichelte genau wie vor zwei Tagen wieder die linke Hand ihres Sohnes. »Wir vier haben nichts zu verlieren, aber alles zu gewinnen.«

Aber ich kann alles verlieren, dachte Lena, oder etwas Unglaubliches wagen. Nicht nur Gehirngewebe verpflanzen, sondern ein komplettes Gehirn mit Milliarden wohl organisierter Zellen. Eine *Whole Brain Transplantation*, eine echte *WBT*, die erste weltweit. Nichts anderes war die Kopfverpflanzung schließlich. Wie viele Neurowissenschaftler auf dieser Welt würden dieses Angebot zurückweisen, den Gero-Kopf mit dem Josef-Körper zu verbinden? Wenige, und zu denen wollte sie nicht gehören. Sie erinnerte sich an Rönne und seine große Frage: Wie ist das denn mit den Gehirnen? Eine WBT hätte er niemals abgelehnt, weil sie vielleicht die lang ersehnten Antworten oder wenigstens bessere Fragen hervorbringen konnte.

Lena wandte sich wieder den beiden Frauen zu, die sie erwartungsvoll musterten: »Sind denn beide Männer Rechtshänder?«

Ein gemeinsames Nicken.

»Gut!«, sagte Lena.

Die beiden anderen lächelten sich vorsichtig an, sie wussten nun die Wissenschaftlerin auf ihrer Seite.

»Es ist doch die Aufgabe der Wissenschaft, wie auch der Kunst, neue Welten zu denken und zu eröffnen, die Wirklichkeit werden könnten«, sagte Yvonne von Hutten.

Und Kara Metzig ergänzte, den Prometheus-Flyer in

der Hand: »Wissenschaftler müssen Vorausdenkende sein. So wie es hier steht!«

Lena konnte ihnen nicht widersprechen. Die Wissenschaft hatte bereits so vieles möglich gemacht, was früher als Horrorvision oder visionärer Traum gegolten hatte. Es kam immer auf den Blickwinkel an und auf die Zeit, in der etwas geschah.

Ihr kam das Grimm'sche Märchen vom Gevatter Tod und sein Ende in den Sinn. Da wurde der Arzt schließlich bestraft, weil sich der Tod um sein Eigentum betrogen sah: Er ließ das Lebenslicht des Arztes verlöschen und zeigte ihm so seine Grenzen, seine eigene Ohnmacht auf. Doch das war in alter Zeit gewesen, dachte sie, als man Tod und Teufel und Gott noch gefürchtet hatte. Seitdem waren so viele Grenzen eingerissen worden und verschwunden, dass diese Transplantation sich nur einreihte in eine unvermeidliche Entwicklung: von der Niere über das Herz zu den Händen und zum Gesicht.

Und jetzt ging es um den ganzen Kopf.

Gero mag diese Legende besonders, die von zwei Ärzten, zwei Brüdern, erzählt. Der erste hieß Kosmas – nach dem griechischen Wort für Ordnung *– und der zweite Damian – nach dem griechischen Wort für* bezwingen. *Im dritten Jahrhundert sollen sie ein vom Krebs zerfressenes Bein amputiert und dem Kranken das gesunde Bein eines gerade verstorbenen Mohren aufgepfropft haben. Die unterschiedliche Hautfarbe machte ihre Großtat, die damals als Wunder gefeiert wurde, sichtbar und brachte den Ehrgeiz in die Welt, ihnen nachzueifern. Kosmas und Damian erregten aber zugleich den Unmut von Kollegen, weil sie ohne Lohn handelten. Zur Strafe wurden sie von ihren Neidern geköpft.*

Josef, der schweigend zugehört hat, blafft Gero nun an:
Diese Geschichte und besonders das Ende mag ich über-
haupt nicht! Kannst du nicht etwas anderes erzählen,
um mich aufzumuntern, Blutsbruder? Du müsstest
mich inzwischen doch eigentlich gut genug kennen.
Oder vielleicht sollten wir nicht so viel reden, sondern
Kopfball spielen?
Ich knacke lieber Kopfnüsse, sagt Gero und schlägt
seinen Kopf gegen die weiße Wand, vor der er sitzt.

Lena erschrak, als sie Gero von Hutten in der Koje 20 besuchte. Sie hatte Mitleid mit dieser jämmerlichen Gestalt,
die nicht ansprechbar war und es allem Anschein nach
auch nie wieder sein würde, einer Körperhülle, voll-
gepumpt mit Schmerzmitteln. Und weil sein Körper verbunden und verhüllt, eingepackt und verkabelt war,
wirkte sein Kopf mit den blonden Locken bereits wie aufgesetzt, als ob er schon nicht mehr dazugehörte, der Rest
nur noch sein Anhängsel war. Natürlich betrachtete sie
diesen Mann voreingenommen, weil sie um den Wunsch
der Mutter und Ehefrau wusste und weil auch sie an den
Eingriff dachte. Dennoch: Gero war das genaue Gegen-
stück zu Josef Metzig, sodass tatsächlich alles nach einer
Vereinigung der beiden schrie.

Wenn man es überhaupt wagte, dann jetzt. Und mit
diesen beiden.

Sie lud sich mit ihrem Prometheus-Code Geros Krankenakte auf den Zimmerbildschirm. Sein Kopf war in der
Tat der einzige unversehrte Körperteil! Was zu tun war,
war mehr als augenfällig. Und als sie in sein kantiges
Gesicht blickte, fragte sie sich, wo sie jetzt standen, er und
sie: An einer Stelle, an der es für beide entweder steil
bergauf oder steil bergab gehen würde, hinauf oder hinunter.

Noch aus Koje 20 schickte sie eine Mail an den Neurochirurgen Mathias Rothoff: »Dringend: WBT wahrscheinlich möglich! Wann bist du im Zimmer?«

Zu Yvonne von Hutten, die im Gang gewartet hatte, sagte sie nur: »Ich werde mich mit unserem Neurochirurgen und unserer Transplantationsabteilung beraten.«

»Danke. Das ist gut.« Geros Ehefrau klang erleichtert.

»Versprechen kann ich noch nichts, aber lassen Sie uns trotzdem noch mal reden.«

Sie gingen nebeneinanderher in denselben Raum, in dem Lena vor zwei Tagen Rita Simon getroffen hatte. Und Geros Frau nahm auf demselben Stuhl Platz, auf dem die Freundin des anderen gesessen hatte.

Lena fragte sich, was wohl Rita von diesem Plan halten würde.

Während sie den Voicerecorder installierte, zog Yvonne aus ihrer großen Handtasche mehrere Fotos und legte sie auf den Tisch. Sie zeigten Gero von Hutten vor seinem Unfall und drei seiner künstlerischen Arbeiten. Zuerst lagen die Bilder auf dem Kopf, von Lena aus gesehen, bis Yvonne sie umdrehte und zurechtrückte.

Kopfüber und kopfunter und kopfhoch. Was war eigentlich das Gegenteil von kopflos?, fragte sich Lena.

Kontrolliert, fiel ihr ein. Kontrolliert, wie sie war. Und Yvonne ebenso.

Voicerecording-Protokoll des Gesprächs mit Yvonne von Hutten

Vor drei Wochen hatte er diesen Unfall. Ein Laster streifte ihn, und er schleuderte zunächst gegen eine Leitplanke, dann wieder zurück quer über die Autobahn. Dann über die Standspur und weiter gegen einen Baum. Er war unter dem Wrack eingeklemmt. Und seine neuesten Bilder gingen in Flammen auf. Aber Gero ist nicht verbrannt. Sie haben ihn stundenlang operiert und danach in ein künstliches Koma versinken lassen, und er hat überlebt. Aber wie! Sie haben ihn gesehen, Sie haben sein Akte gelesen. Und die Ärzte wiederholen nur: *Seien Sie froh, dass er überhaupt überlebt hat. Das ist doch ein Wunder.* Ich kann es nicht mehr hören. Weil es ein schreckliches Wunder ist.

Als der Unfall passiert ist, begann Gero gerade als Maler Erfolg zu haben. Endlich, mit zweiunddreißig Jahren! Und zwar auch international. Er hatte eine Einladung von einer New Yorker Galerie für Dezember bekommen. Wie soll ich seinen Malstil beschreiben? Sehen Sie selbst. Er gehört zur Neo-Schule, realistisch-surrealistische Themen. Oft verwendet er Zeitungsbilder als Vorlagen. Meistens malt er in Öl.

Wir sind seit sechs Jahren verheiratet. Ich bin vier Jahre älter als er. Wir sind ein gutes Team, mehr respektvoll als leidenschaftlich. Das bringt nur Unruhe und zieht Energien ab. Wir lieben uns auf eine ganz eigene Art, und beide lieben wir seine Kunst. Seit zwei Jahren bin ich seine Managerin, und seitdem ging es bergauf, in jeder Hinsicht. Und jetzt dieses schreckliche Wunder.

Nein, Kinder haben wir nicht. Und wir gehören außerdem zur Generation der früh Elternlosen, weil unsere Mütter und Väter sich so spät für Nachwuchs entschieden.

Nach seinem Unfall hat sich der Preis für einen echten Gero von Hutten vervielfacht, der Markt reagiert eben prompt. Wir dürfen unseren Bestand jetzt nicht verschleudern, habe ich seiner Galeristin gesagt. Abwarten und dann einzelne Bilder geschickt platzieren, damit er während der Genesungsphase im Gespräch bleibt. Der Markt ist kurzlebig und hart, ich weiß das. Aber auch ich kann hart sein, ich muss hart sein.

Als er aus der Narkose erwachte, galten seine ersten Worte nicht mir, wissen Sie? Er fragte nach seinen Bildern. Verbrannt, sagte ich. Sein zweiter Satz war: Ich muss wieder malen. Und ich saß daneben, und diese schreckliche Krankenhausluft schnürte mir den Hals zu. Seine rechte Hand mussten sie ihm abnehmen, sie war nicht mehr zu retten, zerquetscht unter der Karosserie. Wie kann er nur sagen, er will wieder malen! Und sein linker Arm ist bewegungslos, zerstört, verbrannt, sie transplantieren gerade Haut. Womit also will er wieder malen?

Und dann habe ich es ihm versprochen. Einfach so, ohne viel zu überlegen. Du wirst wieder malen, ich sorge dafür. Und er weiß, ich halte meine Versprechen. Gero braucht wieder Hände. Und deshalb habe ich mich informiert, auch hier bei Prometheus. Doch, wir stehen auf den Organempfängerlisten. Wir haben uns eingekauft, schon vor einiger Zeit.

Eine Woche lang bin ich zu allen Spezialisten gelaufen, mit diesen Bildern in der Tasche. Elektronische Prothesen sind nicht fein genug, er bräuchte Hand- und Armtransplantate, aber die Anschlussstellen sind bei ihm viel zu stark beschädigt. Alle schütteln nur den Kopf. Ermahnen mich, nicht ungeduldig zu werden und abzuwarten. Nur worauf? Dass er doch noch stirbt? An die Dialyse mussten sie ihn vorgestern anschließen. Irgendwann braucht er sicher auch eine neue Niere, eine wurde schon entfernt. Und dann flicken sie ihn jahrelang zusammen, wunderbar! Oder ist vielleicht das nächste schreckliche Wunder, dass er stirbt und ihm alles erspart bleibt … Mit zweiunddreißig?

Entschuldigen Sie, ich bin laut geworden. Aber manchmal weiß ich selbst nicht mehr, was besser wäre. Es ist ein furchtbares Gefühl, sich zu fragen, ob er nicht besser gestorben wäre. Nur weil man so verzweifelt ist. Nur weil ich mein Versprechen nicht halten kann, bis jetzt nicht.

Jedes Mal, wenn ich Gero besuche, fragt er nach seinen Händen und reckt diesen rechten Stumpf in die Höhe. Und bisher habe ich ihn immer vertröstet. Die Ärzte prüfen noch, was möglich ist. Sie finden Hände für dich, wir stehen doch auf der Liste. Ich kann aber schlecht lügen. Ich weiß, dass er mir nicht mehr glaubt. Seitdem geht es ihm schlechter. Er hat sich aufgegeben. Ich weiß, dass er nicht sterben will, er hat noch so viele Bilder im Kopf. Aber ich weiß auch, dass er so nicht leben will. Ohne Hände, als Krüppel.

Und dann treffe ich auf Kara Metzig, als ich vor diesem ganzen Elend nach draußen geflüchtet bin. Ich konnte ihm nicht mehr in die Augen sehen und behaupten, er bekomme neue Hände. Ich konnte ihm keine Hoffnung mehr machen, weil ich selbst keine mehr hatte.

Und dann treffe ich diese Frau und sie erzählt mir von ihrem Sohn. Das ist ein Wunder, und zwar kein schreckliches!

Gero und ich, wir haben beide Patientenverfügungen gemacht und uns gegenseitig bevollmächtigt, für den anderen zu entscheiden, wenn einer nicht mehr denken und handeln kann. Aber ich hoffe, wir brauchen es nicht. Ich habe lange mit ihm geredet.

Natürlich weiß ich, dass es ein großes Risiko ist. Aber auch er will diesen neuen Körper, unbedingt. Auch deshalb habe ich Ihnen die Bilder mitgebracht. Sie werden sie brauchen.

Es passieren eben zum Glück nicht nur schreckliche Wunder. Aber für die guten muss man fast immer selbst sorgen.

Oder mit Ihnen zusammen, Frau Doktor Kraft.

Gehen wir noch einmal zu ihm? Das würde ich mir wünschen.

Dazu kam es jedoch nicht. Auf dem Gang der ZI-I spürte Lena bereits, dass etwas nicht stimmte. Ein Arzt rannte in Richtung Koje 20.

Wir haben Gero verloren, dachte sie und spürte, wie diese bohrende, ohnmächtige Wut in ihr aufstieg. Zu spät! Dahin die Chance, zwei Menschen zu retten. Dahin die Chance, Medizingeschichte zu schreiben ... oder doch nicht? Wenn er überlebte, das schwor sie sich, würde sie nicht länger zögern!

Yvonne rannte dem Arzt hinterher. Lena folgte ihnen nicht.

»Raus«, rief die Schwester, als Yvonne ins Zimmer stürmen wollte, »wir intubieren ihn gerade. Vielleicht eine innere Blutung! Warten Sie hier.«

Geros Frau biss sich auf die Lippen. »Er darf nicht sterben, nicht jetzt!«

Lena verharrte immer noch kurz vor der Intensivschleuse, Yvonne stand weinend vor der Koje, das Gesicht an die runde Luke gepresst.

Hoffentlich war es wirklich noch nicht zu spät.

Eine Schwester kam heraus und sprach mit Yvonne. Lena sah, wie die Frau sich entspannte, bevor sie mit hineinging.

Lena war erleichtert. Sie wollte der Frau folgen, als sie eine Kurznachricht von Rothoff erhielt: »Lena! Komm, so schnell du kannst!«

Der Neurochirurg Mathias Rothoff enstammte der White-Schule, er hatte in Amerika gelernt, und seine Spezialität war die Verpflanzung von gespendetem Gehirngewebe bei Schüttellähmungen. An einer Kopfverpflanzung hatte er sogar einmal teilgenommen, als das von einigen immer wieder angezweifelte Affenexperiment des Pioniers Robert J. White vor einiger Zeit nochmals wiederholt worden war. Rothoff war ein Handwerker, kein Intellektueller, und nicht besonders aufregend: 54 Jahre alt, Vater von zwei Jungen, die inzwischen studierten. Er war seit fünfundzwanzig Jahren verheiratet. Aber diese Bodenständigkeit mochte Lena gerade an ihm. Und ihn faszinierte ihre etwas exzentrische Seite.

Er war zuverlässig, zelebrierte nicht die großen Auftritte im OP, von Opernmusik und Klavierkonzerten untermalt, wie all die anderen es taten. Und trotzdem war er das, was man einen »begnadeten Chirurgen« nannte. Bei ihm klang das weder schmeichelnd noch übertrieben, es stimmte einfach.

Sie hatte ihn immer wieder bei Operationen erlebt und sich gefragt, wie er mit seinen klobigen, kräftigen Händen bloß so feine, delikate Schnitte ausführen konnte, mit denen er sich Gehirnwindung um Gehirnwindung zu einem Epilepsieherd vortastete. Sie hatte auch gesehen, dass er vor einer Operation für einen Moment die Hirnrinde berührte, um ein Gefühl für das Organ zu gewinnen, das immer gleich und doch auch bei jedem anders war. Nicht nur die Lage von Strukturen unterschied sich von Fall zu Fall, auch seine Konsistenz. Erst nach einer Berührung entschied er sich für ein bestimmtes Skalpell und wie er den ersten Schnitt setzen wollte.

Lena war meistens erst dazugekommen, wenn die Anfangsarbeiten einer OP abgeschlossen waren: Sie konnte diese Metzgergeräusche und Gerüche nicht ertragen: die blutigen Schnitte durch die Haut, das leise Knacken der Kopfschwarte, das Aussägen des quadratischen Knochenfensters. Der Geruch der angesengten Knochen löste bei ihr noch immer einen Würgereiz aus.

Erst danach war alles rein und schön und der Blick durch das Mikroskop in den Gehirnkosmos so beeindruckend wie ein Blick durch ein Teleskop in ferne Sternennebel, die Millionen von Lichtjahre entfernt durch die Ewigkeit wanderten.

Kurz nachdem Lena zu Prometheus gekommen war, waren sie und Mathias Rothoff in eine kurze Affäre geschlittert. Auf einem Kongress im Ausland waren sie einem langweiligen Bankett entflohen und zusammen im Bett gelandet. Zurück im Gemburger Alltag hatten sie noch zweimal miteinander geschlafen. Diese heimlichen Treffen hatten weder ein schales Gefühl zurückgelassen, noch waren es total verünglückte Liebesnächte gewesen. Aber er war verheiratet. Und hatte erleichtert aufgeatmet, als Lena ihm bei ihrem dritten Rendezvous, das wieder in einem Restaurant beginnen sollte, gleich nach der Vorspeise eröffnet hatte, dass sie ehrlich sein wolle und die gemeinsam Arbeit und das Gespräch dem gemeinsamen Sex mit ihm bei weitem vorziehe. »Oder einfach ein gutes Abendessen! Ich hoffe, du bist nicht beleidigt?«

Und Matthias Rothoff hatte gelacht: »Gut, dass du so mutig und ehrlich bist! Ich empfinde das genauso, aber habe mich nicht getraut, es dir zu sagen.«

»Schön, wenn das der Beginn einer Freundschaft sein kann!«

Mit seiner Hand berührte er ihre Schläfe. »Ich schau dir in die Gehirnwindungen, Kleines!«

Er brachte Lena immer wieder zum Lachen. Das war eine seiner Stärken, und sie trug mit dazu bei, dass sie über die Jahre hinweg tatsächlich gute Freunde geworden und geblieben waren, auch wenn er nicht widerstehen konnte, hin und wieder mit ihr zu flirten.

Als Lena bei Prometheus angefangen und sich bei Rothoff vorgestellt hatte, hatte er ihr erklärt: »Der Patientenwille ist für mich wie ein Marschbefehl.«

Und diesen Satz wiederholte er wortwörtlich, nachdem sie ihm kurz die Fälle geschildert und von ihrem Gespräch mit der Mutter und der Ehefrau der verletzten Patienten berichtet hatte. Und er fügte hinzu: »Mein Gott, was zögerst du noch? Auch vom Alter her sind die beiden Männer eine ideale Kombination: achtzehn und zweiunddreißig Jahre. Das Gehirn des Empfängers ist noch plastisch genug, und der junge Körper hat noch unglaubliches Entwicklungspotential. Das ist ein Geschenk. Der alte White, Gott hab ihn selig, würde jubeln!«

»Wir müssen uns beeilen«, sagte sie, »vorhin ist Gero von Hutten wieder intubiert worden.«

»Gut, beeilen wir uns! Aber bevor ich das ganze Programm anfahre und unsere Ethikkommisson verständige, das müssen wir zu unserer eigenen Absicherung tun, sprichst du mit der Prometheus-Stiftung und stellst sicher, dass die Kosten übernommen werden. Ich möchte die Operation nicht aus eigener Tasche bezahlen, schließlich habe ich zwei studierende Kinder.« Er grinste schief. »Und noch eine Sache: Bis du auch wirklich sicher, dass die Mutter des Hirntoten dabei bleibt? Es wäre eine Blamage, wenn sie abspringt. Bei dem Maler und seiner Frau muss man diese Befürchtung offenbar nicht haben.«

»Sollen wir noch mal mit ihr reden? Gemeinsam?«

»Nein, mach du das bitte, und überspiel mir das Gespräch, solange warte ich noch. Wenn wir danach ein gutes Gefühl haben, starten wir.«

»Die Fotos von Gero von Hutten und seine Kernspins lasse ich dir hier.«

»Von Josef Metzig hast du noch nichts?«, erkundigte er sich. »Ich brauche es für die Computersimulation der Fusion!«

»Ich kümmere mich gleich darum!«

»Wie sieht er eigentlich aus?«

»Wer? Der Körperspender?«

»Nein, dein neuer Freund«

»Ich habe keinen neuen Freund!«

»Aber du siehst glücklich aus!«

»Ich bin nur ausgeschlafen, Matthias, ich hab mir gestern endlich eine Klimaanlage einbauen lassen!«

»Und ich dachte, es wäre ein Mann. Nun ist es nur eine

banale Maschine, die dich schöner macht! Eigentlich schade!«

Kara Metzig war nicht auf der ZI-N und saß nicht neben dem Bett ihres Sohnes. Aber Lena ahnte, wo sie die Frau finden würde: auf der Bank unter der verblühten Zierkirsche mit den braunroten Blättern. Sie ging hinaus, und schon von weitem sah sie Josefs Mutter dort sitzen. Lena setze sich zu ihr und sie redeten. Und als sie fertig waren, rief die Ärztin im Beisein der anderen auch Geros Frau an. Um ihr zu sagen, dass ihr Mann nun bald neue Hände bekommen könne. Doch erst morgen würde der endgültige Beschluss gefasst.

»Sie müssen ihn bald nicht mehr anlügen. Das verspreche ich Ihnen.«

Kara Metzig nickte. »Ich bleibe noch eine Weile hier!«, sagte sie, als Lena aufstand, um in die Klinik zurückzugehen. Sie wollte das gerade aufgezeichnete Gesprächsprotokoll gleich an Rothoff überspielen. »Beeilen Sie sich, und bis bald!«

Voicerecording-Protokoll des Gesprächs mit Kara Metzig
So wie man bei der Geburt seines Kindes dabei ist,
sollte man auch bei seinem Sterben dabei sein.
Meinen Sohn halten dürfen, bis zum Ende.
Damit er friedlich einschläft.
Das hätte ich mir gewünscht.
Wenn man schon ein Kind verlieren muss, dann in den eigenen Armen.
Aber er hatte diesen Ausweis.
Er wollte es anders, das muss ich respektieren.
Und trotzdem …
Angenommen, er hätte sich bei dem Umfall so verletzt, dass er tatsächlich nie wieder mit mir reden würde.

Nichts mehr sehen und hören könnte.
Nur selbst atmen könnte er noch.
Dann bliebe er trotzdem mein Sohn!
Dann würde ich ihn doch auch nicht aufgeben.
Dann würde ich ihm beistehen und ihn versorgen.
Tag und Nacht, wenn nötig!
Dann dürfte ich ihn nicht sterben lassen.
Das kann doch nicht sein, dass nur das Atmen entscheidet.
Ich war vor einigen Jahren mit einer Busreise in Rom.
In der Peterskirche gibt es in der Sixtinischen Kapelle diese
Gemälde vom Jüngsten Gericht.
Gestern Abend habe ich mich an eine Szene daraus erinnert.
Ein Märtyrer trägt seine alte, geschundene und verletzte
Haut wie einen abgelegten Anzug, über seinen Arm ge-
hängt.
Er selbst ist wieder ganz heil auferstanden.
Und genauso ist es doch mit Josef.
Sein Körper ist für den anderen wie ein neuer Anzug.
So etwas Gutes und Ganzes wirft man doch nicht weg.
Oder zerschneidet es.
Auch wenn sein Gehirn schweigt, ist er immer noch mein
Kind,
dieser Körper hier ist mein Sohn.
Und zwar ganz und gar.
Mein Sohn lebt, anders zwar, irgendwo dazwischen.
Aber er lebt.
Da gibt es keinen Zweifel!
Organe zu spenden mag ein Trost sein für andere.
Aber ich will mich an ihn nicht stückchenweise erinnern.
Wie geht es seiner Niere?
Für wen schlägt gerade sein Herz?
Wer greift mit seiner Hand?
Wer sieht mit seinen Augen?
Das will ich nicht denken müssen.

Zu wissen, dass er ganz bleibt, das ist für mich ein Trost.
Und wenn er ganz mit dem anderen zusammen ist,
kann ich mir immer vorstellen, er reist umher.
Das machen doch viele junge Leute, nicht wahr?
Er befindet sich auf einer Reise mit einem Freund.
Und das ist doch nicht ganz falsch.
Seit ich Gero gesehen habe, weiß ich: Wir tun das Richtige.
Ich habe in meinem Leben noch nie etwas so Mutiges getan.
Oder etwas ganz Besonderes erlebt.
Alles war Durchschnitt und Mittelmaß.
Jetzt muss ich Neues wagen.
Und er ebenfalls.

Ab Dienstag, dem 9. August, lief die Diagnostikmaschinerie an. Die Operation sollte am 22. desselben Monats stattfinden, also in genau dreizehn Tagen. So hatte Rothoff die Eckdaten gesetzt. Früher war es kaum zu schaffen, denn gute Vorbereitungen waren besonders bei dieser Operation entscheidend. Das Wichtigste war der Gewebeabgleich, um das Abstoßungsrisiko abzuschätzen. Die Kleber, um beide Körper zu verbinden, mussten sie aus geklonten Stammzellen designen. Auch hier hatten sie Glück, alles passte: Full House, ein weiterer Pluspunkt. Sie vermaßen die Körper und fotografierten sie und begannen mit den Innenaufnahmen der Kopfhalsbereiche von Empfänger und Spender. Der hirntote Josef Metzig wurde behandelt wie ein Patient, den man eigens für diese Untersuchungen narkotisiert hatte.

Gero von Hutten musste nicht mehr künstlich beatmet werden und erhielt Beruhigungsspritzen, bevor sie ihn in die engen Diagnoseröhren des Magnetresonanztomographen schoben. Er trug große Ohrenschützer, die ihn vor dem Dröhnen der Magneten schützten. Trotzdem spürte er ihr kurzes, hartes Hämmern, als sie ihn von unten nach oben in Scheiben schnitten. Er wusste, dass es nur virtuell geschah, und trotzdem musste er sich zwingen, den Panikknopf nicht zu drücken, als sein Hals an der Reihe war, Millimeter um Millimeter, zehn Zentimeter lang.

Seit Yvonne ihrem Mann mitgeteilt hatte, dass er einen neuen Körper bekommen konnte, kämpfte Gero wieder um sein Leben. Er reckte sein kantiges Kinn wieder in die Höhe, entschlossen, durchzuhalten, wirklich alles auszuhalten.

Die Ärzte sprachen von einem medizinischen Wunder, weil es ihm so viel besser ging, sich seine Blutwerte verbesserten, er weniger Schmerzen hatte und endlich so viel aß, dass sie sogar die künstliche Ernährung einstellen konnten. Der Intensivarzt hatte Geros Medikamente, besonders die Schmerzmittel, reduziert, sodass Lena am Mittwoch, dem 10. August, versuchen wollte, länger allein mit ihm zu sprechen.

Seine Stimme war rau, aber das war normal nach einer Intubation. Das Sprechen bereitete ihm Mühe, aber er lehnte ihr Angebot ab, an einem anderen Tag wiederzukommen, damit er sich noch ausruhen könne.

»Nein, bitte nicht, ich will mit Ihnen reden. Jetzt. Sie brauchen meine Aussage doch. Damit es weitergeht. Das Schlimmste ist doch, nichts tun zu können. Es sind nicht die Schmerzen, dagegen geben sie dir etwas. Es ist diese Sinnlosigkeit, die dich am meisten quält. Zu wissen, du bist ausgeliefert. Als ob du auf deine Hinrichtung wartest, nachdem du gefoltert wurdest. Rechte Hand ab, linker Arm zertrümmert.« Er schloss seine Augen, während Lena ihren Voicerecorder besser justierte.

»Reden Sie einfach weiter! Auch mit geschlossenen Augen«, bat sie. »Es ist wichtig für mich und für unsere

Stiftung, zu wissen, warum Sie diese Körperspende wollen.«

»Warum? Was für eine Frage! Warum soll ein Maler überhaupt weiterleben wollen, als Krüppel, ohne Hände. Erst schenken sie dir dein Leben, aber sie vergessen die Hände. Mein Gott, was für ein furchtbares Geschenk. Einen Pinsel könne man doch auch in den Mund nehmen, hat eine Schwester gestern gesagt …!«

Gero lachte, aber es klang wie ein gequältes Husten.

»Ich bin Maler, verdammt, ich gebrauche meine Hände, und jetzt brauche ich neue Hände. Meine Bilder im Kopf, die müssen, die wollen raus! Deshalb hat Yvonne ihr Versprechen gehalten, wie immer! Sie hat neue Hände für mich gefunden. Er ist schön, hat sie mir gesagt. Der Mann, dessen Hände ich bekommen soll.«

»Hat sie Ihnen ein Foto von ihm gezeigt?«

»Ja, und seinen Namen kenne ich auch. Ich wollte ihn auch sehen, diesen Josef Metzig. Irgendwie habe ich nicht geglaubt, dass es ihn wirklich gibt. Und dann war er da. Leibhaftig. Gestern auf dem Weg zu einer Untersuchung saß ich im Rollstuhl und Yvonne schob mich in die Koje 02. Seine Mutter war fort, zum Glück. Nach dem, was Yvonne mir von ihr erzählt hat.«

»Und was war das?«

»Dass der Spender ihr einziger Sohn ist. Ich habe keine Kinder, aber es muss schrecklich sein. Was soll ich so einer Frau sagen, wie soll ich mich vorstellen? Ich will nicht mir ihr reden, das macht Yvonne für mich. Sie hat alle Vollmachten.«

»Warum genau wollten Sie den Spender sehen?«

»Ich hatte einfach Angst, es könnte doch nicht klappen. Dass jemand anders mir zuvorgekommen ist und er gar nicht mehr da liegt. Oder dass seine Mutter es sich anders überlegt. Ständig hatte ich diese Angst, er könnte plötzlich ganz tot im Bett liegen… Deshalb musste ich ihn sehen, um sicher zu sein. Sehen, dass er atmet. Sehen, wie das ist, so dazuliegen. Ich weiß, dass ich ihm nichts wegnehme, weil er ja hirntot ist und seinen Körper nicht mehr spürt und nicht mehr gebrauchen kann, um ein Leben zu leben. Aber komisch ist es schon, zu wissen, dass dort hinten in 02 dein neuer Körper liegt. Und hier auf dem Kissen liegt dein Kopf, dieser alte Dickschädel.«

An der Wand rechts von seinem Bett, auf die Gero nun blickte, hingen ein Foto von Gero und eins von Josef Metzig. Bilder aus gesunden Tagen.

»Seit dieser kurzen Begegnung mit ihm habe ich neuen Mut geschöpft. Die Angst, etwas könnte noch schieflaufen, ist schwächer geworden. Auch deshalb hängen unsere Fotos hier nebeneinander. Und damit wir uns aneinander gewöhnen.« Die letzten Worte waren kaum noch zu verstehen, so erschöpft war Gero,

Lena hatte beide Männer bisher nur in diesen Klinikbetten, als Kranke und Hirntote gesehen.

»Darf ich mir die Bilder anschauen?«, bat sie. Aber er antwortete nicht, Gero war eingeschlafen. Das Gespräch hatte ihn angestrengt.

Lena kam näher heran und betrachtete die Fotos genauer. Gero von Hutten wog 86 Kilo und war 1 Meter 80 groß, wie eine vergleichende Skala am rechten Rand des linken Bildes anzeigte, die Rothoff angebracht haben musste. Josef, auf dem rechten Foto, war genau sechs Zentimeter grösser, sein Oberkörper war etwa gleich lang wie der von Gero, aber er besaß längere Beine. Josef war außerdem zehn Kilo leichter. Geros Hals wirkte gedrungener, breiter und sein Kopf wuchtiger, größer und kantiger. Er hatte dichte blonde Locken und war stark behaart, Josef Metzigs glatte Haare waren dunkelbraun, und, wie Lena bei ihren Besuchen gesehen hatte, hatte er eine glatte, unbehaarte Brust.

»Ich hoffe, ich komme mit ihm klar!« Geros schläfrige Stimme riss sie aus ihren Gedanken.

»Sie wissen, dass diese Transplantation nie vorher versucht wurde, bei einem Menschen, meine ich?«

»Radikal denken und radikal handeln kann man nur in extremen Situationen. Und das ist eine. Für neue Hände nehme ich alles auf mich. Auch das Risiko, dabei zu sterben. Aber das besteht doch sowieso: jetzt, nachher, bald … In jeder Minute! Ich kann nichts verlieren, außer diesem Nichts: Schauen Sie mich doch bloß an!«

Vom ersten Schritt weiter zum Schnitt. Überleben heißt in diesem Fall über Leben gehen! Über lebende Leichen gehen. Die Nacht der Untoten. Gero spricht oft mit sich selbst.
Magst du etwa Zombiefilme, fragte Josef verwundert, oder hast du einfach Angst?
Fürchtest du dich denn nicht? Es geht doch schließlich uns beiden an den Kragen, wundert sich Gero.
Nein, ich kann ganz entspannt sein, weil ich meinen Kopf sowieso schon verloren habe, und zwar an keine Frau, sondern allein an dich! Josef wirft ihm einen flüchtigen Handkuss zu und zwinkert mit den Augen.
Ich hasse es, wenn du dich über mich lustig machst.

»Ich brauche unbedingt auch ein funktionelles Kernspin von Gero von Hutten. Ich will sehen, wo er denkt und sieht … alles will ich wissen«, erklärte Lena, »und bitte auch das ganze Frontalhirn mit der Diffusion-Tensor-Bildgebung einmal durchmachen. Sag es den Neuroradiologen.«

»Warum auch noch die DTI?«, knurrte Rothoff gereizt. »Ist das wirklich nötig? Wir haben genug zu tun!«

»Ich will die Architektonik der weißen Substanz sehen, jede Faser. Nur so kann ich später vergleichen und herausfinden, ob sich etwas umbaut und auf welche Weise. Wenn er den neuen Körper hat.«

»Du denkst schon sehr weit voraus.«

»Nur weil wir das tun, machen wir es doch überhaupt! Wir gestalten die Zukunft, schon vergessen?«

»Ich weiß, meine Liebe: Der moderne Prometheus.«

Die abgeschlossene Welt von Prometheus, der geschlossene Campus mit allen Instituten und den Einlasskontrollen, erleichterte die Planung und die Geheimhaltung. Der kaufmännische Direktor der Kliniken hatte bereits bestätigt, dass man bereit war, alle Kosten zu tragen. Diese große Chance auf Ruhm und Anerkennung konnte sich die Stiftung nicht entgehen lassen. Man rechnete natürlich, wenn das Experiment gut ausginge, mit einer steigenden Nachfrage, sowohl nach allgemeinen Transplantationen als auch nach den neuen NGF-Produkten. Auch der Aufsichtsrat und das Kuratorium der Prometheus-Stiftung signalisierten »höchstes Wohlwollen«. Mit wirtschaftlichen Erwägungen musste sich also niemand mehr aufhalten. Und Stillschweigen war auch selbstverständlich, bis es die federführenden Experten Rothoff und Kraft für angebracht hielten, an die Öffentlichkeit zu gehen. Hoffentlich und notwendigerweise, das machte die Stiftung unmissverständlich klar, mit einem Erfolg. Nur eine Entscheidung stand noch aus: Die amtierende klinikinterne Ethikkommission musste informiert werden.

Sie würde in sieben bis neun Tagen zusammentreten.

Die Mutter, die Ehefrau und die Wissenschaftlerin – sie saßen oft beieinander in den nächsten Tagen, denn es gab noch wichtige Punkte zu klären.

»Reicht es nicht, wenn wir alles absprechen, alles mündlich vereinbaren? Ich halte mich daran.« Kara Metzig schien beleidigt. »Warum glauben Sie mir nicht?«

»Glauben Sie mir bitte auch, dass schon viele ihre Meinung geändert haben, und zwar in letzter Sekunde. Besonders, wenn es um Krankheiten oder Therapien geht. Gerade weil es so einzigartig ist, was wir tun wollen. Jetzt haben wir die Gelegenheit, vorauszudenken. Für alle Fälle.«

»Mein Mann braucht unbedingt eine Sicherheit, Frau Metzig!«

»Ich halte mich daran, ich habe Ja gesagt, und dabei bleibt es.«

»Dann können Sie es doch auch unterschreiben«, bat Yvonne.

»Und außerdem sichern wir auch Sie ab. Lesen Sie alles nochmals durch! Sie können Ihren Sohn doch trotzdem noch jeden Tag sehen.«

Schließlich unterschrieb Kara Metzig, dass der Körper ihres Sohnes ab sofort in die Obhut von Prometheus überging und als vollständiges Transplantat für Gero von Hutten zur Verfügung stand. Auch dass zwischen Spender und dem Empfänger kein Geld geflossen war, bestätigten beide Frauen durch ihre Unterschrift, mit der sie gleichzeitig eine »offene Organspende« genehmigten, die sowieso auf dem Vormarsch war.

Denn in vielen Fällen waren Phantasien über die Organspender oder den Empfänger quälender als offengelegte Fakten über die Herkunft oder den Verbleib von Organen und Gliedern. Was mit einem Dankesbrief an die Spender um die Jahrtausendwende begonnen hatte, konnte inzwischen, nach einer Einschränkung des Empfängerkreises aufgrund medizinischer Kriterien, zu einer letzten Auswahl durch die Angehörigen der Spender oder durch die Empfänger selbst führen. Nichts anderes taten die beiden Frauen.

Yvonne von Hutten erhielt von Lena schriftlich die Zusage, dass Prometheus für alle Operationskosten und Reha-Maßnahmen aufkomme, die Personenummeldung übernehme und dafür das Recht auf wissenschaftliche Begleitung und Veröffentlichung und an der späteren medialen Verwertung erhalte. Dabei garantiere man Anonymität, bei freigegebenen Fotos würden die Gesichter unkenntlich gemacht.

»Darf ich ihn später regelmäßig besuchen?«, fragte Kara Metzig.

»Das kann und muss allein mein Mann entscheiden, später, nach der Operation«, erwiderte Yvonne.

»Wieso Ihr Mann?«

»Wer denn sonst, bitte?«

»Natürlich mein Sohn.«

»Ich verstehe nicht!« Yvonne wurde ungeduldig. »Was wollen Sie eigentlich?«

Nun griff Lena ein: »Wie wäre es denn, Frau Metzig, wenn Sie zunächst regelmäßig ein Foto des Transplantierten erhalten und wir dann weitersehen?«

»Dagegen habe ich nichts«, meinte Geros Ehefrau erleichtert.

»Ein Foto jeden Monat?«, fragte Kara Metzig

Um zu sehen, wie es Josef geht, dachte Lena, wie er sich noch entwickelt. Ihr Sohn war noch jung. Sie wollte einfach sehen, dass er lebte, und sie wollte ihn begleiten, auf ihre Art.

»Auch dagegen spricht nichts!« Lena sah zu Yvonne, die nickte.

»Aber das Foto soll nur an mich allein gehen! Nur an mich und nicht an Rita, seine … Freundin.« Kara Metzig klang nun sehr bestimmt. »Ich möchte ohnehin nicht, dass Rita Simon etwas davon erfährt, von der Körperspende, meine ich! Ich werde ihr nur erzählen, dass ich einer Organspende zugestimmt habe.«

»Warum nicht alles?«, fragte Lena.

»Sie soll frei sein und weggehen können, nach Amerika. An die Filmhochschule. Ihren verrückten Träumen nacheifern. Sie wissen ja, dass sie sich das am meisten wünscht.«

Aber eigentlich wollte Kara Metzig nur ihren Sohn behalten, dachte Lena. Allein für sich.

»Für mich geht das in Ordnung, ich kenne diese Rita Simon ja nicht einmal.« Yvonne zuckte mit den Schultern.

»Einverstanden«, entgegnete auch Lena, »wir halten uns daran. Es soll Ihre Entscheidung sein, ob Rita Simon etwas erfährt. Aber jetzt habe ich noch einen letzten Punkt, den wir gleich besprechen sollten.« Sie machte eine Pause. »Was geschieht mit den sterblichen Überresten von Spender und Empfänger? Wir haben ein Krematorium auf dem Campus. Möchten Sie die Urnen abholen oder beerdigen lassen? Sie können auch gerne beide unseren Gedenkhof in Anspruch nehmen.«

»Ich kann doch meinen Mann, also seinen Körper, nicht beerdigen. Er lebt doch noch!«

»Dort gibt es auch ein anonymes Grab, darin könnten Sie, oder Prometheus übernimmt es für Sie, die Asche ihres Ma–«

»Das ist unwürdig«, schnitt Kara Metzig der Ärztin das Wort ab. »Ich habe mir das auch überlegt, sehr oft und schon viel zu lange. Und ich habe einen Vorschlag. Meinen Sohn und Ihren Mann, also den Körper Ihres Mannes und den Kopf von Josef, beerdigen wir zusammen. Auf dem Gedenkhof. Wenn sie im Leben vereint sind, warum nicht auch im Tod.«

Josefs Mutter verblüffte die beiden anderen, keine hätte das zu denken gewagt.

»Sonst fällt es noch jemandem auf«, warf Kara Metzig ein.

Rita zum Beispiel, natürlich, dachte Lena, auch sie traute Josefs eigenwilliger Freundin zu, dass sie in die Urne hineinschauen wollte oder gar ein Beutelchen mit Asche abfüllen würde, um einen Teil Josefs für sich zu behalten. Und in so einem Fall würde ihr sicher auffallen, dass viel zu wenig Asche in der Urne war. Nur die Asche eines Kopfes. Und dann würden die dummen Fragen anfangen…

»Das ist eine gute Lösung«, bekräftigte Yvonne, »Asche zu Asche hat jetzt eine ganz besondere Bedeutung bekommen, für mich wenigstens.«

Auch Lena war zufrieden und notierte den Wunsch der Hinterbliebenen in dem entsprechenden Formular für das Klinik-Krematorium. Sie würde aber selbst nochmals anrufen und die Verantwortlichen instruieren. Der Fall war bislang schon einzigartig gewesen, und er wurde es mit jedem Tag mehr.

Nach dem Treffen machte sich Lena auf den Weg zu Rothoff in die Neurochirurgie. Sie wählte den Weg außen herum, wollte frische Luft schnappen. Plötzlich bog sie nach rechts auf den Weg ab, der zu dem neuen Gedenkhof im hinteren Teil des Campus führte. Dort ragten alte Bäume aus der Gründungszeit der Universität in den Himmel. Obwohl erst vor sechs Jahren gebaut, hatte dieser Ort etwas Archaisches. Er war ein moderner Kultplatz.

Vier Einzelmauern aus grauem Granit, dessen Musterung den rötlichen Ton des alten Sandsteintores im Westen aufnahm, formten einen quadratischen Innenhof. Die Enden der fünf Meter langen und drei Meter hohen Mauern stießen nicht aneinander, sondern ließen Durchgänge frei.

In der Mitte des Gedenkhofes befand sich, umgeben von einem Kiesweg, ein mit Gras bewachsener flacher Hügel. Es war das Massengrab für die Asche der Spender, die lieber namenlos und anonym beerdigt sein wollten oder die keine Angehörigen mehr hatten.

Die Grabkammern für die Urnen waren in die Mauern eingelassen. Die Bauten erinnerten an Friedhöfe in südlichen Ländern. Auf den 50 auf 70 Zentimeter großen Verschlussplatten prangten die Namen der Organspender, entweder hineingemeißelt oder in erhabenen, goldenen oder schwarzen Metalllettern. Gut die Hälfte der Wandgräber war noch unbeschriftet.

Lena kannte einige der Namen, weil sie die Organempfänger begleitet hatte. Und sie erinnerte sich an den Namen Daniela Walz dort oben. Die junge Frau hatte verschiedene Organe sowie zwei Hände und zwei Beine gespendet, aber ihr Herz unbedingt mit in den Tod nehmen wollen. Liam Fischer von Wand I hatte in seinem Ausweis vermerkt, dass er nur bereit sei, sein Gesicht weiterzugeben. Er war erst zwanzig gewesen und wie Josef Metzig mit dem Fahrrad verunglückt. Und da hinten auf Wand II Katharina Rieger, Lenas letzter Fall; sie hatte nur ihr Herz zur Transplantation freigegeben. Liam und Katharina hatten mit genau denselben Worten in ihrem Spenderausweis diese Wahl begründet: Dann lebt das Wichtigste von mir weiter!

Inmitten der Gräbermauern, der Menschenleere und den meistens zu früh und unglücklich geendeten Lebensschicksalen, fragte sich Lena plötzlich: Wie kommt es überhaupt, dass ich hier stehe?

Sie blinzelte in die Sonne und spürte förmlich, wie ihr Gehirn den Zeitpfeil umdrehte und sie in die Vergangenheit katapultierte. Sie war wieder zwölf und saß in einem Zugabteil. Blickte abwechselnd durch das Abteilfenster und auf ihre Großmutter Maria. Damals war auch Sommer gewesen, und sie hatte große Bäume betrachtet, aber von einem fahrenden Zug aus. Daran erinnerte sie sich genau.

Die Mutter ihres Vaters war Augenärztin gewesen, und als kleines Mädchen besuchte Lena sie häufig in den großen Ferien. Dann durfte sie Großmutter Maria in die kleine private Praxis begleiten, in der die 70-jährige Rentnerin immer noch einige alte Patienten betreute. Und wenn die Enkelin daneben stand und ihr alles erklärt wurde, fühlte sich das Kind sehr erwachsen und ernst genommen und konnte sich nur eines vorstellen: später selbst Ärztin zu werden.

Als sie während der Rückfahrt zu den Eltern kurz von ihrem Buch aufschaute und Großmutter Maria beobachtete, die ihr gegenübersaß und aus dem Fenster blickte, erschrak sie furchtbar. Weil deren Augen wie wild hin- und herzuckten.

Sie wird sterben. Das war alles, was das Kind denken konnte. Und dieser Gedanke war einfach nur schrecklich.

»Hast du was?«, fragte die Großmutter. »Du schaust so entsetzt.«

Lena schwieg und schüttelte den Kopf, weil sie fürchtete, etwas Furchtbares aufzudecken: eine schreckliche Krankheit oder gar Krebs. Und den Kopf aufs Kinn gestützt, sah sie nun selbst aus dem Fenster, weil die alte Maria gesagt hatte, sie solle lieber diese wunderschönen alten Bäume anschauen, anstatt sie anzustarren. Doch

aus den Augenwinkeln beobachtete das Kind sein Gegenüber weiter, und tatsächlich spielten Großmutters Augen
schon wieder verrückt.

»Warum beobachtest du mich mit diesem ernsten
Gesicht, was ist los? Raus mit der Sprache!« Ihre Großmutter konnte sehr hartnäckig sein.

Schließlich erzählte Lena stockend von ihren schlim-
men Beobachtungen. Fast hätte sie geweint, als sie fragte,
ob Maria denn sehr krank wäre und bald sterben müsste.

Die aber lachte nur laut und nahm sie in die Arme.

»Du Dummerchen, das machen deine Augen ebenfalls, wenn du die Dinge dort draußen betrachtest. Auch
dein Gehirn löst diese schnellen Folgebewegungen aus,
damit du den Baum scharf sehen kannst. Denn obwohl
du an ihm vorbeirast, bleibt er doch stehen – oder vielleicht nicht? Sieht er etwa verwackelt aus?«

Und das Kind blickte auf den Baum, der tatsächlich
stehen blieb, und Lena merkte nicht, dass nun auch ihre
Pupillen hin- und herzuckten.

»Wir sehen nicht mit den Augen, sondern eigentlich
mit dem Gehirn.« Oma Maria kramte ein großes Buch
aus ihrer Tasche mit dem Titel *Wunder Sehen!* Dem Seh-
sinn galt schon immer ihre große Leidenschaft.

»Das ist der wichtigste Sinn überhaupt«, behauptete
sie stets. Auch deshalb war sie Augenärztin geworden.

Auf der Zugfahrt schlug Lena den prächtigen Fotoband
auf. Und sie war fasziniert von diesen für sie damals ganz
neuen Bildern des menschlichen Denkorgans. Sie wanderte mit dem Zeigefinger ihrer rechten Hand zum ersten
Mal das Rückenmark entlang. Dann weiter zur *Medulla
oblongata* und über eine Brücke, die *Pons*, bis zum *Chiasma
opticum*, der Sehnervenkreuzung, und dann zum *Corpus
callosum*, dem Balken, der die beiden Großhirnhälften
verband. Die Großmutter zeigte ihr das Seepferdchen,

den *Hippocampus*, und den Mandelkern, die *Amygdala*. Und alles klang nach Geheimnis und fremden Ländern und großen Wundern.

Doch dann verglich ihre Großmutter das Gehirn mit einer Walnuss. Ein großes Foto zeigte, dass es tatsächlich so aussah. Das sollte ihr die Enkelin nie verzeihen. Denn Lena würde ab sofort beim Nüsseknacken immer denken müssen, sie zerquetsche ein Gehirn. Diese Vorstellung fand sie so ekelhaft, dass sie beschloss, nie wieder Walnüsse zu essen.

Seit dieser Zugfahrt nährte die pensionierte Augenärztin mit Hingabe das Interesse ihrer Enkelin. Sie schenkte ihr Bücher und Filme, und sie führten lange Gespräche. Mit dreizehn grübelte Lena bereits über der Frage, warum das Gehirn selbst keinen Schmerz verspürte, obwohl ein Mensch nur damit seine eigenen Schmerzen empfinden kann. Als Vierzehnjährige verkündete sie, einmal Neurologin zu werden, und drei Jahre später versprach sie ihrer Großmutter, kurz vor deren Tod, als Hirnforscherin Karriere zu machen. Nach dem Abitur überlegte Lena heimlich, doch lieber wie ihre Mutter Germanistik zu studieren und später Krimis oder Theaterstücke über unglückliche Liebesbeziehungen zu schreiben. Sie hatte zu dieser Zeit gerade ihren ersten Liebeskummer. Aber dann hielt Lena doch ihr Versprechen, bewarb sich für das Medizinstudium und bereute es nie.

Nur weil sie sich zu Tode erschrocken hatte, hatte sie gelernt, das Gehirn zu bewundern, und genau das hatte sie für immer geprägt.

Jedes Leben war ein Balanceakt zwischen Anfang und Ende, Nähe und Ferne, Liebe und Hass, Leben und Tod. Und bei ihr – tatsächlich seit dieser Zugfahrt – auch zwischen dem Ehrgeiz, immer mehr zu wissen, und einer großen Ehrfurcht vor diesem komplexesten Stück Materie in unserem Universum, dem menschlichen Gehirn.

Nur wenige Minuten ohne Sauerstoff konnten es in einen Zellklumpen verwandeln, der in Finsternis versank. Wie bei Josef Metzig. Und ein dummer Unfall konnte einen Körper in Sekunden zerschmettern und zerstören. Wie bei Gero von Hutten. Und wenn alles so zerbrechlich war, war es dann falsch, einen Weg zurück ins Leben zu suchen?

Lena blickte auf die Uhr. Wenn sie sich beeilte, würde sie noch rechtzeitig bei Rothoff sein, um die genaue Zeitplanung abzusprechen. Die letzten Strahlen der Abendsonne fielen auf Wand Nummer III. Dort in der obersten Reihe würde sie Kara Metzig einen Urnenplatz empfehlen.

II Schnitte und Übergänge

»Haben Sie nie wissen wollen,
wie aus der Dunkelheit das Licht entsteht?«

Doktor Victor Frankenstein,
im Filmklassiker *Frankenstein* (1931)

Am Montag, dem 22. August, sollten im Operationssaal IV der Körper Josef Metzigs und der Kopf Gero von Huttens für immer zueinanderfinden. Wie ein sehnsüchtiges Liebespaar, das nach vielen Widrigkeiten endlich Hochzeit halten konnte. Solche Vergleiche behielt Lena für sich, nie hätte sie sich gegenüber anderen so geäußert.

Die Zeit vor der Operation war ein einziger Arbeitsrausch. Sie schlief wenig, höchstens vier bis fünf Stunden. Trotzdem war sie tagsüber hellwach und arbeitete konzentriert und aufs Höchste angespannt. Nur jemandem, der sie sehr gut gekannt hätte – und da gab es gerade niemanden –, wäre aufgefallen, dass sie ihre Augen noch sorgfältiger und dunkler schminkte als sonst. Dass sie in der Klinik ihre Haare noch stärker bändigte und nach hinten zurrte, und zwar so stark, bis es sie fast schmerzte. Und dass sie den weißen Kittel fast überhaupt nicht mehr auszog. Dennoch, die Zeit vor der Operation war vielleicht die bis dahin glücklichste Zeit in Lenas Leben: Alles, was sie sich als Wissenschaftlerin jemals erträumt hatte, hier kam es zusammen und konnte sich vollenden. Bei diesem Fall, der nun in den Akten mit dem Kürzel *GH/JM* geführt wurde, fügte sich alles so wunderbar wie nur selten in einem Leben. Sie fieberte dem Eingriff regelrecht entgegen.

In der Neurochirurgie standen zwei Neuronavigatoren bereit, in denen die erste Kopfverpflanzung beim Menschen bereits ein 3D-Programm war. Gefüttert war jedes *Dextroscope III* mit den Daten des Spenders und Empfängers: Mit den CT- und MRT-Bildern und den Gefäßdarstellungen ihrer Torsi. Und so verfügten die Operateure nun über die computergenerierten Köpfe und Hälse von Gero von Hutten und Josef Metzig, bis auf den Kubikmillimeter genau. An den virtuellen Gero- und Josefklonen probten sie jeden Schritt und Schnitt, um den anvisierten OP-Termin halten zu können.

Lena hatte Mathias Rothoffs Angebot angenommen, einen Probedurchgang mitzuerleben. Stolz tätschelte er das grauschwarze Gehäuse des zwei Meter hohen Geräts.

»Schon 1998 hat seine erste Version Schlagzeilen gemacht. An dem amerikanischen Johns-Hopkins-Hospital ist damals die Trennung von siamesischen Zwillingen geplant und am Ende erfolgreich durchgeführt worden. Die waren am Schädel zusammengewachsen. Und bald macht die allerneueste Generation mit uns Schlagzeilen!«

»Das ist doch ein gutes Omen! Damals wurde getrennt, heute fügen wir zusammen!«

Sie setzten sich nebeneinander vor die breite Konsole, die leise brummte. Rothoff drückte einige Tasten. Sie sahen aus wie Spielejunkies mit wuchtigen 3D-Brillen, die sie sich nun zurechtrückten. In der linken Hand hielt er den frei beweglichen Joystick, durch dessen Bewegungen er das virtuelle Gero-Bild in der tiefen, dunklen Einbuchtung drehte und näher ins Blickfeld holte.

Am Anfang der Operation standen zeitaufwendige, aber letztlich einfache Arbeiten: Haut und Muskeln, immer weiter Schicht um Schicht, mussten sie durchtrennen. Erst hinten und dann vorne. Sich vorarbeiten bis zur Dura, der ersten dicken Haut, die das Rückenmark umschloss. Am Ende hielten nur noch die zwei vorderen Halsschlagadern und die beiden hinteren Vertebralarterien und die Wirbel den Kopf und Rumpf des Empfängers zusammen. Und exakt diesen Zustand simulierte jetzt das *Dextroscope III*.

»Hier starten wir«, erklärte Rothoff, »ab hier beginnt die Kür!«

Er drückte die Taste *Crop* und die Luftröhre, Speiseröhre und der Kehlkopf Gero von Huttens flogen an ihren Platz.

»Hier siehst du alle anatomischen Details. Wir können sie vorab aus den unterschiedlichsten Stellungen heraus genau studieren. Alles okay, wie du siehst. Keine Besonderheiten bei unserem Maler!«

»Warum schneidest du nicht etwas höher, zwischen dem 3. und 4. Halssegment? Dann bleibt sein Kehlkopf doch auch noch unberührt!«

»Bei C4 verlässt der Phrenicus den Wirbelkanal, dieser Nerv steuert unsere Zwerchfellatmung. Und den durchtrenne ich lieber in der Peripherie. Die Zentrale rühre ich bei der Atemregulation nicht an, wenn es nicht unbedingt sein muss!«

Hellgrün leuchtete das daumendicke virtuelle Rückenmark, umschlossen war es von weißgrauen Wirbelsegmenten und umschwebt von den vier großen Blutgefäßen, so rot und verzweigt wie Meereskorallen.

»Ab jetzt muss jeder Griff sitzen, weil die Zeit läuft. Und zwar sekundengenau! Jede OP ist wie ein großes Konzert. Je intensiver wir üben, desto besser werden wir!«

Lena konnte auf einem Kontrollpanel, der rechts angebracht war, seine Bewegungen genau verfolgen.

Rothoff drehte sich zu dem zweiten Team, das den virtuellen Josef bearbeitete, und fragte den plastischen Chirurgen: »Seid ihr bereit?«

»Alles klar, wir sind auf Start!«

»Dann los!«

Er durchschnitt Luftröhre und Speiseröhre, löste die Halswirbel 4 und 5 voneinander und näherte sich dann dem Rückenmark des Computer-Gero mit seinem Laser-skalpell.

»Hauchdünn und kerzengerade muss der entschei-dende Schnitt sein. Ganz gerade!«, flüsterte er Lena zu, während er das Rückenmark durchtrennte: Zuerst glitt der Laser durch die Dura und die Spinnwebenhaut, schließlich durch die weiße und graue Nervensubstanz.

Danach kamen die Blutgefäße an die Reihe. Niemand sprach, nur eine Assistentin reckte den Daumen in die Höhe. Sie lagen gut in der Zeit.

Während Rothoff den Empfänger komplett enthaup-tete, präparierte Team 2 an seinem *Dextroscope* bereits das Körpertransplantat. Der Josef-Kopf war etwas früher vom Rumpf gelöst worden. In der echten Operation blieb der Josefkörper über einen Luftröhrenschnitt weiter be-atmet und war, wie inzwischen auch der Empfängerkopf, an einen externen Blutkreislauf angeschlossen. Diese alles entscheidenden Schritte mussten Team I und II so synchronisieren, dass der Gero-Kopf ohne Verzögerung umgesetzt, beide Rückenmarksenden verklebt und alle Blutgefäße zusammengenäht werden konnten.

Lena hielt den Atem an, als Gero und Josef endlich eins wurden.

Die Teams hatten die virtuellen Gero- und Josefprojek-tionen schon vor Tagen übereinandergelegt und dabei genau markiert, wo die Blutgefäße optimal zusammen-passten. Nur das Klicken der Werkzeugtasten und das konzentrierte Atmen der Operateure, manchmal auch ein lautes Schlucken, waren zu hören.

Und dann, ganz plötzlich, ein schriller Signalton!

Lena zuckte zusammen.

»Versuch abbrechen! Der Blutverlust ist zu hoch, ver-damm!«, rief Rothoff ärgerlich. Seine 3D-Brille knallte auf die Konsolenablage. Er stand auf und ging hin und her.

»Wir haben harte Kontrollstandards einprogrammiert. Diese großen Gefäße…«, er blieb neben Lena stehen und zeigte anklagend auf den Monitor, »…müssen so schnell wie möglich zusammengenäht werden. Im OP machen wir das natürlich unterm Mikroskop mit unseren wunderbaren Einzelknopfnähten, die kennst du doch. Aber vielleicht sollten wir sie doch besser schweißen, am Anfang wenigstens. Mal sehen, ob uns das Zeit erspart. Jedenfalls ist das der Höhepunkt in unserem Konzert, der große Paukenschlag!« Er hielt einen Moment inne und brummte dann: »Oder eben der große Absturz.«

Als er das Ablaufprotokoll des Übungsdurchlaufes überflog, stöhnte der Chirurg: »Patient tot und immer noch fünf Minuten zu langsam. Ein voller Misserfolg! Jetzt musst du mich trösten, Lena. Wie wär's mit einem Abendessen?«

»Das könnte dir so passen! Vielleicht, wenn die OP gelungen ist.« Sie schmunzelte. »Du schaffst es sicher beim nächsten Mal! Lass den Kopf nicht hängen!«

Rothoff musste lachen. »Sehr witzig, Frau Doktor! *Kopf hoch* ist hier aber noch angebrachter! Willst du eigentlich selbst mal schneiden?«

Sie zögerte. »Doch, warum eigentlich nicht!«

Der Chirurg rief ein neues 3D-Bild auf. Im *Dextroscope III* schwebte wieder das vollständige, frei präparierte Rückenmark von Gero von Hutten ein. Das Skalpell sah aus wie ein seitlich abgeflachter Kugelschreiber, und man hielt es genauso. Eine schwarze Taste in der Mitte ließ sich mit dem Zeigefinger drücken, sie aktivierte den Laser.

Lena spürte einen Widerstand, als sie diesen grünen Lebensstrang mit dem Skalpell antippte. Vorsichtig und fast ehrfürchtig wiederholte sie die Bewegung.

»Unglaublich, ich fühle es tatsächlich! Es ist nicht sehr hart!«

»Erst seit kurzem können wir auch diese taktilen Informationen simulieren. Diese neue Software ist wirklich beeindruckend!«

Lena zündete ihren Laser und durchschnitt das Mark.

»Das war zu viel Kraft, liebe Doktor Kraft«, grinste Rothoff, »das war kein dünner Schnitt, sondern ein Massaker. Bitte mit mehr Gefühl. Willst du es noch einmal versuchen?«

»Nein, danke.« Sie zog die 3D-Brille ab, legte sie zur Seite und rieb sich die Druckstelle auf ihrem Nasenrücken.

»Wird unser Patient später eigentlich wieder den Kopf drehen und auch ganz normal nicken können?«, fragte sie.

»Doch, schon, aber vielleicht ist er etwas eingeschränkt. Wir machen auf jeden Fall eine möglichst kurzstreckige Titan-Verplattung, zwischen den Halswirbeln 3 und 6. Er kommt mit dem Kinn wahrscheinlich nicht mehr ganz auf die Brust, sondern schafft nur die Hälfte des Weges. Und zur Seite wird er den Kopf nicht ganz herumdrehen können. Etwa so.«

Mit starrem Blick demonstrierte ihr Rothoff die zukünftigen Nick- und Drehbewegungen des Patienten GH/JM, immer schneller und so lange, bis sie lachen musste.

»Entspann dich«, meinte er, »es wird schon alles gut gehen. Alles hat seine Zeit, und jetzt ist die WBT dran. Das spüre ich. Wir geben unser Bestes, wie du siehst. Die fünf Minuten schaffen wir noch. Danach kannst du dich mal wieder ohne dieses schreckliche weiße Omagewand sehen lassen. Übrigens: Das Teil macht dich wirklich älter!« Mit dem rechten Zeigefinger tippte er auf den obersten Knopf. »Willst du das Ding nicht lieber ausziehen?«

Lena ergriff seine Hand und drückte sie zurück an Rothoffs Brust. »Wir sollten einen kühlen Kopf behalten, besonders jetzt!«

»Du weißt gar nicht, wie recht du hast!«

Kopf: Oberster Teil des Körpers, enthält die Sinnesorgane Nase, Auge, Ohr, das Gehirn und die Kauwerkzeuge.

Wie viele Wörter gibt es eigentlich für einen Kopf?
Gero liest seine vorläufige Liste vor: Caput, Haupt, Schädel, Dez, Rübe, Birne, Ballon, Kürbis, Nischel, Dach ...
Auch Redewendungen gibt es zuhauf. Schreib mit!
Josef schaut ihm über die Schulter, während er diktiert.
Wer betroffen ist, fühlt sich wie vor den Kopf geschlagen. Wenn etwas nicht in den Kopf will, versteht man es nicht. Sich einen Kopf machen, bedeutet denken.
Wer jemand vor den Kopf stößt, kränkt ihn. Jemandem den Kopf zurechtrücken, heißt, ihn zu schelten. Wer sich etwas in den Kopf setzt, bleibt beharrlich. Wenn etwas im Kopf herumspukt, wird es erwogen. Wem etwas zu Kopf steigt, der wird dünkelhaft.
Und am Ende schwirrt einem der Kopf schlimmer als ein Bienenstock vor lauter Kopflastigkeit. Da bin ich doch lieber kopflos!

Der heißeste August seit Jahren dauerte weiter an. An einem dieser Abende las Lena eine ganz besondere Geschichte: Die alte indische Legende »Von der Wäscherin«. Sie gehört zu einer Sammlung von Märchen, die dem Dämon Vetala zugeschrieben werden, der die Toten verschlingt.

Wie passend, dachte sie.

In der Legende verspricht ein Mann, der Göttin Devi seinen Kopf zu opfern, falls er die schöne Tochter eines

Wäschers zur Frau bekäme. Einige Zeit nach der Heirat mit seiner Angebeteten schlägt er sich tatsächlich mit einem Schwert den Kopf ab, während vor dem Tempel seine Frau und ein Freund auf ihn warten. Als dieser nachschaut, warum der Ehemann so lange fortbleibt, entdeckt er die grausige Tat. Ihm ist sofort klar, dass niemand ihm glauben wird. Man wird ihn des Mordes bezichtigen, um selbst die Frau besitzen zu können. Er sieht keinen anderen Ausweg und enthauptet sich ebenfalls mit seinem Schwert. Die Wäscherin, die beide Männer im Tempel sucht, findet die zwei Köpfe von den Körpern abgetrennt auf dem Boden. Jetzt wähnt auch sie sich verloren: »Jeder wird sagen, die Witwe sei ein liederliches Frauenzimmer und dass sie beide tötete und sie verließ, um ihrer Lasterhaftigkeit zu frönen.« Doch bevor sie Hand an sich legen kann, schreitet die Göttin ein und gewährt ihr Gnade. Die Wäscherin bittet Devi, die Männer wieder zum Leben zu erwecken. »Verbinde ihre Köpfe mit den Körpern«, antwortet die Göttin. Doch als sie der Aufforderung folgt, vertauscht sie in ihrer Aufregung die beiden Köpfe. Wieder ins Leben zurückgekehrt, beginnen die zwei Männer zu streiten, wessen Frau sie nun sei, und können sich nicht einigen. Und am Ende fällt der König folgendes Urteil: »Der Ganges ist der beste Fluss und der Sumuru ist der herrlichste Berg, der Kalpavrikah ist der heiligste Baum und der Kopf ist das oberste aller Glieder des Körpers.« Und somit gilt sie als die Ehefrau dessen, der den Kopf des Ehemannes trägt.

Wenn es doch so leicht wäre, dachte Lena, und griff nach einem anderen Buch. Sie suchte die Erzählung »Die vertauschten Köpfe«, die auf dieser alten Legende gründet. Dort las sie, fast belustigt, das Urteil eines Heiligen: »Denn wie das Weib der Wonnen höchste ist und Born der Lieder, so ist das Haupt das höchste aller Glieder.«

Zum ersten Mal hatte sie diese verrückte Geschichte entdeckt, als sie sich nach dem bestandenen Medizinexamen eine Auszeit genommen und viel gelesen hatte. Zur Bibliothek ihrer Großmutter Maria, die sie geerbt hatte, gehörten Thomas Manns komplette Werke. Und wieder genoss sie seine skurrile Phantasie und wie der Dichter das indische Märchen psychologisch verfeinert und weitergesponnen hatte: Seine Sita erfüllt sich mit der unfreiwilligen Verwechslung der Köpfe einen unausgesprochenen Wunsch, eine nicht eingestandene Sehnsucht, und erschafft sich so ihren Traummann.

Als Lena las, schien sie in einen Spiegel zu blicken: Sie selbst war nun Sita, und Gero von Hutten war der intelligente Schridaman, und Josef Metzig wurde zu seinem schönen Freund Nanda, deren Köpfe durch das Versehen Sitas jeweils auf dem Rumpf des anderen landeten. Anfangs hatte auch sie – unüberlegt – Kara Metzig den Aufschub gewährt.

Doch ab sofort hatte keine launenhafte Göttin mehr das Sagen, sondern ein neurowissenschaftliches Team. Die Planung lief, und nichts mehr blieb dem Zufall überlassen. Sie lebte in keiner Legende, keiner alten Erzählung, sondern im einundzwanzigsten Jahrhundert. Im Neuro-Lab züchtete ihr Team bereits die ersten Stammzelllinien GH/JM, um sie in die spätere Nahtregion von Körper-Spender und Kopf-Empfänger zu injizieren. Das würde die Abstoßungsgefahr extrem reduzieren, wenn nicht sogar komplett ausschließen, weil sich vorab ein örtlich begrenztes Chimärengewebe entwickeln konnte: Eine neue Josef-Gero-Zone. Und sie hatten auch begonnen, die individuellen Nervenwachstumsfaktoren und die Stammzelllösungen zu fertigen, mit denen die beiden Rückenmarksenden nach den entscheidenden Schnitten umspült werden sollten. Der Gewebekleber für den Zusammenschluss des Rückenmarks war ebenfalls ein genetischer Gero-Josef-Zwitter. Den Rohstoff dafür, die neuronalen Stammzellen, hatten sie aus den Gehirnen des Spenders und Empfängers punktiert, und zwar aus dem Riechkolben, dem *Bulbus olfactorius*, der durch die Nasenhöhlen gut zu erreichen war. Und heute Morgen war im Probenraum die GH/JM-Simulation Nummer 14 erfolgreich verlaufen.

Laut las Lena zuerst eine und dann eine zweite Stelle aus den »vertauschten Köpfen« und wiederholte ihre Lieblingssätze so lange, bis sie sich an die Worte mit geschlossenen Augen erinnern und in den Abend murmeln konnte: »Verschiedenheit schafft Vergleichung, Vergleichung schafft Bewunderung, Bewunderung aber Verlangen nach Austausch und Vereinigung. Was in der Einheit eines jeden die Hauptsache gewesen war, hatte sich zusammengefunden und eine neue, alle Wünsche erfüllende Einheit gebildet.«

Die Sätze ließen sie an diese komische Nacht nach ihrem ersten Zusammentreffen mit Josef Metzig denken. Wie hätte sie sich verhalten, wenn er hässlich gewesen wäre, fragte sie sich zum ersten Mal. Nein, niemals hätte sie anders entschieden, denn dieser Eingriff hatte das Potential, ein medizinisches Großereignis zu werden, genau wie die erste Herzverpflanzung, deren hundertjähriges Jubiläum in wenigen Monaten anstand.

In solch unbescheidenen Kategorien dachte Lena in diesen verrückten, hektischen Tagen vor der Operation. Immer höher puschte sie ihre Erwartungen und Hoffnungen. Und wenn sie ihre Gier bemerkte, schauderte sie, aber nur ganz kurz. Sie spürte diese Sehnsucht nach Erkenntnis wie einen Schmerz. Nicht die Hitze allein, diese eitlen Gedanken raubten ihr den Schlaf, wenn sie alleine im Bett lag und hinaus in den Himmel starrte. Die Fenster standen ganz weit offen, trotz der neu installierten Klimaanlage.

Zurückhaltender blieb sie Rothoff und auch Kara Metzig und Yvonne von Hutten gegenüber – an Rita Simon dachte sie überhaupt nicht mehr. Sie sprach eher beiläufig von »wahrscheinlichen psychischen Problemen«. Die anderen vermuteten Altbekanntes, dachten an Freunde, die eine große Operation hinter sich hatten oder mit der Diagnose Krebs leben mussten. Ihnen fehlte die Phantasie, um über die Narbe hinaus zu denken. Lena dagegen durchmaß in Gedanken bereits die Körperfelder, auf denen sich Gero und Josefs Zukunft entscheiden würde und über die sie Informationen sammelte: Das Hormonsystem, das sich über den Blutkreislauf Zutritt zum Gehirn verschaffte und mit seinen Botenstoffen die tätigen Nervenzellen beeinflusste. Und dann das Immunsystem, das Josefs komplette Körpergeschichte gespeichert hatte – wie würde es auf neue Kopfsignale reagieren? Ein heftiges Ringen würde entbrennen zwischen dem sogenannten zweiten Gehirn, das sich in und um den Darm wand und dessen Hauptteil Sonnengeflecht hieß, und dem Kopfgehirn, diesem zerfließlichen Organ, das immer noch meinte, über allem zu thronen! Dabei bestanden beide Systeme aus identischen Nervenzellen und hatten Kontakt untereinander. Manchmal lebten sie in friedlicher Koexistenz, dann wieder stritten das vielzitierte Kopfund Bauchgefühl oder lähmten sich gegenseitig. Die beiden kannten ihren jeweiligen Körper ein Leben lang, waren vertraut und konnten nicht voneinander lassen. Doch wenn der Körper ausgetauscht wurde, wer würde dann als Erster zusammenbrechen? Was passierte mit dem Gehirn und seinen Erinnerungen? Würde es einen neuen Geist hervorbringen, oder musste das Denkorgan gar verrückt werden? Oder rastete zuerst der Körper aus und verteidigte seine eigenen, seine leibhaftigen Erinnerungen, sein bald neunzehn Jahre altes Selbstbewusstsein? War der Körper am Ende vielleicht das Maß aller Dinge und das Gehirn nur sein Sklave?

Lena konnte an nichts anderes mehr denken als an diese Stelle, an diese Grenze zwischen dem 4. und 5. Halswirbel, wo die beiden Männer zusammentreffen würden, in weniger als zwei Wochen.

Die Ethikkommission der Prometheus-Stiftung trat eine Woche vor dem geplanten OP-Termin, am Montag, dem 15. August um 13 Uhr mittags, zusammen. Um einen ovalen Tisch im großen Sitzungsraum des Zentralgebäudes saßen der Neurologe, die Gynäkologin und Internistin der Prometheusklinik, von außen waren ein Theologe und ein Jurist hinzuberufen worden. Alle waren zu strengster Geheimhaltung verpflichtet. Als Gäste waren auch Professorin Lena-Maria Kraft und Professor Matthias Rothoff, als Mutter und Vater des Projektes, und die Klinikjuristin Hildegard Müller geladen worden. Ihre Anhörung sollte höchstens 30 Minuten dauern.

Die Kommissionsmitglieder hatten die elektronischen Krankenakten von Gero von Hutten und von Josef Metzig gelesen. Ferner waren ihnen die Voice-Recordings der Mutter des Spenders und der Ehefrau des Empfängers überspielt worden; zudem lagen das Aussageprotokoll der Freundin und Gero von Huttens Stellungnahme vor. Rothoff hatte eine Liste mit seinen ausgewählten OP-Teams verschickt und Lena Kopien ihre Veröffentlichungen zu den Stammzellklebern und den Gogo-Versuchen eingereicht.

Gleich zu Beginn gab der Vorsitzende, der Jurist Jan Brucker, eine kurze Stellungnahme zum geplanten Eingriff ab. Er sprach offenbar gerne im Stehen. Jedenfalls rückte er seinen Stuhl weit nach hinten, um beim Reden unaufhörlich auf- und ab-, hin- und herwippen zu können.

»Einig ist sich die Kommission, dass das Transplantationsgesetz eine komplette Körperspende abdeckt. Schließlich werden alle Extremitäten und fast alle Organe heute einzeln verpflanzt, und hier passiert es quasi im Paket. Und dass Josef Metzig korrekt als hirntot begutachtet wurde und damit als Spender infrage kommt, belegen die Protokollbögen. Eine Gliedertransplantation hat Josef Metzig zu Lebzeiten nicht ausgeschlossen, und seine Freundin hat, auch wenn das juristisch nicht von Belang ist, seine Aufgeschlossenheit gegenüber der Organspende betont. Es weist auf seinen wirklichen Willen hin. Deshalb können wir annehmen, dass er einer Körperspende bei einer konkreten Anfrage nicht widersprochen hätte. Rechtliche Probleme sehe ich hier keine, zumal auch die nächste Angehörige, seine Mutter, ihre Zustimmung gegeben hat.«

Die Theologin Johanna Meister warf sofort ein, dass ein Körper in seiner Ganzheit eine andere Qualität habe und eventuell die Identitätsfindung des Kopfes erschweren könne, so unvorstellbar ein solcher Vorgang für sie alle noch sein mochte. Doch würde die Operation zugelassen, würden sie alle damit konfrontiert. Sie habe dabei ein sehr ungutes Gefühl. »Schon die Gesichtstransplantationen sind …«

Der Neurologe Dirk Bader, ein kräftiger, etwas zu lauter Machertyp mit Glatze, unterbrach sie sofort: »Der Patient wird doch gerade seinen eigenen Kopf behalten und damit natürlich auch sein altes Gesicht und seinen eigenen Willen! Der Weg zur Akzeptanz wird deshalb niemals schwerer sein als bei einer Gesichtstransplantation, die wir seit langem genehmigen. Sehen Sie den Körper einfach als eine große Prothese, als gigantischen

Körperchip. Die Zentrale hier oben liefert die nötige Software. Meine Skepsis bezieht sich eher auf die Rückenmarksregeneration. Aber einen Versuch ist es natürlich wert, die Arbeiten der Gruppe von Lena Kraft sind so weit fortgeschritten, dass ein erster In-Vivo-Versuch, und das ist dieser Eingriff ohne Zweifel, zu verantworten ist. Wenn auch mit dem Risiko eines hohen Querschnitts. Das ist allerdings meine größte Befürchtung.«

Hier saß tatsächlich noch ein Anhänger des alten Hirnzentrismus, Lena lächelte ihm zu. Seine Ja-Stimme jedenfalls schien gesichert.

Die nächste Frage stellte die Internistin Ingrid Zucker: »Können wir einen Eingriff überhaupt erlauben, bei dem der Patient Gero von Hutten mit einer Wahrscheinlichkeit von fünfundzwanzig Prozent sterben wird? Müssen wir den Patienten hier nicht vor sich selbst schützen?«

Rothoff meldete sich zu Wort und führte zahlreiche Trennungen von siamesischen Zwillingen an. Auch mit einem Todesrisiko von 50:50 seien diese Operationen alle genehmigt worden, wenn die Betroffenen darauf bestanden hätten und bereit gewesen wären, gemeinsam oder allein zu sterben. »Seit Ende des zwanzigsten Jahrhunderts ist das gängige Praxis. Die Selbstbestimmung über das eigene Leben, aber auch den eigenen Tod ist immer weiter gestärkt worden. Bioethische Selbstbestimmung setzt sich zunehmend durch!«

»Es gibt aber noch viele andere, bereits erprobte Möglichkeiten, die in unserem Fall noch gar nicht ausgeschöpft sind«, hielt die Theologin dagegen. »Alle modernen Hilfsmittel von der Arm- und Handprothetik bis zum Bioimplantat stehen dem Patienten zur Verfügung. Und seine durch das therapeutische Klonen gewonnenen Hauttransplantate sind noch nicht in vollem Umfang übertragen worden. Wir sollten einfach abwarten! Trotz der schweren Verletzungen und ohne Hände kann er seinem Leben einen Sinn geben, einen neuen und anderen Sinn natürlich. Außerdem ist er nicht allein, er hat eine Frau, die ihn begleitet. Es muss kein komplett neuer Körper sein. Und mit familiärer und biotechnischer Unterstützung kann der Patient auch einen anderen künstlerischen Beruf finden. Wie ist denn seine Frau einzuschätzen?«

»Sehr willensstark«, antwortete Lena, »und das gilt auch für den Patienten selbst. Aber genau deshalb votieren beide ohne Wenn und Aber für einen komplett neuen Körper. Wie Sie gelesen und gehört haben, hat der mögliche Empfänger für den Fall einer Ablehnung bereits mit Selbstmord gedroht. Er wird wahrscheinlich neue Nieren brauchen, nur ein sehr krankes, begrenztes Leben wird möglich sein, eine Querschnittslähmung droht. Wenn alle konventionellen Eingriffe gelingen! Wenn es nicht doch noch zu Komplikationen kommt! Und es gibt sehr viele *Wenns*. Die neuen Hände sind dem potentiellen Empfänger übrigens das Allerwichtigste! Er ist schließlich kein genialer Mathematiker, der nur denkt.«

Lenas letzter Satz sollte an die öffentliche Debatte erinnern, die vor einem Jahr stattgefunden hatte. Es war damals um den Tod des weltberühmten Mathematik-Genies Bruce Meyer gegangen, dessen Körper durch ALS, die *Amyotrophe Lateralsklerose*, eine Erkrankung des motorischen Nervensystems, komplett bewegungsunfähig geworden war. Hinterher hatte die mathematische Fachwelt den Medizinern vorgeworfen, den Kopf des nur dreißig Jahre alten Genies nicht rechtzeitig mit einer neuen Batterie, also mit dem Körper eines Hirntoten, versorgt zu haben. Zwar wäre das Genie dann wie zuvor gelähmt geblieben, aber er hätte weiter denken können. So aber ging der Wissenschaft sein genialer Denkapparat verloren, weil einige Ethikkommissionen noch nicht ausdebattiert hatten.

»Vor einem Jahr hat man zu lange gezögert, das sollte uns nicht mehr passieren! Wir müssen schnell entscheiden, der potentielle Spender ist schließlich seit dreizehn Tagen hirntot. Sein Zustand ist stabil, er weist beste Werte auf, aber auch auf dieser Seite können wir plötzlich alles verlieren.« Lena blickte nun in die Runde und besonders auf die Ärztin Zucker, von der sie wusste, dass sie einen frühen von Hutten in ihrem Arbeitszimmer hängen hatte.

Die exaltierte Gynäkologin Xenia Overbeck machte jedoch noch eine andere Rechnung auf und zählte an ihren Fingern ab: »Sein Herz, zwei Nieren, eine Leber und eine Lunge: das macht fünf, mindestens! Von den Gliederspenden und anderen Kleinigkeiten wie der Augenhornhaut, Knochen und Arterien ganz abgesehen. Warum bitte soll einer allein all diese Transplantate bekommen? Organe von vorzüglicher Qualität übrigens! Das ist eine nicht zu rechtfertigende Bevorzugung eines einzelnen Patienten, den es zugegebenermaßen wirklich schwer getroffen hat. Auch wenn er auf der Prometheus-Liste steht, ist das zu viel!« Sie streckte ihre rechte Hand in die Höhe und machte eine Kunstpause, bevor sie die Finger mehrmals spreizte: »Mindestens fünf Menschen lassen wir sterben. Fünf! Eine beachtliche Zahl Menschenleben, meinen Sie nicht?«

»Das trifft nur theoretisch zu«, widersprach ihr Lena, »denn wie Sie alle gehört haben, wird die Mutter des Spenders nur einer kompletten Körperspende zustimmen. Entweder der ganze Körper oder gar nichts. Und dann gingen alle leer aus.«

»Wir brauchen die Mutter nicht, das haben Sie wohl vergessen. Er besaß einen Ausweis.« Die Theologin zog eine Kopie aus ihren Unterlagen.

»Dennoch wäre es unklug, den Willen der Mutter vollständig zu ignorieren«, warf die Juristin Hildegard Müller ein. »Sie ist ja nicht gegen eine Organspende, sie will nur ein andere Form der Spende, sogar eine viel umfassendere. Gegen eine Aufteilung des Körpers wäre sie bereit zu klagen! Und glauben Sie mir, solch ein Verfahren kann langwierig und kostspielig sein, mit völlig offenem Ausgang.«

Rothoff erhob jetzt seine Stimme: »Meine Damen und Herren, wir müssen uns in Erinnerung rufen: diesen Eingriff wollen alle Betroffenen. Das ist das Allerwichtigste. Und er kann nicht nur, er *wird* gelingen. So günstig waren die Ausgangsbedingungen selten! Langfristig können wir eine größere Anzahl Leben retten, als wir im schlimmsten Fall kurzfristig verlieren. Wir können für die Zukunft neue Erkenntnisse gewinnen. In der Konstellation, die wir heute verhandeln, bleiben das Rückenmark sowohl des Empfängers als auch des Spenders unverletzt. Das ist ein unglaublicher Glücksfall. Deshalb können wir hier am besten die Prozesse des Zusammenschlusses und der Rehabilitation – das ist genauso wichtig! – im Detail verfolgen. Diese Chance nicht zu nutzen wäre ein Verbrechen an der Zukunft, an der Menschheit. Nochmals: Denken Sie an die vielen Querschnittsgelähmten und zukünftigen Unfallopfer, die darauf angewiesen sind, dass wir ihnen helfen. Auch ihretwillen wagen wir den Eingriff!«

Lena blickte zur Theologin Meister, die etwas notierte, aber keine Miene verzog. Ihre Stimme würden sie nicht bekommen, so viel stand fest. Dennoch: Die Stimmung im Raum hatte sich offenbar zu ihren Gunsten verändert. Einige Kommissionsmitglieder hatten in den letzten Minuten stumm in die Runde genickt, mit wachsender Neugier im Blick.

Doch nun räusperte sich Becker schon wieder und deutete auf einen aufgeschlagenen Gesetzestext, der vor ihm lag. Dieses Mal blieb er sitzen, weil ihm das Buch offenbar zu schwer zum Heben war.

»Ich weise noch auf Folgendes hin: Das Transplantationsgesetz erlaubt nur bei einer Lebendspende eine Zuordnung des Transplantats zu einem bestimmten Empfänger, und das nur bei Verwandten. Hier liegt das Hauptproblem! Und zwar gleichgültig, ob es sich um ein oder mehrere Organe oder einen ganzen Körper handelt. Hier wird ein Präzedenzfall geschaffen. Mit noch ungeahnten Konsequenzen. Sollte die Prometheus-Gruppe an die Öffentlichkeit gehen, dann könnte uns eine Strafanzeige drohen. Auch könnten Betroffene auf unseren langen Wartelisten, die für die Aufnahme in unsere Kartei viel bezahlt haben, Schadensersatz verlangen, weil hier ein Patient zu Unrecht bevorzugt wurde.«

Unruhig musterte Lena nun die Anwältin Müller, die nicht nur die Ruhe selbst war, sondern schon fast triumphierend vor sich hin lächelte. Die Rechtsanwältin stand langsam auf. Sie war eine ungewöhnlich große Frau, deren dünne und hohe Stimme nicht zu ihrer stattlichen Erscheinung passte. Vielleicht unterstrich sie deshalb ihre Worte gerne mit weit ausholenden Bewegungen.

»Auch wenn der Spender hirntot ist, wird durch den Eingriff, also durch die Transplantation seines Körpers, letztlich verhindert, dass er in Gänze stirbt, also eine Leiche wird: Der Spenderkörper wird durch den Empfängerkopf wieder lebensfähig und der Person Gero von Hutten zugeordnet, an der er nun *hängt*, so möchte ich das einmal nennen. In der Person Gero von Hutten lebt also der Spender Josef Metzig tatsächlich leibhaftig weiter. Er ist naturwissenschaftlich gesehen Teil einer Chimäre – und zwar mit einem Josef-Metzig-Körperanteil bzw. Genanteil von gut 90 Prozent. Nur die Josef-Metzig-Person, und allein die ist nach dem Hirntodkonzept an das Gehirn gekoppelt, ist offiziell für tot erklärt worden. Und eben gerade nicht der komplette Körper. Das genau meint doch das Wort *hirntot*, Herr Kollege! Das ist eine noch nie dagewesene Situation, eine vollkommen neue Biosozialität. Deshalb können wir *nach* dieser Operation von einer Quasi-Lebensspende sprechen. Denn wer kann mit dem Empfänger enger verwandt sein, als sein eigener, wenn auch erst zukünftiger Körper? Spitzfindig gesagt: Er ist es am Ende doch selbst, zumindest als Person im rechtlichen Sinne! Dass der Körper, der überlebt und weiterlebt, seinen Willen nicht selbst kundtun kann, liegt an der Natur des Eingriffs: Er verfügt über keinen Kopf mehr. Aber die Mutter des Körperspenders kann seinen Willen vertreten und für ihn sprechen. Entstanden ist hier eine neue Bioverwandtschaft: Sie vertritt den Körper ihres Sohnes, oder besser den Teilsohn! Ganz ähnlich argumentiert übrigens auch das neue Transpersonalgesetz, das zwar immer noch nicht verabschiedet ist, aber im Entwurf vorliegt. Die Körperspende, in Großteilen oder komplett, wird darin in einem eigenen Paragraphen behandelt. Beim ersten Transplantationsgesetz von 1997 hinkte die Justiz der wissenschaftlichen Entwicklung um Jahrzehnte hinterher. Dieses Mal dauert es nicht so lange. Deshalb können Sie heute besonders mutig sein. Sie werden recht bekommen.«

Bevor Lena und Rothoff den Raum verließen – Jurist Becker wies schon ungeduldig auf seine Uhr –, betonte der Chirurg nochmals, wie wichtig es wäre, dass alle Beteiligten im Interesse des Patienten und der Prometheus-Gruppe die Schweigezeit von mindestens drei Monaten einhielten. »Diese Absicherung gibt uns allen die Möglichkeit, die Entscheidung für den Eingriff mitzutragen.

Das hohe öffentliche Ansehen, das Prometheus genießt, will niemand aufs Spiel setzen. Weder Sie noch wir.«

Dreißig Minuten später, viel schneller, als erwartet, öffnete sich die Tür zum Sitzungssaal wieder. Und ausgerechnet der Vorsitzende Becker kam heraus, um die Entscheidung zu verkünden.

»Es ist uns nicht leichtgefallen, liebe Frau Kollegin, lieber Herr Kollege …«, begann Becker mit ernstem Blick.

Lena wurde blass. Dass es knapp werden würde, war ihr bewusst gewesen. Wie in diesem Fall überhaupt immer alles verdammt knapp gewesen war. Gero überlebte knapp, und Josef starb, weil die Zeit zum Bremsen zu knapp war. Und jetzt wurde die Zeit knapp für alle.

Lena ergriff Rothoffs Hand, ließ sie aber gleich wieder los.

Becker fuhr fort: »Es stand auf der Kippe. Aber mit drei zu zwei Stimmen wurde der Eingriff schließlich befürwortet. Lassen Sie mich ausdrücklich darauf hinweisen, dass trotz dieser Zustimmung Bedenken bestehen. Es wird an Ihnen liegen und an dem Patienten, dieser Verantwortung gerecht zu werden. Ich wünsche Ihnen und besonders dem Patienten viel Erfolg!«

Um nicht vor Freude aufzuschreien, presste Lena die Lippen zusammen, bis Rothoff sich bei Becker bedankt hatte und alle Hände der Kommissionsmitglieder geschüttelt waren. Lena fiel ihr Lieblingszitat aus der Thomas-Mann-Erzählung *Die vertauschten Köpfe* ein: »Verschiedenheit schafft Vergleichung, Vergleichung schafft Unruhe, Unruhe schafft Verwunderung, Verwunderung schafft Bewunderung, Bewunderung aber Verlangen nach Austausch und Vereinigung.«

Gero von Hutten war verlegt worden, von der ZI in die Neurochirurgie, in einen Extraraum für besonders schwere Fälle, denn dieser konnte nach dem Eingriff auch als Aufwachraum dienen. Nur noch drei Tage trennten ihn von dem Eingriff im OP-Saal IV. Deshalb waren sie hier verabredet: Lena und Rothoff, Gero und seine Frau. Nur war Rothoff nirgends zu sehen. Lena wanderte durch das Zimmer, während sie warteten.

Geros Porträt und ein Foto von Josef Metzig hingen auch in dem neuen Zimmer an der Wand rechts von ihm.

Lena fiel sofort ein drittes, neues Bild auf, auch weil sie es gut kannte. Es zeigte den berühmten doppelköpfigen Hund.

»Wieso hängt dieses ekelhafte Bild hier?«, fragte sie.

»Mein Mann hat es verlangt«, antwortete Yvonne, »es lag zu Hause in seiner Motivmappe. Er schneidet immer Zeitungsartikel und Bilder aus, wenn ihn etwas fasziniert hat.«

»Es war einfach diese Bildkomposition, die ich spannend fand: zu sehen, wie dir jemand tatsächlich im Nacken sitzt. Und plötzlich passt es zu mir!«

»Das hat nichts mit Ihnen zu tun«, widersprach Lena lauter und heftiger, als sie es beabsichtigt hatte. »Es ist nur ein Relikt aus einer alten Zeit, eine unwürdige Spielerei, die dazu diente, wissenschaftliche Eitelkeiten zu befriedigen, und die zu Recht alle Tierschützer auf den Plan gerufen hat.«

Als Studentin hatte Lena das Exponat im Deutschen medizinhistorischen Museum in Ingolstadt gesehen, gleich am Eingang in einer Glasvitrine. Solche Transplantationsexperimente machten russische Wissenschaftler in den Fünfzigerjahren des zwanzigsten Jahrhunderts. Länger als zwanzig Tage soll keine der zusammengeflickten Kreaturen überlebt haben. Wirklich doppelköpfig waren sie nicht, dem großen Schäferhund war ein halber Pinscher regelrecht aufgesetzt worden: Ein Kopf mit

Brust und Vorderpfoten saß dem Wirt im Nacken, denn nur ein Herzkreislauf versorgte das Doppelwesen. Das Verdauungssystem des Transplantats war isoliert und die Speiseröhre nach außen geleitet worden. Doch auch der halbe Hund konnte fressen, schlafen, lecken und beißen, ein Indiz, dass die Verbindung Gehirn–Nervensystem nach der Verpflanzung erhalten geblieben war. Den russischen Wissenschaftlern war es damals darum gegangen, ihre handwerklichen Fähigkeiten und Techniken zu demonstrieren. Eine Rarität hatten sie erschaffen wollen, etwas zum Vorzeigen: ein Monstrum eben. Doch herausgekommen war nur eine obszöne ausgestopfte Jahrmarktnummer. Nichts, auf das ein Wissenschaftler stolz sein konnte, so hatte Lena das schon beim ersten Mal gesehen.

Als sie das Foto nun an der Wand betrachtete, erinnerte sie sich wieder daran, dass der kleine Hund damals die Ohren des Schäferhundes angeknabbert hatte. Aus Gemeinheit oder aus Verzweiflung?, hatte sie sich gefragt und angewidert abgewendet.

»Das Bild müsste jemanden wie Sie doch faszinieren.« Gero musterte Lena herausfordernd, aber sie erwiderte nichts. Nach einer Weile fragte er: »Wer werde ich wohl sein: der Große oder der Kleine?«

Bevor sie antworten konnte, kam Mathias Rothoff ins Zimmer, er wirkte abgehetzt.

»Entschuldigung! Ich habe mich leider etwas verspätet!« Er zog sich einen Stuhl heran. »Können wir gleich anfangen, bitte. Ich habe nachher noch eine dringende OP! Also, was wollten Sie noch fragen, das über die Aufklärungsbögen hinausgeht?«

»Zum Beispiel will ich wissen, ob ich dieselbe Stimme haben werde«, begann Gero.

»Ihr Kehlkopf wird auf jeden Fall erhalten bleiben,

auch die Schilddrüse und damit die ganze anatomische Struktur, die Ihre Stimme ausmacht. Wir arbeiten uns hier entlang, zwischen den Wirbeln 4 und 5«, Rothoff tippte an die entsprechende Stelle unter seinem Kehlkopf. »Nicht ganz auszuschließen ist natürlich, dass sich die Tonlage durch das jüngere, straffere Zwerchfell des neuen Körpers anders einfärbt. Dass die Stimme etwas höher wird, da die Atmung mit für die Stimmfarbe verantwortlich ist. Aber letztendlich wird sie jeder wiedererkennen. Anfangs weisen Sie … also weist Ihr neuer Körper noch einen Luftröhrenschnitt auf. Deshalb können Sie am Anfang nicht sprechen, vielleicht zehn bis vierzehn Tage lang. Sobald Sie jedoch sicher selbstständig atmen, bekommen Sie wieder für einige Zeit eine Sprechkanüle. Das klingt dann etwas komisch, wie eine Computerstimme. Aber danach ziehen wir die Kanüle und kleben luftdicht ab, damit die Wunde von unten zugranulieren kann.«

»Das wussten wir nicht, dass Sie diesen Luftröhrenschnitt machen«, Yvonne klang erschrocken. Auch Gero schien das zu beunruhigen.

»Wir müssen den großen Wundbereich, den Narbenbereich schonen. Das muss sehr gut verheilen. Deshalb intubieren wir den Patienten lieber nicht, wie es sonst üblich ist. Ihr Mann hat immer noch Probleme wegen der langen Beatmung direkt nach dem Unfall. Das hören Sie an seiner Stimme!«

»Wie sieht denn dieser …«, Gero suchte wohl noch nach einem passenden Wort, als er zu husten begann. Und weil er keine rechte Hand mehr hatte, um darauf zu zeigen, und sein linker Arm schlaff dalag, presste er sein Kinn nach unten.

Er sieht traurig aus, dachte Lena, und auch seine Schmerzen sah man ihm regelrecht an.

»Sie meinen den Operationsschnitt?«, kam sie ihm zu Hilfe.

»Genau, die Narbe ...« Er klang immer kraftloser.

»Wir machen einen Rundkragenschnitt, hier in diesen Falten.« Rothoff öffnete seinen Hemdkragen mit der linken Hand und zog ihn ein wenig nach vorne, während er mit dem rechten Zeigefinger um den Hals herumfuhr. »An dieser Stelle ist die Narbe später kaum zu sehen. Besonders wenn Sie Hemden mit Kragen tragen. Also keine T-Shirts mehr, würde ich empfehlen. Gewöhnen Sie sich an vornehmere Kleidung! Im Nacken verläuft der Schnitt in der Mitte zusammen, etwa wie ein umgedrehtes Ypsilon.«

»Wann ... wieder bewegen und ... malen kön...?« Husten schüttelte Gero, er war kaum noch zu verstehen.

»Sie brauchen vor allem Geduld. Etwa drei Monate lang müssen Sie das Halo-Gestell tragen. Ihr Kopf ist schon während des gesamten Eingriffs in diese Vorrichtung eingespannt, in den Halo-Fixateur. Ein Metallring wird mit Ihrem Kopf fest verschraubt. Anfangs werden wir über eine Zugvorrichtung den Kopf gerade halten. Wenn Sie wieder sitzen können, passen wir Ihnen ein Korsett an. Daran sind Stäbe befestigt, die rechts und links neben Ihrem Kopf hochragen und die wir mit dem Ring verschrauben. Diese alles entscheidende Verbindungsstelle zwischen Ihnen und dem Transplantat müssen wir absolut ruhig stellen, bis alle Rückenmarksnerven zusammengewachsen und fest verbunden sind. Mit dem Gestell sind Sie natürlich eingeschränkt, aber damit werden Sie gut zurechtkommen. Sogar auf der Seite schlafen kann man nach einigen Wochen. Das Gerät gibt es schon ewig und es hat sich bewährt, es gibt nichts Besseres. Ich habe Ihnen eine Abbildung mitgebracht, damit Sie sich schon daran gewöhnen können. Denn das Gerät wird Sie immerhin drei Monate lang begleiten.«

Er wollte das Bild neben die Gero- und Joseffotos heften und stutzte. Erst jetzt fiel ihm der doppelköpfige Hund auf.

»Wo kommt denn dieses Untier her?«

»Das war ich. Galgenhumor, würde ich sagen«, brachte Gero heraus und schloss die Augen.

»Guillotinenhumor wäre angebrachter«, flüsterte Rothoff Lena ins Ohr.

Todesangst trifft es noch besser, dachte sie und schwieg. Durch eine unwillige Handbewegung gab sie ihrem Kollegen jedoch zu verstehen, dass er wieder ernst werden und endlich weiterreden sollte.

Aber da fragte Yvonne bereits: »Wie lange bleibt mein Mann nach der Operation gelähmt?«

»Wenn wir ehrlich sind«, antwortete Rothoff, »wissen wir das noch nicht genau. Direkt nach der OP sind Sie natürlich gelähmt. Aber dann werden sich von oben nach unten, Segment um Segment, alle Funktionen wieder einstellen. In sechs bis neun Monaten ist alles überstanden, Reha-Maßnahmen inklusive. Die peripheren Nerven wachsen etwa einen bis zwei Millimeter pro Tag. Vielleicht beschleunigt Ihr geklonter Nervenwachstumsfaktor alles. Das ist auch für uns echtes Neuland.«

»Geduld brauchen Sie, aber was sind einige Monate auf ein ganzes Leben gerechnet?« Lena deutete auf seine Haare. »Auch Ihre Locken brauchen einige Zeit, um nachzuwachsen. Und wenn das geschehen ist, werden Sie sich kaum noch vorstellen können, wie Sie mit einer Glatze ausgesehen haben, denn die müssen wir Ihnen für die OP verpassen.«

»Das Gehirn darf doch nur wenige Minuten von der Stoffzufuhr abgeschnitten sein ... also davor habe ich, davor haben wir am meisten Angst.« Yvonne wandte sich an Rothoff. »Dass hier etwas passiert, das das Gehirn beschädigt ...«

»Wir haben viel mehr Zeit als drei bis fünf Minuten. Etwa das Fünf- bis Sechsfache, maximal ein halbe Stunde. Wir arbeiten mit zwei Tricks …« Hier war der Neurochirurg wieder in seinem Element. »Wir kühlen das Blut über einen externen Blutkreislauf auf 20 Grad ab. Und mit Barbituraten erzeugen wir ein so tiefes Koma, dass keine elektrische Gehirnaktivität mehr zu sehen ist. Wir legen also Ihr Denkorgan regelrecht still, sorgen dafür, dass Sie einen kühlen Kopf behalten …« Alle lächelten, sogar Gero verzog den Mund. »Das gibt uns etwa zwanzig Minuten, bis wir Sie … Ihren Kopf …«

Rothoff blickte unsicher zu Lena. Es war doch etwas anderes, einem Kollegen den Eingriff zu erklären oder mit dem Menschen zu sprechen, dem er tatsächlich in zwei Tagen den Kopf abschneiden würde.

Kopf ab: Bis heute war das nie etwas anderes gewesen als ein barbarischer, blutiger Akt. Eine tödliche Strafe, ob mit der Guillotine oder einem Säbel vollzogen. Es war zutiefst demütigend, jemanden zu enthaupten, eine Person tatsächlich zu entzweien.

Kopf ab: Das bedeutete einem Menschen sein Gesicht zu nehmen. Das Persönlichste und Einzigartigste, was er hatte. Etwas, an dem ihn alle erkannten.

Kopf ab: Wem fielen da nicht Videoaufnahmen von Terroristengruppen ein, die Enthauptungen von Geiseln im Betanet verbreitet hatten. Wer kannte nicht die unzähligen historischen Bilder oder Fotos, auf denen abgeschlagene Köpfe auf Stangen aufgespießt zur Schau gestellt wurden, um Schrecken zu verbreiten und Feinden seine Überlegenheit zu demonstrieren.

Kopf ab: Das bedeutete, jemand war nicht nur besiegt, sondern vernichtet worden.

Es war ein bedrückender Moment der Stille.

Endlich sprach der Arzt weiter, stockend: »Also … bis

wir ... bis wir ... Ihren Kopf vom Rumpf gelöst und umgesetzt haben, auf den gespendeten Körper.«

So klang es neutral und einfach, wie einmal Naseputzen, das war es aber nicht. Und das wusste jeder in diesem Raum. Dass es am Montag um Leben und Tod gehen würde und um noch viel mehr und dass überhaupt nichts einfach war.

»Ich möchte das Risiko eingehen«, sagte Gero von Hutten schließlich, »trotz allem.«

»Gut, dann bereite ich jetzt die Aufnahme vor!«, erklärte Lena.

Die Leitung der Prometheus-Stiftung verlangte eine mit dem Voice-Recorder aufgezeichnete mündliche Zustimmung des Empfängers, weil er zwar nicht schreiben konnte, aber doch bei Bewusstsein und zurechnungsfähig war. Sie wollten sich doppelt absichern und sich nicht allein auf die schriftliche Einwilligung der Ehefrau verlassen, gerade bei dem Rummel, den ein gelungener Eingriff, oder auch Geros Tod, auslösen würde.

Er sprach langsam nach, was Lena ihm vorlas: »Ich, Gero von Hutten, habe die Aufklärungsdokumente zur Kenntnis genommen. Sie wurden mir vorgelesen und ausführlich erläutert. Meine Frau, Yvonne von Hutten, hat in meinem Namen unterzeichnet. Ich stimme der Körpertransplantation ausdrücklich zu. Ich kenne das Alter und den Namen des hirntoten Spenders, weitergehende Informationen wünsche ich nicht. Ich befürworte den Eingriff, und dies ist mein eigener Entschluss. Gero von Hutten.«

Danach war er so müde, dass er erschöpft die Augen schloss. Er wollte nur noch schlafen.

Den doppelköpfigen Hund hatte er vergessen. Lena war erleichtert, denn seine Frage, ob er der Große oder der Kleine sein würde, hätte sie ihm nicht beantworten können.

*Schnallen Sie sich bitte an, klappen Sie die OP-Tische
nicht hoch! Auf die innere Enthauptung folgt das
wirkliche Köpfen, nun wird die* Wetware *transportiert
von A nach B. Aber bitte nicht fallen lassen! Der Erinne-
rungszug fährt ab, die Weichen sind gestellt! Dafür
sorgt die* Hardware. *Gedankenbeschleunigungen bis
zum Limit. Im Kopf bricht ein Sturm los, wenn eine
Körperwelt untergeht. Haarscharf daneben wäre das
Ende. Zwischen Amnesie und Anfang beginnt die
Eiszeit. Auf dem Friedhof der Eiscontainer gefriert
jedem vor Schreck das Blut in den Adern. Notausgänge
gibt es hier nicht. Behalten Sie trotzdem die Nerven!
Auch wenn Leben und Karriere auf des Messers
Schneide stehen. Schmal ist der Grat, auf dem sich alle
bewegen. Niemand träumt von elektrischen Schafen,
sondern nur von menschlichen Händen.* Blade Runner
*sind wir alle, gierig, den radikalen Schnitt zu wagen.
Bleiben Sie bitte noch angeschnallt, bis wir landen!*

Am 22. August um 6 Uhr 30 begann im großen OP-Saal
Nummer IV, in dem zwei Operationstische Platz hatten,
der Eingriff. Etwa zwanzig Männer und Frauen, vom Nar-
kosearzt bis zur OP-Schwester, waren anwesend. Im ersten
Team arbeitete neben Rothoff ein weiterer Neurochirurg,
sie waren zuständig für das Durchtrennen der Wirbel-
säulen und des Rückenmarks. In der zweiten Gruppe waren die zwei Gefäßchirurgen die entscheidenden Künstler. Auch ein genauer Zeitplan für den Eingriff lag vor. Sie
rechneten mit einer Gesamtdauer von sechzehn bis achtzehn Stunden.

Lena schlief an diesem Morgen länger, als sie vermutet
hatte. Sie hatte eine starke Schlaftablette genommen,
denn am Vorabend war sie so aufgeregt gewesen, dass sie
geglaubt hatte, die ganze Nacht wach zu liegen. Sie ver-

spürte keinen Hunger, zwang sich aber, wenigstens etwas Obst zu essen. Ihre Nervosität stieg mit jeder Minute, als die Wirkung der Tablette nachließ. Lena versuchte sich mit Lesen und Aufräumen abzulenken, doch das gelang ihr kaum. Um 14 Uhr 30 erhielt sie endlich eine Mail, dass der Kopf ohne Komplikationen umgesetzt war und die OP sich innerhalb des Zeitplans hielt.

Das Gehirn ist eine Insel, dachte Lena, als sie sich im Badezimmerspiegel betrachtete. Einsam schwimmt es in unserem Schädel, umspannt von einem knöchernen Himmel, der die Körperwelt krönt.

Sie hielt ihr Gesicht nahe an das Waschbecken und besprengte es mit kaltem Wasser. Lena spürte, wie sie am ganzen Körper zu zittern begann. Sie trocknete sich ab und ging zurück in ihr Schlafzimmer, legte sich hin und fiel nun, erschöpft von der wochenlangen Anspannung, ohne eine neue Tablette wieder in einen über vier Stunden dauernden Schlaf, der traumlos war.

Um 22 Uhr 15 klingelte das Telefon. Rothoff ließ ihr beste Grüße ausrichten, außerdem rechne er damit, gegen 23 Uhr den Eingriff zu beenden, teilte ihr eine Stationsschwester mit.

Lena eilte sofort los, nur mit einem grünen Leinenkleid und in flachen offenen Sandalen. Den Code für den Hintereingang des Prometheusgeländes hatte sie sich besorgt, so konnte sie den Weg zur Neurochirurgie abkürzen. Mehrmals drückte sie den Knopf neben den Fahrstühlen. Dauerte das immer so lange? Sie lief hin und her, bis sich die Türen endlich mit einem lauten Klingeln öffneten.

Sie stand sich selbst gegenüber, stellte in dem großen Spiegel an der Rückwand fest, dass sie keine Brille trug, sondern noch immer Kontaktlinsen. Auch die Haare waren noch offen. Sie suchte nach einer Spange in der

Tasche ihres Kleids, fand aber keine. Sie zuckte die Achseln. Das war nun auch nicht mehr zu ändern.

Lena gelangte in den ersten Stock. Nachts ließ die Leere die langen Flure noch länger erscheinen. Inmitten der weißgrauen Anstriche, Metallleisten und spiegelnden Glasfenster und den kleinen Deckenspots fühlte sich Lena in ihrem grünen Sommerkleid fehl am Platze: Ein Irrlicht schien sie zu sein oder eine vergessene Pflanze in einer High-Tech-Welt.

Als sie den Besucherraum betrat, bereute sie es, keinen ihrer weißen Arztkittel übergezogen zu haben. Als ob alle Mütter und Väter, Ehefrauen und Ehemänner, die sie jemals in diesem Raum getroffen und zu einem Gespräch abgeholt und deren Welt danach auf dem Kopf gestanden hatte, sie nun anstarrten und beobachteten, wie sie sich verhalten würde, so fühlte sie sich.

In der rechten Ecke, in der zwei Stuhlreihen zusammenstießen, saß Kara Metzig.

»Schön, dass Sie gekommen sind«, sagte sie nur.

Dann faltete sie ihre Hände im Schoß und betete. Offenbar hatte sie schon den ganzen Tag über hier gesessen, so aschfahl wirkte sie.

Yvonne von Hutten grüßte stumm, mit einem kurzen Kopfnicken. Auf den Stühlen rechts und links von ihr lagen Bücher und Zeitschriften und ein Mobiltelefon.

Lena ließ zwei Stühle zwischen sich und Josefs Mutter frei und setzte sich vor das geöffnete Fenster, schräg gegenüber von Geros Ehefrau, die der Tür am nächsten saß.

»Das Schlimmste in einer Klinik ist der Krankenhausgeruch«, stöhnte Yvonne. »Wie halten Sie das bloß aus, Tag für Tag? Ist der Geruch nur im Sommer so stark oder riecht es hier immer so?«

Wenn Lena arbeitete, nahm sie diesen typischen Krankenhausgeruch nicht wahr, weil er ihr so vertraut war. Doch heute war es anders, es war ein besonderer Tag und ein besonderer Abend. Sie hatte nicht nur ihre zweite Haut zu Hause vergessen. Im OP IV einen Stock tiefer lag auch ein Geschöpf von ihr, das Wunschkind, der Traummann von ihnen allen. Und weil nichts wie sonst war, reagierte auch ihr Geruchssinn anders. Vorher war ihr tatsächlich nie aufgefallen, wie es in der Klinik roch.

Sie erschnupperte scharfe Desinfektionsmittel und künstliche Fruchtaromen, gewürzt mit einer Brise alter Bettwäsche. Sie unterschied Essensreste und verblühte Blumen, abgestandenen Kaffee und Tee, alles überlagert von den Dämpfen der an Neonlampen verglühten Insekten. Kalte metallene Geräteausdünstungen vermischten sich mit dem alles umfassenden Kunststoffgeruch des Bodens und den Ausdünstungen der Schlieren, die ein muffiger Wischmopp hinterlassen hat. Dann war da eine Mischung aus Schweiß und anderen Körpersäften. Sie meinte sogar die vergossenen Tränen und gestorbenen Hoffnungen zu riechen, die wie Klebstoff alles zusammenhielten.

Kollegen hatten ihr oft erzählt, dass sich ihre Wahrnehmung in der Klinik komplett veränderte, wenn sie selbst zum Patienten wurden oder als Angehörige um das Leben eines Menschen bangten, den sie liebten. Sie hatte ihnen nicht geglaubt, weil sie selbst noch nie hier gesessen und auf die Worte eines Arztes gewartet hatte, die ein Leben in einem winzigen Augenblick zum Guten wie zum Schlechten verändern oder komplett auf den Kopf stellen konnten, und das nicht nur an Tagen, an denen Kinder früher als ihre Eltern starben. In dieser Nacht erlebte Lena zum ersten Mal am eigenen Leib, wie es war, vor Sorge zu beben.

Kara Metzig hatte die Augen noch immer geschlossen,

aber sie schlief nicht. Manchmal formten ihre Lippen stumme Worte. Yvonne von Hutten wurde immer unruhiger, rutschte auf dem Stuhl hin und her oder blätterte eine Illustrierte durch, manchmal nahm sie ein Buch zur Hand, ohne es zu lesen. Sie hob mehrmals den Kopf und suchte Lenas Blick. Die Ärztin tat ihr den Gefallen und redete so auch gegen ihre eigenen Ängste an: »Ich bin sicher, es ist gut gegangen.«

Als sie Schritte auf dem Flur hörte, erkannte sie Rothoff sofort. Er ging schnell und trat fest auf – alles andere wäre ein schlechtes Zeichen gewesen. Lena sprang auf. Als der Neurochirurg den Raum betrat, war sie schon bei ihm. Er sah alt aus, das Haar klebte fest an seinem Kopf, nach so vielen Stunden unter der OP-Haube. Nahe am Haaransatz auf der Höhe seiner Ohren sah sie leicht gerötete Druckstellen, hier hatten die Bänder des Mundschutzes gescheuert.

Sie wartete darauf, dass er endlich aussprach, ob es gut gegangen war oder nicht. Doch das Erste, was er tat, war, zu lächeln.

»Lena, du siehst großartig aus.« Er fuhr ihr durchs offene Haar, mit einer fahrigen Geste.

Mit feuchten Augen umarmte sie Rothoff. Sie wollte nicht weinen, aber sie konnte die Tränen nicht zurückhalten. Sie schloss die Augen und rieb ihre nassen Wangen an seiner Schulter, trocknete so die Tränen.

»Geschafft!«, sagt er endlich und löste sich so weit von ihr, bis er sie anschauen konnte. »Hast du gehört? Es ist geschafft!«

Auch Yvonne von Hutten war aufgestanden und weinte erleichtert. Nur Kara Metzig blieb sitzen und starrte mit ihren großen, dunklen Augen vor sich hin.

Eigentlich hätte Rothoff jetzt den Angehörigen ihr Beileid aussprechen müssen, denn große und wichtige Teile ihrer Liebsten waren gestorben. Und gleichzeitig hätte er sie beglückwünschen müssen, denn Teile ihrer Liebsten waren gerettet oder wieder vollständig und hatten den Eingriff überlebt. Ein unlösbarer Widerspruch, der jeden sprachlos machte. Für diese Mischung aus Trauer und Glück gab es noch keine angemessenen Worte.

»Darf ich meinen Mann sehen?«, fragte Yvonne von Hutten ungeduldig.

Auch Kara Metzig näherte sich ihnen. »Und ich meinen Sohn?«

»Folgen Sie mir. Sie können den Patienten auf dem Videoschirm sehen. Ein Prachtkerl ist es geworden.«

Lena stand zehn Minuten später, in einen sterilen grünlichen OP-Kittel gehüllt, neben dem frisch Operierten. Auf den ersten Blick unterschied er sich nicht von all den anderen Patienten, die sie hier schon hatte liegen sehen, eingespannt in das Halo-Gestell, bewegungslos.

»Das ist unglaublich!«

»Unser Meisterstück«, bestätigte Rothoff. »Der Halo-Mann.«

Eine Weile schwiegen sie, fast andächtig.

»Wann genau ist eigentlich die Beerdigung von Josef Metzig?«, flüsterte Rothoff. »Ich hab's wieder mal vergessen!«

»Am Mittwochmorgen, auf unserem Gedenkhof. Kommst du auch?«

»Wir operieren schon ab sieben. Aber am Freitag sehen wir uns. Wenn wir ihn aus dem künstlichen Koma holen.«

»Ich werde da sein, auf jeden Fall.«

»Und du schuldest mir ein Abendessen.«

Lena lächelte nur, sagte aber nichts.

Yvonne und Kara, die nebeneinander vor einem Flachbildschirm in einem Nebenraum standen, sahen ihn ebenfalls: den Patienten GH/JM. Nur als tonloses Bild war er da, aber jede fühlte sich ihm nah.

Es war nicht die Zeit, darüber nachzudenken, ob hier ein Sohn oder ein Ehemann lag. Das spürten sie alle.

Halo ist ein griechisches Wort und beschreibt schöne, wundersame Dinge. Kreisförmige oder halbrunde Lichteffekte in Galaxien. Die Wasserstoffwolken der Kometen oder die in der Atmosphäre, bevor der Mond untergeht. Er trägt seinen metallenen Ring wie einen Heiligenschein. Würdig.
Die Abkürzung HALO steht aber auch für High Altitude Low Opening. *Das ist ein Fallschirmabsprung aus sehr großer Höhe. Was aber, wenn der Fallschirm nicht aufgeht? Also enttäusche uns nicht! Halo-Mann, pass bloß auf, dass du heil unten ankommst! Denn deine Fallhöhe ist sehr hoch.*

Am Tag nach der Operation wurde das Ableben von Josef Metzig, drei Monate vor seinem neunzehnten Geburtstag, amtlich registriert. Seine persönlichen Daten wurden gelöscht, als Todeszeitpunkt galt das Ende der Operation: 22. August, 22 Uhr 45.

Die Person Gero von Hutten wurde dagegen auf einem Formblatt neu definiert: Unverändert blieb natürlich sein altes Geburtsdatum, der 4. März, doch er erhielt den Vermerk: menschliche Neuanteile mit Neu-Gencode 80 Prozent. Der Gencode von Josef Metzig 238971148 und dessen gespeicherte Fingerabdrücke galten fortan als Gero-von-Hutten-Merkmale, wobei dessen alter Gencode mit der Nummer 108693535 noch gültig blieb, jedoch auf die zweite Relevanz-Stelle rutschte.

Seit es möglich geworden war, insbesondere Hände, einzelne Finger und andere Extremitäten problemloser zu verpflanzen, mussten die Kliniken die genetischen Fingerabdrücke aller Gliedertransplantate an die zentralen Einwohnerdateien melden, zusammen mit den Informationen über die Empfänger. Diese Vorschrift galt seit zehn Jahren, und das aus gutem Grund. Die Anzahl jener Verbrechen war sprunghaft gestiegen, bei denen die Ermittler am Tatort die Fingerabdrücke oder Hautpartikel von Toten gefunden hatten. Doch diese Möglichkeit, eine Tat zu verschleiern, wurde nun durch die Vorschrift eingeschränkt. Allenfalls durch illegale Transplantationen konnten Serientäter, Diebe und Vergewaltiger heute noch versuchen, ihre Identitäten zu verschleiern.

Gero von Huttens Alter lag jetzt offiziell bei fünfundzwanzig Jahren, dem Mittelwert aus dem Alter des Spenders und dem des Empfängers. Auf einer gesonderten Altersfestsetzung bestanden natürlich die privaten Krankenkassen, weil sich oft genug das Alter einer Person und damit auch ihre Versicherungsprämie durch eine Organtransplantation nach oben verschob, wenn etwa ein Dreißigjähriger das Herz eines Fünfzigjährigen erhielt. Gero von Huttens Verjüngung dagegen würde seine Versicherungsprämien reduzieren. Ihn, wegen der Größe des Transplantats, komplett wie einen achtzehnjährigen Versicherten zu behandeln, war aber abgelehnt worden. Für die Folgen der großen Operation und den langwierigen Heilungsprozess hatten Gutachter sogar ein Spenderalter plus zehn Versicherungsjahre, also achtundzwanzig, verlangt. Die fünfundzwanzig Jahre waren ein fairer Kompromiss und erleichterten viel, weil sie außerdem mit dem offiziellen Lebensalter übereinstimmten.

Die Körpergröße wurde von 1 Meter 80 nach oben korrigiert auf 1 Meter 83. Die Augenfarbe grau und Haarfarbe blond änderten sich als alte Kopfmerkmale nicht. Auch ein neues Passbild wurde nicht verlangt. Allerdings gab es nun zwei »unveränderliche Kennzeichen«: Die alte »große Narbe am linken Knie« und die neue »Narbe (Rundkragenschnitt) um den gesamten Hals«.

In den Datenblättern der Behörden und Versicherungen erschien das alles so einfach.

Die offizielle Beerdigung von Josef Metzig fand bereits einen Tag später, am 24. August, statt, einem hellen Spätsommertag. Seine Urne wurde auf dem Prometheus-Gedenkhof auf Wand III, in der zweiten Reihe von oben bestattet.

Rita Simon war über den Tod Josefs informiert worden. Und sie hatte darauf bestanden, die Urne allein auszuwählen. »Rot wie die Liebe und rot wie Blut und schwarz wie der Tod«, hatte sie zu Josefs Mutter gesagt, »so muss sie sein.«

Kara Metzig hatte sie gewähren lassen, auch wenn ihr das alles reichlich unpassend für eine Beerdigung vorgekommen war. Doch jetzt musste sie zugeben, dass die Urne von seltsamer Schönheit war: geformt aus knallrotem, glänzenden Kunststoff, der kleine schwarze Einsprengsel aufwies. Sie wirkte so seltsam und doch zugehörig zu diesem fremdartigen und dennoch feierlichen Ort.

Rita Simon blickte hinauf in die mächtigen Baumkronen, in denen sich die ersten Blätter gelb färbten. Sie mochte diesen flirrenden Halbschatten und drehte sich zwischen diesen Gräbermauern langsam im Kreis, den Kopf in den Nacken gelegt. Sie kam sich vor wie in einer Theaterkulisse, wie auf einer Bühne. Alles war irgendwie unwirklich. Nur verschwommen nahm sie wahr, was um sie herum geschah. Immer hatte sie Tränen in den

Augen. Das machte die ganze Szenerie noch unechter. Rita hörte nicht auf ihre innere Stimme, die ihr immer wieder sagte: Etwas stimmt hier nicht, ich bin im falschen Film.

Ein ehrliches Stück war es tatsächlich nicht, was an diesem Tag gespielt wurde. Nur drei in der Trauergemeinde wussten, dass nicht der ganze Josef, sondern nur sein Kopf zusammen mit dem Körper Gero von Huttens zu Grabe getragen wurde. Vereint in der Urne war die Asche ihrer sterblichen Überreste. Etwas von diesem Geheimnis, etwas Unaufrichtiges war spürbar, wenigstens für Rita Simon, die sich die ganze Zeit fragte, warum sie sich so ausgeschlossen vorkam.

Erst ein Jahr später wird sie alles verstehen und Lena Kraft fragen: »Warum stand für Sie eigentlich immer fest, dass es Gero von Hutten war, der überleben würde, und nicht Josef? Warum wurde mir der Freund entrissen und nicht der anderen der Mann? Warum ist Yvonne nicht schon damals Witwe geworden? Wahrscheinlich haben Sie sich das nie gefragt, niemand hat sich das gefragt, nicht einmal am Tag seiner Beerdigung! Weil Sie Josefs Körper wollten und die Freundin nicht sahen, die ihn geliebt hatte.«

Dass Kara Metzig überhaupt zugestimmt hatte, ihren Sohn auf diesem modernen Gedenkhof zu beerdigen, und wie sie darüber gesprochen hatte und jetzt noch darüber sprach, verblüffte Rita besonders. Josefs Mutter unterschied sich grundlegend von der Person, die Josef ihr immer beschrieben hatte. Kara Metzig trat sehr gefasst und souverän auf, und genauso begrüßte sie die Trauergäste.

Es waren nur wenige Verwandte gekommen, aber eine große Anzahl Studienfreunde. Einige stimmten einen alten Choral an. Josefs Mutter sah fast zufrieden aus, als die Urne in die Grabkammer gestellt wurde, während Rita leise wimmerte und zitterte und sich an ihre Freundin klammerte.

Warum allein sein Name auf der Verschlussplatte stand, aber sein Geburtsdatum und der Sterbetag fehlten, danach hatte Rita noch am Tag zuvor gefragt.

»Weil es niemanden etwas angeht«, hatte Kara geantwortet, »und alle, die es wissen müssen, wissen es.«

Rita deutete es als ein Zeichen, dass Kara es nicht ertragen konnte, Josefs kurzes, viel zu kurzes Leben in Stein gehauen oder in metallenen Buchstaben gegossen zu sehen. Dazu passte auch, dass sie nicht weinte und sich jegliche Ansprachen verbeten hatte. »Jeder soll still an ihn denken, auf seine Art!«

Drei von Josefs Freunden aus dem Radrennclub waren gekommen, auf ihren Rädern.

»Wie könnt ihr bloß mit diesen Dingern hier auftauchen, die ihn getötet haben? Haut ab!«, schrie Rita und ging auf die drei los, trat in die Speichen und schlug auf sie ein. Schließlich hockte sie auf dem Kiesweg, in die Knie gezwungen von ihren verrückten Schuldgefühlen, die sie immer noch verfolgten.

Die anderen mit ihren dummen bunten Rädern konnten nichts dafür. Rita allein hatte ihn angetrieben: Komm schnell Liebster, beeile dich! Warum hatte sie das bloß getan?

Sie atmete immer schneller. Kurz bevor ihr Kreislauf sie im Stich ließ, sah Rita noch, wie Doktor Kraft am anderen Ende des Halbkreises, den die Trauernden vor der Wand bildeten, mit einer schwarz gekleideten Frau sprach, die einen etwas schrägen Blick besaß und deren Mund auffallend dunkelrot geschminkt war. Dann knirschte der Kies und jemand schrie auf.

Dieser unverwechselbare, dumpfe Ton, wenn ein Körper haltlos umkippt – als ob ein Schädel auf Stein aufschlägt oder eine Melone auf einen Boden fällt oder ein gefällter Baum auf einer Lichtung kippt – alarmierte Lena, die Rita schnell zu Hilfe eilte. Die Ärztin wies einen jungen Mann an, Ritas Beine eine Zeit lang in die Höhe zu halten. Sie selbst ging in die Hocke und strich Rita über das schwarze Stoppelhaar, bis diese die Augen aufschlug.

Einen Moment lang wusste sie nicht, wo sie war. Lena erklärte ihr, dass es nur ein kurzer Moment der Schwäche gewesen sei, harmlos, der Kreislauf eben und die Aufregung. Doch Rita hörte ihr schon nicht mehr zu, denn sie sah schon wieder diese fremde Frau, dort hinten zwischen den Leuten stand sie und sprach gerade mit Kara Metzig. Beide warfen Rita einen Blick zu. Sie war sich sicher, dass die Frauen über sie sprachen.

Wer verdammt war diese grünäugige Schlange? Eine ältere Geliebte von Josef? Dieser Verdacht, so abwegig er war, weckte ihre Lebensgeister. Ich sollte hingehen und sie zur Rede stellen und anschreien, dachte sie. Sie war verrückt vor Schmerz und froh, vielleicht etwas gefunden zu haben, das ihr Josef vielleicht aus dem Herzen riss. In letzter Zeit hatte sie dauernd solche verrückten Phantasien. Suchte etwas Schlechtes, irgendeine Verfehlung oder Gemeinheit, um ihn auch aus ihrem Hirn zu verbannen. Aber es gab nichts, sie fand nichts. Josef war eben sehr besonders gewesen.

Nun umringten sie Studienfreunde von Josef und halfen ihr wieder auf die Beine. Als Rita sich umwandte, waren Lena und die fremde Frau verschwunden. Nur Josefs Mutter stand noch dort.

Rita ging zu ihr hinüber und fragte sie nach der anderen Frau mit dem blutroten Mund und nach Lena Kraft.

»Wo ist sie so schnell hin? Ich wollte mich noch von ihr verabschieden!«

Kara Metzig antwortete nur, dass die Ärztin sicher viel zu tun habe – und die andere kenne sie nicht. Rita wusste genau, dass Kara log, aber es war sinnlos zu widersprechen oder zu streiten. Ihr war plötzlich alles egal, weil nichts Josef wieder lebendig machen konnte.

Als die Zeremonie vorüber war, blieb ein schales Gefühl zurück. Ungewöhnlich viel, vielleicht zu viel Zeit war vergangen zwischen Josefs Tod und seiner Beerdigung. Wenn diese erste, endgültige Trennung und die Bestattung so weit auseinanderlagen, kamen der Schmerz und die Trauer nicht zusammen. Eine trennende Lücke, etwas total Zerrissenes und Unvereinbartes blieb zurück.

Rita wollte nur noch fort.

Es war der Tag nach der Beerdigung, doch es schienen Jahre vergangen zu sein.

Als er die Augen aufschlug, sah er sie an seinem Bett sitzen. Zuerst noch schemenhaft, dann immer deutlicher erkannte er die Frauengestalt. Lena.

Sie war die erste Person, die er sah.

Sie war die erste Stimme, die er hörte und die ihm mitteilte, dass alles gut gelaufen sei. Dann sah er sie klar und deutlich, und Lenas Bild verband sich für immer mit diesem noch von Narkosemitteln getrübten Glücksgefühl.

Gero versuchte an sich herunterblicken. Aber da er seinen Kopf nicht bewegen konnte, schienen sich seine Augen wieder zu schließen. Und doch sah er etwas, ganz verschwommen. Es waren der Körper, den er noch nicht fühlte, und seine neuen Armen und Hände, die er noch nicht bewegen konnte und die friedlich neben den Beinen ruhten. Sie waren unversehrt. Er riss seine Augen weit auf, so weit wie möglich, und hörte nicht auf, seinen Körper anzuschauen, bis eine weitere Frau hereinkam.

»Er ist wach!«, erklärte Lena.

Die andere schrie auf vor Glück.

Er kannte diese Stimme.

»Ich bin's, Yvonne«, sie beugte sich zu ihm.

Und er erinnerte sich. Sie war einmal seine Frau gewesen.

Warum dachte er das?

Sie war wohl seine Frau. Noch immer.

Der betäubende Rausch der Narkose ließ ihn wieder hinwegdämmern.

Unverrückbar war sein Kopf in diesem Gestell. Metall auf Haut, Schrauben durch die Kopfhaut gedreht bis in den Schädelknochen. Auch im Innern seines Halses saßen Platten und metallene Dübel, die die Halswirbel 3 bis 6 zusammenhielten. Der Mann schien ein Mensch-Maschinen-Wesen aus einer fremden Welt zu sein. Er war wie ein Außerirdischer, ein unbekanntes Wesen, das in einer fremden Galaxie umherirrte, taub und blind, weil dort seine Sinnesorgane nicht funktionierten. Seine schnarrende Stimme, dieses Maschinenstottern, dieses Computerstöhnen: Es war ein Schock für Yvonne von Hutten, als sie ihn zum ersten Mal sprechen hörte.

»Ich habe wieder Hände!«, sagte er.

Seine Augen hielt er oft geschlossen. Je mehr Zeit verging, desto größer wurde Yvonnes Angst, es könnte etwas schiefgegangen sein. Besonders wenn Gero zu schreien anfing, ohne erkennbaren Grund.

Wann kommt der Tag, an dem wir endlich Kontakt aufnehmen, fragte sie sich. Die Antwort lag hinter diesen geschlossenen Lidern.

Drei Wochen nach der Operation war es zum ersten Mal passiert: Gero kreischte, schweißnass, Panik in den aufgerissenen Augen. Yvonne, die neben seinem Bett wachte, berührte seine heißkalte Wange.

»Was hast du geträumt? Was macht dir Angst?«

Gero schluckte. »Ich erinnere mich nicht«, schnarrte er.

»Hast du Schmerzen?«

»Nein.« Gero schloss wieder die Augen.

Sie tupfte ihm den Schweiß von der Stirn. Was quälte ihn? Bereute er alles? Warum bloß schrie er so schrecklich? Ob sie das jemals erfahren würde?

Und dann dachte sie: Kannte er wirklich nicht den Grund für seine Schreie?

Auch Lena besuchte ihn regelmäßig, sie spritzten ihm nochmals NGF-Gogos und erweiterten langsam die »Gero-Josef-Zone«, wie Rothoff sie scherzhaft und doch passend getauft hatte, mit Injektionen.

Die Medizinerin stellte sich den Zusammenschluss und die Aktivierung der Nerven in seinem Spinalkanal stets wie einen Schwarm flatternder Schmetterlinge vor. Von oben nach unten flogen sie und wieder zurück in die Sonne, in den Kopf hinein. So bunt und verschieden waren sie wie die Schmetterlingsformen in den unterschiedlichen Abschnitten des Rückenmarks. Dort entfaltete sich, umgeben von einem weißen Mantel, den fetthaltigen Stoffen in den Nervenhüllen, in jedem Querschnitt ein anderer grauer Schmetterlingsumriss. Besonders groß waren sie im unteren Halsbereich und im unteren Kreuzbeinabschnitt, weil sich dort die zahlreichen Nervenzellen für die Arme und Beine bündeln.

Schon beim allerersten Mal, als sie während des Studiums diese sonst unsichtbaren Figuren in einem Anatomielehrbuch betrachtet hatte, hatte Lena gedacht: Das kann doch kein Zufall sein, dass diese alte Vorstellung von der Seele als einem Schmetterling eine solch wunderbar genaue anatomische Entsprechung findet. Wie Seelenfalter, die diesen Lebensstrang durchflatterten, auf und nieder, hoch und runter.

Lena liebte dieses Bild immer noch und schämte sich nicht, sich daran zu erfreuen, obwohl man inzwischen die Wachstumsfaktoren klonte, um damit diese »Schmetterlinge« zu beflügeln und sie unter der mobilen CT-Kontrolle wachsen zu sehen.

Lena hoffte so sehr, dass die Schmetterlinge ihren Weg fanden. Dass alles gut gegangen war.

Endlich, fünf Wochen nach der Operation, endete die gelähmte und lähmende Zeit, in der Rückschau schrumpfte sie zusammen zu einer langen Stunde. Alle atmeten auf; und es begann eine Zeit der Euphorie, als Gero von Hutten neu zu leben begann: vom Hals über die Brust bis zu den Oberschenkeln, wie erwartet, und Segment um Segment. Die Lähmung wich zurück, immer schneller. An den Armen hatte es begonnen. Mit diesem Kribbeln, wie Gero es nannte.

Gero weinte vor Glück, und seine Frau auch, als er die makellosen Josef-Hände bewegen konnte, noch ungelenk, ja, aber er bewegte sie. Er aß und trank wieder, seine Stimme klang, nachdem die Sprechkanüle gezogen war, wieder menschlich, wenn auch etwas zu hoch. Seine für ihn so typischen Locken waren nachgewachsen und verdeckten die Schrauben des Fixateurs, die seine Kopfhaut durchstießen.

Man zog ihm das weich gefütterte Korsett an, an dem nun das Halogestell festgeschraubt wurde. Gero von Hutten trug es stolz wie eine Krone, seit er diesen Metallreif vorsichtig betasten konnte, der seinen Kopf umfing.

Die Fortschritte des Patienten GH/JM dokumentierten die Reha-Experten akribisch, und jeder neu belebte Teil wurde sofort mit gezielten krankengymnastischen Übungen weiter aktiviert und gekräftigt. Zwei Monate nach der Operation stand er zum ersten Mal ohne fremde Hilfe auf den Fußsohlen, die seinem Gehirn den Kontakt mit dem Boden meldeten.

»Spüren Sie sich?«, fragten sie ihn.

Er konnte nicht einfach mit Ja oder Nein antworten.

»Etwas spüre ich!«

Aber es war ein ungewohntes Sich-Spüren, das ihn verstörte.

»Können Sie dieses Gefühl beschreiben?«, wollte Rothoff wissen.

Gero blickte Lena und ihn unsicher an. »Dieser Körperanzug sitzt noch nicht richtig!«, sagte er dann, und alle schmunzelten.

Er beugte seinen Oberkörper vor, Kopf und Hals waren ja noch fixiert und unbeweglich in diesen Stäben, und blickte an sich hinunter. Starrte prüfend auf diese Gestalt, wie auf ein neu gekauftes Kleidungsstück, das man zum ersten Mal trägt und vorsichtig betastet. Auch wenn man es unbedingt besitzen wollte, man ist darin noch nicht zu Hause. Ein neues Kleidungsstück hat keine Geschichte, es ist noch nicht eingetragen, etwas sperrig, manchmal auch viel zu steif, eben ungewohnt. Und überdies riecht es fremd.

»Haben Sie jemals mit der Mutter des Körperspenders gesprochen?«, fragte Lena

»Nein, wie kommen Sie darauf? Ich habe nichts mir ihr zu tun. Aber ihren Sohn treffe ich regelmäßig, irgendwo hier und hier drinnen, dazwischen steckt er fest. Soll ich ihn von Ihnen grüßen?« Er klopfte an seine Brust, holte weit aus und tippte sich an die Schläfe. »Hier ist er, überall.«

»Vorsicht«, rief Lena und ergriff so behutsam wie möglich seinen Arm. Schnelle und ungewohnte Bewegungen
bedeuteten für ihn noch eine unkalkulierbare Gefahr!

Die zentrale Verbindung zum Gehirn war zwar wieder
zusammengewachsen, aber die einzelnen Karten des
Gerokörpers, die sein Gehirn im Laufe des zweiunddrei-
ßigjährigen Gero-Lebens, vom ersten Zucken im Mutter-
leib bis zum letzten Erschrecken, als er vor dem Unfall
das Steuer seines Wagens herumriss, erlernt und gespeichert hatte, lieferten keine exakte Orientierung mehr.
Wie Menschen nach einer Verletzung oder Blutung im
Sprachzentrum des Gehirns ihre Sprache verlieren und
sich das alte Wissen wieder neu erarbeiten müssen, Wort
für Wort, so musste Gero nun diese innere Körperlosig-
keit überwinden, in die ihn die Kopfverpflanzung gestürzt
hatte.

Als er seine Arme zum ersten Mal wieder bewegen
konnte, hatte ihn eine Therapeutin gebeten: »Berühren Sie mit Ihrem Zeigefinger die Nase! Ohne hinzu-
schauen!«

»Nichts leichter als das! Das kann jeder«, lachte er.
Aber er stach sich direkt ins rechte Auge.

Sie ergriff seine Arme und erklärte Yvonne, dass sie
mit ihm genau das üben sollte.

»Mit dem Zeigefinger direkt auf die Nasenspitze tip-
pen. Immer wieder, je öfter, desto besser. Von hier unten
nach hier oben!« Sie mussten seinem Gehirn erklären,
wo er jetzt endete, und begannen seinem Denkorgan alle
neuen Körperinformationen regelrecht einzupauken.

Er betastete auch allerlei Stoffe und stand auf den
unterschiedlichsten Bodenbelägen, auf Sand, auf Woll-
teppichen, schritt mit nackten Füßen auf rutschigen
Steinplatten und über schmale Schwebebalken. Mit Beinen und Händen absolvierte er Streck- und Beugeübun-

gen, jede Stunde einige Minuten, immer wieder, tagaus und tagein. Aber wer oder was fühlte da?

Am 8. November, einem trüben, nebligen Dienstag, erhielt Gero von Hutten ein Paket. Neben der Adresse war vermerkt, dass es erst an diesem Tag dem Empfänger ausgehändigt werden sollte. Drei Ausrufezeichen prangten daneben. Er kannte die Handschrift nicht, das Paket trug keinen Absender. Er öffnete den Karton und darin befand sich eine große Schachtel Ingwerpralinen. Etwas, das er noch nie gemocht hatte.

Auf einer einfachen Karte mit einem Blumenstrauß war zu lesen: »Meinem Josef (und seinem Freund Gero von Hutten) zum neunzehnten Geburtstag. Seine Mutter.« Und in einem Postscriptum stand noch: »Es sind Josefs Lieblingspralinen. Hoffentlich finden sie allgemeinen Anklang. Alles Gute für Sie beide!«

Gero schnaubte verächtlich. Ausgerechnet Ingwerpralinen! An was für einen Typen hatte er sich bloß gebunden?

Er nahm trotzdem den Deckel der Geschenkpackung ab und blickte hinein. Als seine Ergotherapeutin hereinkam, bot er ihr die Süßigkeiten an. Sie ließ sich viel Zeit, mit spitzen Lippen und gehauchten *Ohs* die richtige Wahl zu treffen. Währenddessen roch Gero den scharfsüßen Ingwer. Ihm lief nicht das Wasser ihm Mund zusammen, aber sein Magen reagierte, sein Bauch verlangte danach. Er griff in die Schachtel und schob eine Praline in den Mund, sie schmeckte ihm nicht. Aber als er sie gekaut und hinuntergeschluckt hatte, spürte er, dass ihm jeder Bissen guttat.

Nach der Übungsstunde wieder allein, stellte er das Geschenk Kara Metzigs vor sich hin, zögerte zuerst, dann aber griff er zu, gierig, gleich fünf Mal hintereinander.

Mit angeekeltem Blick verschlang er die Süßigkeiten. Aber danach fühlte er sich so zufrieden und glücklich wie lange nicht mehr. Mit einem entspannten Lächeln auf dem Gero-Gesicht döste er ein.

Als er wieder erwachte und die leere Schachtel sah, schämte er sich. Er verschloss sie mit dem Pappdeckel und warf sie in einen Mülleimer, zusammen mit der Postverpackung. Niemand sollte erfahren, dass er diesem Josef erlegen war. Hoffentlich hatte es Josef nicht bemerkt.

Sechzehn Wochen nach der Operation, am 25. November, befreiten sie Patient GH/JM endlich von dem Halogestell. Vorsichtig drehte er seinen Kopf, der ihm viel schwerer erschien als früher, und er nickte zum ersten Mal ganz vorsichtig. Lena und Rothoff waren hinzugekommen und beobachteten ihn gespannt. Dabei bewegten sie die Köpfe genau wie er: Dieses kurze Nicken sollte sein neues Erkennungszeichen werden.

So frei von allem zu sein, ohne Korsett und Stäbe, war bewegend für ihn, aber auch für die anderen. Zu spüren, wie ein Stück Selbstverständlichkeit zurückkehrte. Wie er den Kopf vorsichtig drehen und kippen konnte. Alles war ein großes Geschenk. Er konnte sich den anderen wieder zuwenden, allein mit dem alten Gero-Gesicht und nicht nur mit dem ganzen Josef-Körper. Er lächelte Rothoff und Lena zu, die seine Geste nur zu gern erwiderten.

»Geschafft«, erklärte er, »wir haben es geschafft.«

Wenn Patient GH/JM stand, hing er manchmal ungelenk im Raum. Sie legten ihn deshalb auf Gymnastikmatratzen und forderten ihn auf, Arme und Beine selbst zu berühren, sich zu krümmen und zu strecken: eine Regression im Dienste seines Gehirns. Die Körperbeherrschung, die ein Säugling, ein Krabbelkind und schließlich ein Kleinkind in seinen ersten Lebensjahren erlernt, erwarb er im Schnelldurchlauf. Statt drei Jahren reichten drei Monate, er lernte etwa vierzehnmal so schnell! Denn das Gero-Gehirn war schließlich das alte und damit erwachsen geblieben, und es erinnerte sich noch gut dran, wie alles funktionierte.

Zunächst schämte sich der Patient und war gehemmt, sich auf dem Boden zu wälzen, sich überall zu betasten, zu strampeln, gar die Zehen zum Mund zu führen. Er verlangte immer, dass alle den Übungsraum verließen. Sie durften ihn jedoch über eine fest installierte Kamera aufnehmen. »Für unsere Dokumentation«, darum hatte Lena gebeten.

Nach solchen Stunden ging er aufrechter und fühlte sich sicherer, er stieß nicht mehr an Türrahmen und brauchte auch nicht mehr drei Anläufe, um sich ein Glas Wasser einzuschenken. Deshalb genoss er sehr bald diese frühkindlichen Körperspiele. Er berührte sich, war Berührender und Berührter. In diesen Übungszeiten war er hemmungslos und unbeschwert, damit alles wieder werden konnte, wie es einmal war. Nicht immer überlegen müssen, wo man aufhört oder beginnt, und sich verlieren. Einfach dastehen und sich spüren, ohne darüber nachdenken zu müssen. Einfach selbstverständlich da sein, im Einklang mit allen Sinnen. Sich selbst bewusst sein, einfach so, mit einer großen Sicherheit.

Der befreite Oberkörper wurde von Krankengymnastinnen massiert und geknetet, mit warmen und kalten Tüchern abgerieben. Und als alle Hautsensoren immer wieder feuerten, spürte er sie wie noch nie zuvor, diese physische Grenze zur Welt. Die Nervenimpulse von der gesamten Körperoberfläche stimulierten seine Tastrinde im Cortex und spiegelten dort den neuen Körper wider.

Es gelang. Josefs Körper wurde langsam in Geros Gehirn verortet.

Mitten in dieser Zeit des stetigen Fortschritts, manchmal sogar der Euphorie, suchten Patient GH/JM plötzliche »Erinnerungen« aus der ersten Lähmungsphase heim. Sie überfielen ihn während des Tages oder kamen vor dem Einschlafen. Er berichtete Lena in den Gesprächsstunden davon – mit stockender Stimme und bis ins Mark erschüttert. Er erinnerte sich jetzt, warum er damals im Intensivzimmer so furchtbar geschrien hatte.

»Manchmal liege ich am Boden eines Fahrstuhlschachts. Der Fahrstuhl kommt von oben auf mich zu. Er wird mich zerquetschen...« Er klammerte sich an den Stuhl. »Ich liege auf dem Rücken, wie ein hilfloses Insekt, das zuckt und strampelt. Ich habe zuerst nur zwei Arme und zwei Beine. Dann wachsen mir vier, schließlich acht monströse Extremitäten, wie Fliegenbeine! Doch auch sie retten mich nicht, ich kann mich nicht aus dieser Rückenlage, aus dem verdammten Schacht befreien. Kann mich nicht fortbewegen. Wie heftig ich auch zapple, ich bin gefangen. Diese schreckliche Angst, als der Fahrstuhl näher und näher kommt, geht nicht vorüber. Ich weiß, er wird mich zerquetschen. Doch im letzten Moment, kurz bevor der Aufzug mir alle Gliedmaßen abtrennen kann, zieht mich jemand von draußen aus dem dunklen Schacht.«

Er begann zu schluchzen, und Lena wartete, bis er weitersprechen konnte.

»Dann werde ich an die Wand genagelt. Mit immer neuen Schlägen! Und auf eine senkrecht im Raum stehende Pritsche geschnallt. Die Pfleger laufen an metallenen Stangen, die auf ihren Rücken befestigt sind, die Wände hoch. Dieses Gefühl, es soll etwas vertuscht werden, schnürt mir die Luft ab – jemand will mich umbringen, ich weiß es! Um mich zu täuschen, ist die Ausstattung der Station als Kulisse nachgebaut worden. Nur um mich in Sicherheit zu wiegen. Ich rufe dann laut um Hilfe und schlage um mich! Doch ich bin ihnen ausgeliefert.«

Er wischte sich Tränen von den Lippen und fragte dann: »Warum kommen diese Bilder zurück? Warum jetzt, da alles besser wird. War … bin ich verrückt?«

»Nein, natürlich nicht«, beruhigte ihn Lena, »ähnliche Dinge erleben viele Patienten. Und es ist auch ganz typisch, dass Sie sich erst jetzt, so viel später, so genau daran erinnern. Wir nennen das eine Hypermnesie. Und diese inneren Bilder sind etwas sehr Wunderbares. Manche Kollegen sprechen von Halluzinationen, lebhaften Wachträumen oder paranoider Verkennung …«

»Wunderbar nennen Sie das? Also werde ich doch wahnsinnig …«

»Ganz im Gegenteil. Diese scheinbar verrückten Erlebnisse verhindern gerade, dass Sie verrückt werden. Im Fachjargon sprechen wir auch von Oneiroiden.«

Lassen Sie mich also von den Oneiroiden *berichten, diesen faszinierenden Hilfskonstrukten des Gehirns.*

Der aus dem Griechischen stammende Begriff oneiroid *bedeutet traumähnlich. Das Wort erfasst einen Zustand in einer phantasierten Welt, die jedoch real, das heißt ohne Störungsbewusstsein, erlebt wird. Am häufigsten werden diese als »welthaft« und eben nicht als Traum erlebten Zustände von Patienten berichtet, die unter aufsteigender Lähmung leiden, insbesondere bei der durch eine Immunreaktionen ausgelösten Nervenlähmung – der Polyneuroradiculitis Guillain-Barré.*

Zum ersten Mal wurden solche Phänomene bereits im Jahr 1924 beschrieben. Ja, ich weiß, das ist sehr lange her. Gegen Ende des zwanzigsten Jahrhunderts erlebten sie dann für einige Zeit eine Art Revival, *bevor dieses Phänomen mehr und mehr in Vergessenheit geriet. Erst in den letzten Jahren berichtet eine wachsende Anzahl von Glieder- und Gesichtsempfängern wieder von vergleichbaren Erfahrungen.*

Solche Körperhalluzinationen treten fast ausschließlich in den postoperativen Lähmungsphasen auf. Wir erklären uns das folgendermaßen: Durch eine Transplantation wird das von Lebensbeginn an erlernte und erfahrene Leib-Raum-Erlebnis gestört oder total unterbrochen. Die Empfindung für den eigenen Körper geht verloren, die alten kommunikativen Bezüge des Außenleibs gelten nicht mehr. Die Grenze des Leibs zum Nichtleib, auch unsere Weltgrenze genannt, verschwindet ganz oder teilweise. In der Folge ist ein Erleben der Mit- und Umwelt nicht mehr möglich.

Dieser Verlust aller Bewegungsmöglichkeiten bedeutet zweierlei: Die Motorik dient nicht nur der Bewegung, sondern auch dem »Begreifen«. Der Begriff »Erfahrung« verknüpft bereits sprachlich den Prozess des Erkennens mit dem der Bewegung. Wie wir uns bewegen, ist immer auch Psychomotorik und damit Ausdruck der inneren, gefühlsmäßigen Befindlichkeit eines Menschen. Verschwindet diese Kommunikationsmöglichkeit, lebt der Kranke in völliger Isolation: Er ist total ausgeliefert, sowohl an eine gefährliche Situation wie auch an die Hilfsbereitschaft der Umwelt. Weil die individuelle Möglichkeit zu einem weltgerichteten Verhalten erlischt, sind die Patienten von ihrer Mitwelt regelrecht abgeschnitten und erleben folgerichtig im »Traum«, dass sie als Einzige unter ihren Mitmenschen nicht mehr wissen, wie sie sich bewegen sollen. Diese erfahrene Isolierung wird immer von einem Gefühl ganz grundlegender Gefährdung begleitet, die abzuwenden sich dem eigenen Ich entzieht. Und genau diese extreme Lebensbedrohung spiegelt das oneiroide Erleben beeindruckend wider.

Sehr typisch und in vielen Varianten weit verbreitet ist der von Patient GH/JM erinnerte Albtraum im Fahrstuhlschacht. Ihren Körper sehen Patienten in manchen Oneiroiden auch »wie aus Einzelteilen« bestehend, ähnlich einer Marionette, die an Bändern bewegt wird. Manchmal sind sie selbst der aktive Marionettenspieler, dann wieder bewegt ein Unsichtbarer ihre Bestandteile. Andere Patienten fliegen oder besteigen Boote und lassen ihre Körper auf der Erde oder am Ufer zurück, einige geraten in Computerspiele, in denen sie mit der Taste »Body Tilt« ausgelöscht werden. Hier wird quasi ein beobachtendes Selbst abgetrennt. Der physische Körper bleibt übrig.

Was der Betroffene erlebt, ist mehr als nur symbolischer Ausdruck einer lebensbedrohenden Situation ohne Wahrnehmungs- und Bewegungsmöglichkeit. Die Oneiroide machen die Gefahr für einen Patienten greifbar und konkret. So gewinnt er ein Stück aktives Handeln zurück: Der Kranke kann schreien oder sich bewegen, obwohl er in Wirklichkeit stumm oder gelähmt ist.

Die Krankheitssituation, diese motorische Entmächtigung, erfordert quasi eine Rückkehr auf die Stufe einer prägenden Urfunktion, die noch nicht zwischen Außenrealität, Phantasma und Traumwelt unterscheidet. Dorthin, wo die Welt tatsächlich noch der vage Ort aller Erfahrungen ist.

Damit helfen die Oneiroide dem Kranken, eine der radikalsten und tiefsten Seinskrisen zu bewältigen: die Zerstückelung seines Ichs, zu dem das Einen-Körper-Haben und das Leib-Sein gehören und das nur in sozialen Zusammenhängen und durch Interaktion mit der Umwelt erlebt wird.

Was bedeutet das alles?

Das Gehirn ist also schlauer, als wir denken.

Es schützt uns mit diesen Gehirnkonstrukten, die auch zu einer nachweisbaren Veränderung im Hirnstoffwechsel führen, schützt das bedrohte und zerbrechliche Selbst seines Besitzers. Alle szenischen Oneiroide sind Versuche des eigenen

Ichs – früher hätte man von der Seele gesprochen! –, mit Gefühlen äußerster Lebensgefährdung umzugehen und diese totale Verwerfung durchzustehen: den Selbstverlust und den Weltverlust zu überleben. Patienten haben ihre Oneiroide als »einen Weg am Abgrund« und »eine Art Leben nach dem Tod« erlebt oder als »eine Reise im Transit« beschrieben, genau wie Patient GH/JM in einem seiner Gedichte.

Reise im Transit

Mittelpunkt einer Menschengalaxie
Sonne der Möglichkeiten,
so unzählbar wie Sterne,
verglüht.

Ein grauer Planet,
gefesselt in metallenen Ringen:
Hinausgeschleudert
in die Welt,
Kampf um die Zukunft
auf unbekannter Lebensbahn

Krieg der Körperwelten
Krieg der Ichs
Trauminvasionen
Zwischen Amnesie und
Anfang

Gero von Hutten wurde in ein Reha-Apartment auf dem Prometheuscampus verlegt, und dort wohnte er auf eigenen Wunsch allein. Yvonne bereitete währenddessen langsam alles für seine Rückkehr vor. In dieser Phase des Gesundwerdens, als der Weg zurück in sein altes Leben vorgezeichnet, nur noch eine Frage der Zeit und des konsequenten Trainings zu sein schien, verstanden sie sich gut, wenn es um praktische Dinge ging. Und es gab so viel zu tun. Er fertigte eine Liste an, welche Farben sie besorgen sollte, welche Leinwand er brauchen würde, später für zu Hause. Aber auch schon in der Klinik wollte er wieder zu malen beginnen.

»Bald«, versprach er mit klopfendem Herzen, »bald wird Gero wieder malen.«

Yvonne war zuversichtlich, wenn sie ihren Ehemann betrachtete. Ihm stand dieser neue Körper gut, der immer muskulöser wurde. Und wenn sie auf dem Prometheus-Gelände spazieren gingen, fiel ihr auf, dass er sich geschmeidiger bewegte als früher, fast lasziv. Aber wenn sie ihren Arm um seine Taille legen wollte, schüttelte Gero sie jedes Mal ab: »Lass das bitte.«

Sie lächelte verständnisvoll, wollte nicht enttäuscht oder gar verletzt sein, aber der bittere Zug um ihren dunkelrot geschminkten Mund verstärkte sich, sie presste die Lippen zusammen und strich mit einer Hand darüber, bis die Fingerkuppen rot gefärbt waren.

Voicerecording-Protokoll des Gesprächs mit Yvonne von Hutten

Am Anfang fürchtete ich nur, dass doch etwas schiefgegangen war. Dass er nie mehr aufstehen würde. Dass ich diesen wunderschönen Körper nie berühren und lieben würde, der ihm und mir geschenkt worden war. Ich hatte Angst, obwohl ich auch glücklich war. Dass alles so gelaufen war, wie ich gewollt hatte, und Gero wieder Hände bekommen hatte, schöne Hände.

Eine Zeit lang war ich darauf versessen zu fühlen, was er fühlte. Weil ich so hilflos war, nichts tun konnte. Ich wollte wissen, wie das war, einen fremden Körper zu haben. Und deshalb habe ich mich oft in unsere große Badewanne gelegt. Ich ließ gerade so viel Wasser ein, dass es mir bis zum Halse reichte, aber nicht mehr überlief, wenn ich meinen Kopf hinten auf den Rand legte. Ein dichter Schaumteppich machte meinen Körper unsichtbar. Und ich schwebte, schwerelos, fast ohne Körper. Aber je länger ich dort lag und das Wasser abkühlte, umso mehr spürte ich wieder Beine, Bauch, Schultern und Arme, weil ich fror. Aber dann zwang ich mich, liegen zu bleiben, bis ich wirklich einen anderen Körper bekam. Klamm und mit blasser Haut wirkte er fremd und alt, und die Finger mit diesen verschrumpelten Kuppen waren wie abgestorben. Einmal habe ich es eine Stunde lang ausgehalten, bevor ich zitternd aus der Wanne stieg, mich abtrocknete und heulend im Bett lag. Und dabei stellte ich mir vor, dass der Josef-Körper abgestoßen würde und der Kopf meines Mannes in einer Glasschale überlebte, ange- schlossen an einen externen Blutkreislauf. Wie es wohl wäre, die Ehefrau eines Kopfes zu sein?

Dieses kranke Ritual war auch eine Art Strafe oder Reini- gung für mich, glaube ich. Ich schämte mich, weil ich oft überhaupt nicht an Gero dachte, wenn ich ihn umsorgte oder berührte. Dieser wunderbare Körper, so verletzlich er auch war, zog mich an. Ich habe mich immer häufiger ge- fragt, wie es wohl wäre, diesen Körper zu lieben, und in sol- chen Momenten sah ich die Narbe überhaupt nicht und auch nicht das, was darüber lag, nämlich Gero, meinen Mann. Ich sah nur den anderen an, mit so viel Verlangen, sogar als er mit diesem Gestell wehrlos und unbeweglich im Kranken- bett lag. Und wenn ich Gero fragte: Spürst du was?, heu- chelte ich Interesse an ihm, es ging mir immer mehr um den anderen, diesen neuen Teil. Schönheit hat Macht über uns, manchmal zu viel Macht. Erst heute kann ich mir einge- stehen, dass es mich erregt hat, ja sexuell stimuliert, wenn Sie es so nennen wollen, diesen anderen immer und immer wieder zu berühren. Quasi vor den Augen meines Mannes, der anfangs natürlich vollkommen ahnungslos war. Während er sich zurück ins Leben kämpfte, begann ich Josef zu begehren. Das war so krank und kam mir so pervers vor, dass ich zu Hause ständig meine Hände wusch, meine schmutzigen Gedanken entfernte. Weg mit dieser Schuld, dieser verrückten Begierde.

Ja, das tue ich bis heute.

Das erste Ganzkörperfoto von GH/JM ohne Halo-Fixateur zeigte einen zusammengesetzten Menschen in Hochglanz. Warum eigentlich, fragte sich Lena, ist das so augenfällig?

Sie studierte sein Abbild genau: Der junge Körper ließ den Kopf älter erscheinen, und das zweiunddreißigjährige Gesicht machte den Körper noch jünger. Die Narbe, diese sichtbare Grenze, betonte die kleinen Unterschiede der Hautfarben noch. Das Gesicht erschien heller, der Körper dunkler als sie in Wirklichkeit waren. Beim Betrachten des Mannes kam ihr erneut die Passage aus der alten Mann-Erzählung in den Sinn: *Verschiedenheit schafft Vergleichung, Vergleichung schafft Bewunderung, Bewunderung aber Verlangen nach Vereinigung.* Nur dass in seinem Fall noch nichts vereinigt war. Die Vergleichung bedeutete mehr Verschiedenheit.

Deshalb ließ sie das Bild retuschieren, ein Computerprogramm machte den Körper zwei Töne heller, Hals und Gesicht dafür einen Ton dunkler. Die Bildbearbeiter legten einen ovalen Schleierfleck über Augen, Nase und Mund, um die Anonymität zu wahren. So wurde Gero von Hutten unkenntlich und alterslos. Die leichten Eingriffe bewirkten viel: Das Meisterstück wirkte nicht länger disharmonisch und konnte nun außerhalb der Klinikmauern voller Stolz präsentiert werden. Sie gaben hundert bearbeitete Abzüge in Auftrag. Zuvor aber

schickte Lena an Josefs Mutter einen Abzug des Original-
bilds.

Die Planung einer Pressekonferenz hatten sie schon
vor vielen Wochen abgesprochen, aber erst jetzt, als sich
der Patient GH/JM ohne neurologische Auffälligkeiten
entwickelte, bestätigten sie den Termin endgültig: Am
1. Dezember sollte die Welt zum ersten Mal von ihm erfahren. Die Pressemeldung zu Patient GH/JM war bereits
vorbereitet.

Erste Kopfverpflanzung der Welt beim Menschen geglückt
Gemberger Prometheus-Klinik schreibt Medizingeschichte.
Vor 100 Jahren fing mit der Herzverpflanzung alles an.

Bereits am 22. August dieses Jahres ist in der Gemberger
Prometheus-Klinik erfolgreich ein menschlicher Kopf transplantiert worden. Die Körperspende stammte von dem
hirntoten Studenten JM (18), der Körperempfänger GH (32)
war Überlebender eines schweren Autounfalls, mit lebens-
bedrohlichen Körperverletzungen. Zum ersten Mal kamen
bei diesem Eingriff die neuesten Stammzelltherapien zum
Einsatz, um ein Zusammenwachsen des Rückenmarks
anzuregen und Abstoßungsreaktionen auszuschalten.
Beides ist gelungen, erstmals auf der Welt! Alle bild-
gebenden Verfahren belegen eine gelungene und intakte
Ankoppelung von Kopf und Körper. Deshalb ist nur gut
drei Monate nach dem großen Eingriff der Körperempfänger, Patient GH/JM, wieder voll bewegungsfähig und
absolviert gerade ein intensives Rehabilitationsprogramm.
Für Interviews steht er nicht zur Verfügung.
In zwei Tagen, am 3. Dezember, jährt sich die erste Herzverpflanzung von Mensch zu Mensch zum hundertsten
Mal. Die Prometheus-Klinik hält zwei Tage vorher ihre
Pressekonferenz ab, um an den Wagemut des Chirurgen

Christian Barnaard zu erinnern und sich selbstbewusst in diese Tradition zu stellen. Damals hat begonnen, was heute als Transplantationsmedizin jährlich Zehntausenden das Leben rettet.

Der Prometheus-Campus wurde am Tag der Pressekonferenz besonders streng bewacht. Alle Tore waren doppelt gesichert, damit sich kein Reporter eigenmächtig auf die Suche nach Patient GH/JM begeben konnte. Denn Gero von Hutten und seine Frau wollten weiterhin unerkannt bleiben.

Sie hatten die Journalisten in ein nahe gelegenes Hotel eingeladen. Über hundert waren gekommen. Die Stimmung auf der Pressekonferenz war wohlwollend und interessiert. Es gab weniger Aufgeregtheit, als Lena erwartet hatte, und weniger kritische Fragen, als Rothoff befürchtete. Die Professorin wurde ausführlich zu den Gogo-Arbeiten befragt, Rothoff zeigte Ausschnitte aus der Präsentation *Virtuelle Kopfverpflanzung*, und seine launigen Kommentare zu den Bildern kamen gut an.

Die Zeit war tatsächlich reif gewesen für die WBT, die *Whole Brain Transplantation*, das spürte Lena an den Fragen, die eher bewundernd als kritisch ausfielen. Sie wähnte sich bereits in Sicherheit, als doch noch eine Frage kam, die etwas aus der Reihe fiel.

»Ist dieser neue Mensch eine Chimäre?« Es war der Kolumnist des nationalen Nachrichtenmagazins, dessen vorwitzige und provokante Art sein Markenzeichen war.

»Naturwissenschaftlich gesehen ist das korrekt!«, antwortete Lena vorsichtig, »der Patient hat zwei registrierte Erbinformationen, wegen der Größe des Transplantats. Aber letztlich trifft das auch für die Empfänger anderer Organe, insbesondere im Fall der Verpflanzung von kompletten Gliedern, zu!«

»Zuerst war es das Herz und heute ist es das Hirn. Es geht Ihnen also, wenn Sie sich in diese Tradition stellen, nicht nur um die chirurgische Großtat, nehme ich an? Wollen Sie – damals wie heute – ein Organ als Sitz der Seele entzaubern? Damals das Herz und heute das Hirn?«

»Darum geht es uns nicht in erster Linie«, gab Lena zurück, und Rothoff bedachte sie mit einem unruhigen Seitenblick, »und wir zaubern oder entzaubern nicht, sondern analysieren! Und dabei erwarten wir durchaus interessante Informationen, neue Erkenntnisse über die Rolle des Körpers in einer persönlichen Entwicklung.«

Rothoff ergänzte: »Es ist doch offensichtlich: Es war zu allererst ein Eingriff, um das Leben eines bestimmten Patienten zu retten und ihm lebensfähige Organe und brauchbare Hände zu geben. Und auch in diesem Punkt unterscheidet sich die WBT nicht von der Herztransplantation, so spektakulär jede für sich auch ist. Dass Herz und Hirn emotional sehr besetzt sind, ist uns allen klar. Deshalb betreut Doktor Kraft den Patienten auch langfristig. Sicher werden wir interessante Dinge erfahren.«

»Haben Sie das Gefühl, ein Monster erschaffen zu haben, Frau Doktor Kraft?«, hakte ein älterer Journalist nach.

»Ihre Wortwahl ist unangemessen!« Sie bekam Beifall für diese Antwort.

»Darüber kann man streiten«, fuhr der Mann ungerührt fort. »Deshalb möchte ich noch eine andere, etwas persönlichere Frage anschließen, Doktor Kraft. Es fällt mir einfach auf: Warum tragen ausgerechnet Sie diesen altmodischen weißen Arztkittel? Spielen Sie damit auf die Ärztetracht in unzähligen alten Filmen an, vielleicht auch gezielt auf Victor Frankensteins Erscheinungsbild in dem Film aus dem Jahre 1931? Stellen Sie sich damit bewusst auch in diese schaurige Wissenschaftstradition?

Dann wäre die Frage nach dem Monster wohl durchaus berechtigt, meinen Sie nicht?«

Lena hatte weder mit dieser Frage noch dem Gelächter im Saal gerechnet. Sie blickte zu Rothoff, der in das Lachen mit einfiel, und Wut stieg in ihr auf. Natürlich erinnerte sie sich daran, dass er ihr immer wieder geraten hatte, diesen Kittel abzulegen, den seit Jahren, oder gar Jahrzehnten, keiner mehr trug. Dennoch hatte sie nicht erwartet, dass er ihr nun auch noch in den Rücken fiel.

So viel zu unserem Abendessen, dachte sie und warf ihm ein kaltes Lächeln zu.

»Nein, die Frage ist immer noch genauso albern wie zuvor!«, antwortete sie laut, aber schärfer als nötig. »Meine Kleidung ist erstens ein Erbstück meiner Großmutter, einer sehr engagierten Ärztin, und zweitens nichts als eine alte Angewohnheit! Es tut mir leid, dass Sie keine Sensation dahinter entdecken werden. Und solche Filme, die Sie ansprechen, kenne ich nicht und werde sie mir auch nicht anschauen! Übrigens: Auch Barnaard trug noch diese Art von Arbeitskleidung! Aber natürlich niemals im OP!«

Jetzt hatte sie ein paar Lacher auf ihrer Seite, trotzdem blieb es unruhig im Saal, einige Fotoapparate waren plötzlich auf sie allein gerichtet. Seufzend fragte sie sich, was als Nächstes käme.

Eine Journalistin, die ein Porträt über die Wissenschaftlerin geschrieben hatte und Lena deshalb seit langem kannte – sie waren sich immer sympathisch gewesen –, bemerkte ebenfalls, dass die Stimmung im Saal zu kippen drohte. Deshalb kam sie Lena, mit der sie einen kurzen Blick gewechselt hatte, mit einer Frage an Rothoff zu Hilfe.

»Herr Professor, wird es bald noch weitere Kopfverpflanzungen geben?«

Sofort wurde es still.

Rothoff schaute wieder ernst. »Das hängt immer von den Umständen ab und lässt sich nicht so genau planen wie die Transplantation eines einzelnen Organs. Auf jeden Fall sollte es immer eine offene Organspende sein. Außerdem ist diese Möglichkeit einer Ganzkörperspende noch kaum im Bewusstsein einer breiten Öffentlichkeit verankert. Genau das wollen wir, auch mit Ihrer Hilfe, ändern. Wir rechnen für die Zukunft häufiger mit der Bereitschaft, diesen Weg zu gehen. Und wenn es so weit ist, sind mein Team und ich natürlich zur Stelle.« Er blickte in die Runde. »Das ist doch ein wunderbarer Abschluss. Wir danken Ihnen für Ihr Kommen!«

Als der allgemeine Aufbruch begann, kam Rothoff auf Lena zu, doch sie schob sich an ihm vorbei und verließ den Saal.

Kara Metzig las alle Artikel und verfolgte die Fernsehsendungen über die Pressekonferenz, und dabei musste sie häufiger, als ihr lieb war, an Rita Simon denken. Auch in Amerika wurde sicher über die erste Kopfverpflanzung der Welt berichtet und das offizielle Patientenfoto abgedruckt, das vor ihr auf dem Tisch lag. Würde Rita Josef wiedererkennen und sich etwa aus den Fakten alles zusammenreimen? Was, wenn sie plötzlich anrief? Was sollte sie dann tun? Manchmal hatte Josefs Mutter ein schlechtes Gewissen, seiner Freundin alles verschwiegen zu haben. Aber dann musste sie wieder daran denken, dass Rita eine Mitschuld an Josefs Tod traf – das hatte sie schließlich selbst zugegeben! Und deshalb war es nur mehr als recht, dass nur sie, als seine Mutter, von seinem Weiterleben wusste.

Warum Gero von Hutten, der Mann mit dem schönen Körper ihres Sohnes, in den Zeitungen ständig mit einem

Monster verglichen wurde, verstand Kara Metzig nicht, und es verletzte sie. Denn es war auch ein Angriff auf ihren Sohn. Die Journalisten, die das schrieben, hätten ihn vor der Operation sehen sollen, dachte sie manchmal, als alles viel schlimmer gewesen und überhaupt kein menschliches Leben mehr in ihm gewesen war! Damals waren sie Monster gewesen, und zwar alle beide, sowohl Gero als auch ihr Sohn. Aber jetzt ...

Sie nahm das erste Ganzkörperfoto »Patient GH/JM ohne Halo-Fixateur« zur Hand. Ihre Augen sahen keinen zusammengesetzten Menschen, sie wollte nur Josef sehen, und sie sah tatsächlich nur ihren Sohn.

Mach weiter so, Junge, dachte sie, du wirst diesen Gero von Hutten schon noch schaffen! Josef war so jung und gesund, das sah man auf den ersten Blick, und er war voller Energie und hatte noch so viel vor sich. Da war es doch egal, mit welchem Kopf er durchs Leben ging. Er wurde schon wieder kräftiger, das sah sie besonders an seinen Armen.

Du wirst Josef sein, murmelte sie so leise, und ich bin bei dir.

Sei stark, mein Junge!

Du wirst Josef sein!

Es war wohl unvermeidlich gewesen: Einige Zeitungsredaktionen hatten auch das Bild des doppelköpfigen Hundes ausgegraben, das nun die Artikel über die Pressekonferenz illustrierte. Gero von Hutten zeigte es Lena, als sie ihn für eine weitere *Brainom*-Sitzung mit dem funktionellen Magnetresonanztomographen abholte.

»Sie hatten vor langer Zeit, erinnern Sie sich, vergessen, mir eine Frage zu beantworten. Wir sind damals unterbrochen worden. Aber ich bestehe weiterhin auf einer Antwort. Glauben Sie nicht, dass Sie so einfach davonkommen. Mir ist es ja auch nicht gelungen. Also: Wer ist der Große oder der Kleine, der Untere oder Obere? Gero oder Josef?«

»Ich weiß es immer noch nicht!«, gab Lena zu. »Und vielleicht gibt es darauf auch keine Antwort.« Aber immer öfter dachte sie bei sich: Gero ist der Kleine, der den großen Josef braucht, sich aber mit schmerzhaften Bissen wehrt. Nur konnte sie das diesem Mann doch nicht in sein Gero-Gesicht sagen.

Die Prometheus-Stiftung hatte Lena-Maria Kraft beauftragt, den Fall des Patienten GH/JM in der Öffentlichkeit vorzustellen, auf Kongressen, in Vorträgen und natürlich im Rahmen wissenschaftlicher Publikationen. Das Labor leitete ab sofort ihre frühere Stellvertreterin.

Als Transplantationsbegleiterin wollte Lena unter keinen Umständen mehr arbeiten – GH/JM sollte ihr letzter Fall sein, für immer und ewig: Nie wieder wollte sie diese verdrehte Welt erklären müssen, wenn Kinder früher als ihre Mütter und Väter starben, wenn alles kopfstand. Deshalb brauchte sie auch ihre zweite, sehr viel robustere Haut – diese Schutzhülle – nicht mehr, an der Tränen abprallen konnten wie Wassertropfen an einem Stein. Die weißen Kittel hatte sie zu Hause bereits zu einem Bündel verschnürt. Sie hatte niemanden davon erzählt, besonders Rothoff nicht, weil er dies als Sieg verbuchen würde. Seit der Pressekonferenz hatten sie ihn links liegen gelassen, und er hatte wohl gespürt, dass er sie gekränkt hatte. Sie sahen sich kaum noch.

Nur einmal noch trug sie einen Kittel. Aus dem Schrank vor ihrem Labor stammte das letzte Exemplar, das sie heute übergezogen hatte, um einen Besuch bei Patient GH/JM zu machen. Sie erzählte ihm nicht, dass sie ihn in Zukunft seltener besuchen und er sie heute zum letzten Mal in diesem weißen Arztmantel sehen würde, den sie am Abend zu den anderen packen und entsorgen würde.

Als sie sich im Spiegel betrachtete, fiel ihr wieder der penetrante Journalist ein. Er hatte recht gehabt, es war ein Relikt aus einer vergangenen Zeit, die zum Glück vorbei war. Trotzdem war es geschmacklos gewesen, Frankenstein ins Spiel zu bringen. Immer wieder tauchte dieser Name inzwischen in Zeitungsberichten auf, einmal wurde sie sogar direkt als *Frau Professorin Frankenstein* tituliert, Rothoff sogar mehrmals, aber meistens war damit Patient GH/JM selbst gemeint. Warum bloß waren alle so phantasielos?, fragte sich Lena. Fiel ihnen nichts Besseres ein als dieser abgenutzte und falsche Vergleich mit Frankenstein?

Lassen Sie uns kurz über Frankenstein und andere Monster reden.

Schon der Begriff Monstrum taugt nicht mehr in der heutigen Zeit. Es bezeichnete früher eine phantastische Kreatur, die Ängste und Albträume verkörperte und in der sich verschiedene Wesen vermischten. Der Gryllus zum Beispiel war »bey den Alten ein aus Gliedern und Theilen mehrerer Thiere und Masken grotesk zusammengesetztes Tier«, etwa ein Adler mit einem Löwenkopf auf der Brust und »zwey Widderköpfen an Statt der Flügel.« Tierkörper mit Menschenantlitz oder menschlichen Rümpfen und Köpfen standen den Göttern nahe: die Sphinx, der Frauenkopf mit dem Löwenleib, oder der Zentaur, der Pferdeleib mit dem menschlichen Oberkörper. Und als in der indischen Mythologie Shiva dem neugeborenen Ganesha, dem Gott des Glücks, den Kopf abschlug, pflanzte er auf diese Wunde einen Elefantenkopf. Heute reden wir zwar immer noch von Pflanzen-, Mensch- oder Tierchimären, wenn Körperteile, Gewebe oder Zellen vermischt wurden, doch

definieren wir diese sauber und zeitgemäß über den genetischen Code als »Lebewesen mit unterschiedlicher Erbinformation«.

Aus Leichenteilen einen neuen Menschen zu bauen und
ihn mit Elektrizität – im 19. Jahrhundert noch ein besonderer
Saft – zu beleben, diese Geschichte taugte früher, um Schrecken zu verbreiten. Aber dann wurden auf der Suche nach der
Lebensenergie die Hirnstromkurven entdeckt und mit dem
Elektroenzephalogramm, dem EEG, am Beginn des zwanzigsten Jahrhunderts zum ersten Mal gemessen und aufgezeichnet. Jeder Mensch steht also unter Strom, nicht nur das Monster, das im Roman »Frankenstein« durch die Energie eines
Blitzes geboren wurde und natürlich hässlich sein musste.
Hässlich ist gleich böse, der alte Irrglaube lebt.

Was wäre passiert, wenn Frankensteins Geschöpf wunderschön gewesen wäre?

Mit den Jahren verschmolzen der Name des Täters und die
Tat zu dem berühmten Reizwort »Frankenstein«. Kalte Ausgeburt der Moderne wurde er genannt, als Metastase der
Zivilisationsgesellschaft verabscheut oder als Symbolgestalt
biotechnischer Grenzüberschreitung gefeiert, aber immer
weiter als »Mahnzeichen« benutzt.

Der Nachname des Wissenschaftlers Victor Frankenstein
stand zunächst nur für die eine Anmaßung: einen Menschen
zu machen. Später dann auch für alle Versuche, den Menschen zu verbessern, ihn schöner, langlebiger, widerstands-
fähiger zu machen. Ob sich jemand einen Hirnschrittmacher
einsetzen ließ oder Embryonen geklont wurden, irgendwann
tauchte dieser Name mit Sicherheit auf – Frankenstein. Schon
im zweiten und erst recht in unserem dritten Jahrtausend
gab es keine vergleichbare neue und ähnliche, wirkungs-
mächtige Metapher: Das Klonschaf Dolly – erinnern Sie sich
noch daran? – und der doppelköpfige Hund waren schließlich
nur Tiere. Sie konnten nicht reden! Auch deshalb überlebte

Frankenstein. Doch wer sich heute vor ihm gruselt, sieht nicht, dass die Wirklichkeit den Mythos Frankenstein schon lange entthront hat. Das Bild des Filmmonsters, dieses eckigen Schädels mit den vernarbten schlechten Nähten und den großen Schrauben im Hals, kurz unter dem Kieferknochen, ist ein Witz, angesichts der Potenz der modernen Transplantationsmedizin, der sich gerade die Prometheus-Stiftung verpflichtet fühlt.

Viele Grenzen sind längst aufgehoben und verrückt worden: zwischen tot und lebendig, eigen und fremd, Mann und Frau und Mensch und Tier. Die Xenotransplantation verbringt Schweineherzen und Schweinenieren in den Menschen. Das körperlich Hässliche wird korrigiert und operiert, sein Aussehen optimiert, verbrauchte oder kranke Körperteile ersetzt. Prothesen sind hoch spezialisierte elektronische Konstruktionen: vom elektronischen Hörimplantat über den Herzschrittmacher bis zum BCI, dem Brain-Computer-Interface. Der Cyborg lebt bereits mitten unter uns. Seit langem wird Körpern einverleibt, was die Technik zu bieten hat, werden sie geformt und benutzt und selektiert, wird ihre Lebensdauer verlängert, so weit es die Biotechnologie hergibt. Am Ende der Hirntod, am Anfang die ausgewählten Keimzellen, die Biofakte sind auf dem Vormarsch.

Wer fürchtet sich da noch vor Frankenstein?

Vielleicht ist der »zerbrochene« Monsterkopf so langlebig im kollektiven Gedächtnis der Gesellschaft, weil er inzwischen mehr als Symbol nie gelüfteter Geheimnisse und unbeantworteter Fragen steht: Lassen sich Denken und Fühlen eines Menschen auf Speichermedien kopieren, und überlebt dann diese Person? Braucht also dieser »Zombie« gar keinen Körper, um dieses eine, ganz bestimmte ICH zu sein? Oder ist am Ende vollkommen gleichgültig, was ein Gehirn denkt und fühlt, konstituiert allein der Körper, der mehr ist als die biologische Hülle, eine Person?

Genau das erlebt der Handlungsreisende Gregor Samsa in der Erzählung »Die Verwandlung«, die der Prager Dichter Franz Kafka vor langer Zeit verfasst hat und die vielleicht noch einigen von Ihnen vage im Gedächtnis ist. Samsa erwacht eines Morgens und ist zu einem Rieseninsekt mutiert, aber sein Gehirn ist das alte geblieben. Während er sich weiter als Gregor erlebt und versucht, sich mit den Bedingungen des Käferkörpers zu arrangieren, verwandelt sich auch die Sicht seiner Familie auf ihn: Sie erkennen in ihm nicht mehr den Sohn und Bruder und lassen ihn am Ende wie ein Insekt krepieren.

Wenn also die Journalisten schon einen literarischen Vergleich für Patient GH/JM bemühen wollen, dann bitte nicht Frankenstein, sondern Gregor Samsa.

Denn wer fürchtet sich heute noch vor Frankenstein?

Schon um unsere Jahrtausendwende waren – laut einer alten Befragung – siebzehn Prozent der Erwachsenen bereit, ihre Gehirnleistung durch einen eingebauten Chip zu verbessern. Ein Viertel wollte sich gerne fremde Gehirnzellen übertragen lassen, um Zerfallsprozesse aufzuhalten oder intelligenter zu werden. Den kompletten Umzug ihres Gehirns in einen anderen Körper konnten sich damals schon neun Prozent vorstellen. Einen neuen Körper, auf denen ihr Kopf verpflanzt würde, hätten nur drei Prozent toleriert.

Zwei Wochen nach der Pressekonferenz zum Fall GH/JM ließ die Prometheus-Stiftung eine Umfrage zu genau diesen Punkten durchführen. Alle Gehirninterventionen verzeichneten fünf bis zehn Prozent mehr Akzeptanz. Die Zustimmung zu einer kompletten Körperspende bzw. Kopfverpflanzung hat sich in den letzten Jahrzehnten vervierfacht und liegt heute bei immerhin 13 Prozent.

Denn immer weniger fürchten sich vor Frankenstein.

Patient GH/JM wurde plötzlich abweisend und unwirsch, wenn ihn jemand Gero von Hutten nannte oder als »Herr von Hutten« ansprach.

»Wie sollen wir ihn bitte schön anreden oder zu ihm sagen, damit er uns nicht die Tür vor der Nase zuschlägt oder etwas nach uns wirft!«, wollte das Personal wissen, das es auch mit der Anrede Herr Metzig oder Josef versucht hatte, dadurch aber nur noch größere Ausfälle und Beschimpfungen provoziert hatte.

»Verwenden Sie das neutrale *Patient GH/JM*, wie ich es manchmal tue, wenn es passt«, schlug Lena vor.

Auch Yvonne fuhr er sofort über den Mund, sobald sie das Wort *Gero* aussprach.

Einen großen Spiegel ließ Lena in seine Prometheus-Wohnung auf dem Campus bringen. Sie hatte sich überlegt, wie sie ihm helfen konnte, sich nicht als Josef-Körper und Gero-Kopf wahrzunehmen, sondern als ganzen und neuen Mensch. Und sie übernahm deshalb eine Therapie, die in den vergangenen Jahrzehnten Menschen mit Amputationen und Prothesen geholfen hatte, diese Teilzerstörung ihres Körpers als Teil ihres Selbst anzunehmen. Eine Therapie, mit deren Hilfe Extremitäten, die nach einem Schlaganfall gefühllos, teilweise oder ganz gelähmt gewesen waren, besser und schneller kontrolliert und bewegt oder Defizite akzeptiert werden konnten.

»Setzen Sie sich vor den Spiegel, stellen Sie sich davor, erst angezogen, später nackt. Kommunizieren Sie mit Ihrem Spiegelbild. Dann sehen und spüren Sie, dass es kein anderer ist. Das sind Sie – mit diesem Gesicht und diesem Körper. Äffen Sie den Mann im Spiegel, seine Bewegungen nach! Lernen Sie mit ihm mitzufühlen. Sprechen Sie mit ihm!« Und irgendwann würde er wirklich sehen, denken und spüren, dass dieses Spiegelbild –

Kopf *und* Körper, dieser ganze Mann – kein Fremder war, sondern er: ein Neuer.

Im Cortex existierten Module, also Zellgruppen, die zwischen den von außen kommenden Reizen und der Gefühlsinnenwelt vermitteln. *Spiegelneuronen* hatte man diese Nervenzellen vor etwa sechzig Jahren getauft. In diesen Gehirnarealen werden Dinge, die man beobachtet oder hört, genau so wahrgenommen, als ob diese Person sie selbst verrichten würde. Wer also jemandem zusah, fühlte mit ihm mit. Wer etwas beobachtete, konnte so benennen, was es war. Spiegelneuronen sind wie ein Resonanzboden: Aufgrund eigener Erfahrungen kann man erst verstehen, was andere tun oder erleben. Und umgekehrt lernt man dadurch erleben und handeln. Sehr wahrscheinlich bilden diese neuronalen Spiegelungen die Basis der meisten menschlichen Gefühle, insbesondere auch der Sprache. Und sie sind eine Voraussetzung, um eigen und fremd zu unterscheiden. Warum also sollte der Neue durch seine Begegnungen mit dem neuen Spiegelbild nicht erkennen lernen, dass sein Eigen war, was er für fremd hielt und als fremd empfand?

Patient GH/JM tat, wie ihm geheißen, und wurde anfangs fast verrückt. Er sah sein vertrautes Gero-Gesicht und spürte immer noch einen Fremden! Er sah einen Fremden und dachte und fühlte doch wie Gero.

Auf der ehemals so glatten Brust Josefs sprossen plötzlich Haare. Und Lena freute sich über dieses Zeichen, dass zwischen oben und unten eine immer engere, auch hormonelle Verbindung bestand.

Trotzdem existierten die beiden alten Identitäten Gero und Josef immer noch nebeneinander, wenn auch Patient GH/JM Kopf und Körper schon viel stärker in sein Erleben mit einbezog. Er beobachtete, fühlte und beschrieb Dinge – auch Gero und Josef – immer häufiger aus der Sicht einer dritten Person, wohl ein Ergebnis des Spiegeltrainings.

Dieser erzählende *Er*, mutmaßte Lena, war wahrscheinlich ein Vorposten eines neuen *Ichs*, das sich Terrain eroberte.

Gleichzeitig machte ihm die alte Haut zu schaffen. Dieses Haus des Selbst, seine persönliche Grenze zur Welt, veränderte sich, wurde großporiger, und er schwitzte stärker. Die Haut, das größte Organ des Menschen, misst eins Komma fünf bis zwei Quadratmeter und ist bis zu zehn Kilogramm schwer. Aber Patient GH/JM hatte immer mehr das Gefühl, als lasteten hundert Kilo auf ihm.

Plötzlich entzündete sich auch seine Narbe, Yvonne bemerkte es bei einem Besuch und alarmierte die Ärzte. Sie verriet Lena, dass Gero ein paar Mal getrunken hatte.

»Nicht maßlos, aber es war dennoch zu viel«, gab er zu, als ihm der Schreck in die Glieder fuhr. »Frankenstein lässt grüssen«, lästerte er weiter. Der rote Strich war dunkler und im Nacken wulstiger geworden, die Narbe jetzt ein widerliches Mal, das kaum zu verstecken war!

Zum Glück war es keine Abstoßungsreaktion, wie Tests zeigten, sondern nur eine Wundheilungsstörung. Sie verordneten ihm neue Medikamente und verboten den Alkohol. Er versprach, sich strikt daran zu halten.

»Gegen den wahren Grund hilft sowieso nichts, weder Pillen noch Alkohol! Und der heißt Josef!«

»Erklären Sie es mir!«, bat Lena.

»Wenn er mich lässt … Er wird einfach immer unerträglicher!«

Voicerecording-Protokoll des Gesprächs mit Patient GH/JM:
Absichtlich, das merkt Gero ganz genau, rutschen diese Finger am Pinsel ab. Sie halten die Geräte zu fest, sind zu verkrampft für diese allererste feine Linie, die stets entschei-

dend ist. Sie verderben die Bilder, weil sie einfach zu dumm und zu ungelenk sind zum Malen. Die haben in ihrem Leben einfach zu viele Fahrradlenker gehalten. Diese Dinger treiben Gero zur Weißglut. Er will sie züchtigen wie ungezogene Kinder. Oder gar Nägel in sie treiben, mit Folter gefügig machen: Aus Wut einen Finger abhacken. Aber welchen? Den Daumen? Den Zeigefinger, den Mittel- oder den Ringfinger? Oder die ganze Rechte? Josef hat das bisher verhindert. Immer wenn Gero nach einem Messer greifen wollte, hat er die Waffe wütend in die Ecke geschleudert.

Wenn er vor dem Spiegel steht und den ganzen Kerl betrachtet, stimmt zwar alles. Da ist nichts schief, nichts verrutscht. Perfekte Arbeit. Wenn er ehrlich ist, hat er immer noch eine große Scham, sich ganz zu entblößen. Nicht vor anderen, vor sich selbst, lachhaft. Aber vielleicht schämt sich ja auch nur der da oben vor dem da unten. Gero mochte nackte Männer noch nie gerne anschauen, Frauen schon. Dabei kann sich die untere Hälfte doch wirklich sehen lassen. Josef produziert sich gern und Geros echte bessere Hälfte steht drauf! Das verrät ihr Blick. Besser als vorher, denkt sie, und dann ärgert sich Gero. Aber er will diesen Body unbedingt behalten, schließlich würde er ja sterben ohne ihn. Deshalb sollte er auch nicht so viel trinken. Am besten gar nichts, wegen der Wechselwirkung mit den verflixten Medikamenten. Sonst hängt Josef den guten Gero doch noch ab und bricht auseinander. Eine ganz kippelige Angelegenheit ist er, weil da auch einfach keine Mitte mehr ist. Die ist nach oben gerutscht, die Mitte, und sitzt irgendwo hier hinten: Die Angst sitzt ihm im Nacken. Hier oben! Wie bei dem doppelköpfigen Hund!! An dieser großen Narbe hängt zu viel. Es ist, als schleppe er eine schwere Last herum. Das klingt verrückt, aber es ist so. Dieser Körper ist doch gut trainiert, aber auch etwas schlaffer geworden und speckiger, geromäßiger eben. Gero, der schon immer zum Dickwerden neigte, scheint sich tatsächlich durchzusetzen und besser zu behaupten! Ein tolles Wort und so verdammt passend: Be-*haupt*-en. Da steckt viel Haupt drin. Dieses Behaupten muss er üben und immer wieder üben, das ist mehr als ein kluges Wortspiel, weil das Gehirn vielleicht doch die Hauptsache bleibt. Auch wieder zum Lachen. Der Kopf ist die *Haupt*-Sache! Aber egal, scannen hin oder her, niemand weiß, wo er steckt oder sich versteckt oder über-*haupt*, das Haupt verfolgt ihn, einen Platz darin hat! Es geht um den ganzen Kerl. Und da spricht der Körper mehr als ein Wörtchen mit! Der neue Body-Mass-Index ist 21, Gero hatte früher 24,5 und lag damit nur knapp vorm Übergewicht. Und trotzdem fühlt er sich zentnerschwer und plump. Dazu hat er eine Theorie entwickelt. Also, diese fantastische Narbe, dieses chirurgische Meisterwerk, muss zwei zusammenhalten. Aber der untere Teil ist größer, sehr viel gewichtiger als die vermeintliche Hauptsache. Bingo: Schon wieder auf ein »Haupt« getroffen! Das zieht und zerrt an ihm und macht alles so schwer, schwerer als in echten Kilo gewogen oder in ordentlichen Zentimetern gemessen. Und weil er so viel schleppen muss, schwitzt er stärker als früher. Etwas in seinem Kopf, oberhalb der Narbe, zieht an dem Körper. Vielleicht die Angst, doch noch zu sterben. Auch diese menschliche Endlichkeits-Angst lässt ihn in Schweiß ausbrechen. Das verdammte Wissen um die Sterblichkeit, die krallt sich in diesen angespannten Körper und hält ihn krampfhaft fest. Tod oder doch Leben? Er muss das Teil da unten noch bändigen, aber sich auch mit ihm arrangieren! Aber Josef ist eitel und unbeherrscht und stösst ihn vor den Kopf! Obwohl der Körper ohne Kopf auch nichts mehr wäre. Aber das kann ein Kopfloser nicht mehr kapieren, dazu fehlt ihm das Köpfchen. Er nimmt es sportlich, will Kräfte messen. Wer zieht wen über den Tisch, der Körper den Kopf oder siegt Kopf über Körper? Ein Duell unter Männern, keine Ver-

brüderung! Wer kopflos handelt, handelt schnell gnaden-
los! Zwei gegensätzliche Kräfte sind am Werk: Oben und
Unten. Anziehung und Abstoßung. Das macht diesen Körper
so schwer erträglich. Er muss ihn besser erziehen!

Im März und April zog sich Patient GH/JM häufiger in
sein altes Atelier zurück und arbeitete. Aber übernachten
wollte er in dem Haus noch nicht, das ihm und Yvonne
gehörte.

Plötzlich verlangte er von seiner Krankengymnastin
schwarze Lederhandschuhe: »Ganz glatt und ungefüttert,
und nicht nur ein Paar bitte! Die sind im Dutzend bil-
liger.«

Yvonne traf sich in dieser Zeit häufiger mit Geros Galeristin, Valerie Trebitz, die ihr riet, seine Geschichte endlich öffentlich zu machen: »Der erste Kopftransplantierte
der Welt ist der berühmte Maler von Hutten. Das einmal
kostenlos von allen Zeitungen gemeldet, mit einem Foto
des Künstlers und einer neuen Arbeit, und er ist todsicher
wieder im Geschäft.«

»Du bist geschmacklos! Und geldgierig.«

»Ich bin nur realistisch. So was zieht eben. An was
arbeitet er denn gerade?«

Yvonne zuckte mit den Schultern: »Er hat mir auch
früher immer nur fertige Bilder gezeigt. Wenn er eine
neue Serie begonnnen hat, seine beiden ersten.«

»Hast du wirklich keine Vorstellung von seinen neuen
Arbeiten?«, fragte die Galeristin. »Also, nach so einem
Eingriff sollten wir sicher sein, dass …«

»Was meinst du damit?«

»In der Zeitung stand, er könnte durchdrehen …«

»Ich bitte dich, Valerié! Du denkst, er ist verrückt? Du
fällst ihm in den Rücken, das ist ja unglaublich! Und
absurd noch dazu!«

»Reg dich nicht auf, bitte. Wann verlässt er endlich diese Prometheus-Klinik und zieht wieder zu Hause ein?«

»Wahrscheinlich in zwei bis drei Wochen.«

»Gut, dann reden wir danach noch mal miteinander. Aber finde endlich heraus, was er Neues malt! Geh einfach in sein Atelier und schau dich um! Sonst weiß ich wirklich nicht, was ich für den Maler Gero von Hutten noch tun kann.«

Zu seinem Atelier gab es nur zwei Schlüssel, und beide hielt Gero unter Verschluss. Yvonne schämte sich, als sie einen Bekannten bat, die Tür mit einem Dietrich zu öffnen. Ihre Ausrede klang stimmig, aber sie fühlte sich jämmerlich, als sie behauptete: »Gero hat die Schlüssel verlegt, er erinnert sich nicht mehr, wo er sie gelassen hat. Du weißt doch, die Kopf-OP.« Doch sie war es so leid, gar nichts über seine Arbeit zu wissen und sich dazu auch noch Valeries Verdächtigungen anhören zu müssen.

Was sie im Atelier entdeckte, schockierte Yvonne: nur leere Leinwände, manche gerollt, einige wenige aufgezogen und nur eine grundiert. Überall lagen schwarze Lederhandschuhe herum, bei manchen waren einzelne Finger abgeschnitten, andere schienen absichtlich bekleckert zu sein – ein System war nicht zu erkennen.

Ist das seine Kunst? Dann ist er tatsächlich dabei, verrückt zu werden, dachte sie einen Augenblick lang. Trotzdem wollte sie Valerie noch hinhalten und hoffen, dass er zur Besinnung käme und wieder zum Malen fände. Was blieb ihr anderes übrig?

Kopflose Zwiegespräche
Er sehnt sich nach Einsamkeit, allein sein mit sich selbst, das wäre schön. Weil er immer mit ihnen zusam-

men sein muss, mit Gero und Josef. Sie stören ihn,
lassen in einfach nicht in Ruhe. Woche um Woche wird
es schlimmer. Immer müssen sie ihn ärgern und sich
wichtigmachen. Ständig schubsen sie ihn hin und her,
zerren an ihm herum. Egal, wo er sich aufhält, sie
folgen ihm. Und dann, wenn die beiden merken, dass
er außer sich gerät, schmeicheln sie ihm plötzlich.
Ich bin gern mit dir zusammen, sagt Josef, der Jüngere,
dann und Gero, der Ältere, versichert ihm, ich verlasse
dich niemals.
Und wenn er sie schließlich anschreit, haut endlich ab,
lachen sie nur hämisch.
Das willst du doch nicht wirklich, zischt Gero, ohne
mich bist du nichts, null!
Und Josef setzt noch einen drauf, und ohne mich erst
recht nicht! Sehr oft streiten Gero und Josef auch
miteinander, wer von ihnen beiden wohl der Stärkere,
der Bessere oder Wichtigere sei, wer in dieser verrückten Beziehung den Ton angeben würde. Dann steht
er wortlos daneben, schließt die Augen und träumt sich
woandershin, ganz weit weg von ihnen. Sobald sie
jedoch bemerken, dass er sie nicht mehr beachtet,
vertragen sich Josef und Gero schnell wieder. Er käme
niemals von ihnen los, blaffen sie wie bissige Wach-
hunde.
Um Gero und Josef abzuschütteln, ist er wieder einmal
in das Atelier geflüchtet. Er hat eine Leinwand auf-
gespannt, die Farben geordnet.
Obwohl er sich wirklich konzentriert, zittern seine
Hände. Erst als er die schwarzen Lederhandschuhe
anzieht und die weiße Grundierung aufzutragen
beginnt, wird er ruhiger.
Doch dann hört er ihre Stimmen. Die zwei sind ihm
unbemerkt gefolgt und haben sich ins Atelier geschli-

chen. Sie stellen sich neben ihn, rechts und links, nehmen ihn in die Zange.

Der Künstler erwacht, Gero erhebt pathetisch seine Stimme und deutet auf die Leinwand. Aufgepasst, ein Kreativitätsschub, wieder einmal, und wieder einmal vergeblich!

Der kann doch überhaupt nicht malen, Josef stimmt mit ein, seine Hände folgen ihm nicht mehr!

Aber zum ersten Mal bringen sie ihn nicht aus der Fassung.

Er arbeitet einfach weiter, vollendet mit ruhiger Hand den Malgrund, wählt einen Pinsel aus und lässt ihn in einen Farbtopf sinken. Überrascht von seinem Tun halten Gero und Josef endlich still und beobachten, wie er mit kräftigen, blutroten Strichen ein Bild fertigstellt. Das erste Bild seit seit vielen Monaten. Oder waren es Jahre, oder war es in einem anderen Leben oder in einem anderen Jahrhundert oder überhaupt nie?

Was ist das denn, fragen Josef und Gero im Chor, prusten vor Lachen und nennen seine Arbeit Kinderkram! Bestenfalls Kinderkram!

Sein Bild erinnert tatsächlich an die ersten Menschenzeichnungen, die Kinder im Alter von zweieinhalb Jahren auf ein Blatt kritzeln: Sie malen einen Kreis, setzen zwei Punkte als Augen hinein und fügen zwei Striche als Beine hinzu. Genau so, wie er es gerade getan hat.

Kopffüßler werden diese körperlosen Darstellungen genannt, weil in manchen Gegenden das Wort Fuß für das ganze Bein steht, belehrt er nun Gero und Josef. Er ist eben doch der Klügere.

Das Bild findet er wunderbar, sein erstes Selbstporträt. Er hat sich gezeichnet, nicht sie. Kein Wunder, dass die

*beiden es niedermachen müssen. Diese Gestaltform –
und nun schreit er sie an – steht in der Kindheit am
Anfang eines sich herausbildenden Bewusstseins, der
Formung eines Ichs.*

Versteht ihr? Das hier bin ICH, brüllt er.

*Etwas Besonderes ist geschehen, das spürt er. Etwas,
das ihn stark macht und endlich die Machtverhältnisse
ändern kann. Er hat eine Grenze erreicht, unüberwind-
bar für die anderen, weil dahinter seine leibhaftige
Existenz beginnen kann. Eine neue Zeit bricht an.
Seine Zeit.*

*Kopffüßler, lacht Gero, und Josef kichert wieder. Sie
versuchen ihn noch einmal aus der Fassung zu bringen.
Doch sie klingen nicht mehr so selbstsicher, als sie sein
Werk als Kinderbildchen verhöhnen, das mit Kunst
nichts, aber auch rein gar nichts zu tun habe.*

*Gero tut sich besonders hervor, als er behauptet, das sei
die Ausgeburt eines kranken…*

*Sag jetzt nicht Gehirn, das fällt auf dich, auf euch beide
zurück, so harsch hat er Gero noch nie unterbrochen, so
blass haben seine zwei Schatten noch nie ausgesehen.
Seine verhassten Begleiter verschwinden, und er findet
sie auch mit offenen Augen nicht mehr.*

*Allein steht er nun vor seinem Bild und freut sich wie
ein Kind, das sich zum ersten Mal in einem Spiegel
erkennt. Wie Ich-Ich-Ich klingt sein triumphierendes
Lachen, einem kindlichen Jauchzen gleich.*

*Doch so leicht geben Gero und Josef nicht auf. Sie sind
schließlich einen Bund fürs Leben eingegangen: Mit
ihm, gegen ihn oder für ihn? In die hinterste, dunkelste
Ecke des Ateliers haben sie sich geflüchtet, stehen dort
ganz eng aneinandergepresst und tuscheln. Als er sie
entdeckt, wird Gero laut und bedrohlich, so leicht wirst
du mich nicht los.*

Er neigt immer wieder dazu, ziemlich kopflos zu
handeln, feixt Josef.
Und Gero stimmt lachend zu, guter Witz, alter Junge,
immer wieder zum Totlachen!
Jetzt hat er wirklich genug. Er reißt das Bild von der
Staffelei und treibt die überraschten Verfolger aus dem
Atelier: Hinaus mit euch! Haut ab! Er knallt die Tür
zu und dreht den Schlüssel zweimal um. Er atmet
schwer, aber langsam beruhigt er sich. Er lehnt das rote
Kopffüßlerbild an die Wand, wäscht den gebrauchten
Pinsel aus, ordnet noch einmal die Farben und zieht
eine neue Leinwand auf.
Er hat sie vertrieben. Aber sein ganzer Körper bebt.
Sein Kopf dröhnt. Als ob ihre Stimmen in seinem
Gehirn eingeschlossen sind, rasen ihre letzten Sätze
immer schneller im Kreis herum. Stoßen an seine
Schädelknochen, finden keinen Ausweg. Trotzdem
muss er weitermalen, sich ihrer erwehren.
Punkt, Punkt, Komma, Strich!
Fertig ist … was?
Wer ist fertig?
Schritte kommen näher. Jemand rüttelt an der Tür. Es
ist eine Frau. Er erinnert sich an ihren Namen. Es ist die
Frau, die behauptet, seine Frau zu sein.

Yvonne lauschte an der Tür und hörte Stimmen. Da
waren Männer im Atelier, und sie stritten. Wo kamen die
denn auf einmal her? Sie klopfte.

»Gero, ist alles in Ordnung?« Sie rüttelte an der Tür.
»Was ist da drinnen los, warum hast du abgeschlossen?«
Sie lauschte an der Tür, vernahm nur noch Gewisper.

Dann plötzlich schrie Gero so laut auf, dass sie zusammen-
fuhr. »Hauen Sie ab! Hier wird gearbeitet. Wir malen
gerade einen zweiten Kopffüßler, und der ist blau.«

Und Yvonne zitterte vor Angst und dann vor Aufregung, weil er *malen* gesagt hatte. Kopffüßler malte er also. Warum nicht? Nun hatte sie wenigstens ein Motiv, um seine Galeristin zu befriedigen: den Kopffüßler.

Acht Monate nach der Körperspende und kurz vor der Entlassung war dem Gehirn des Patienten das Bild des Kopffüßlers entstiegen.

»Ich musste es malen!«, erklärte er Lena, die er ein paar Tage später als Einzige ins Atelier ließ. Wie eine Vision sei es über ihn hereingebrochen. »Das ist übrigens ein Selbstporträt. Für den Fall, dass Sie wissen wollen, wie ich aussehe.« Er berichtete ihr stolz, wie er sich gefühlt hatte, als er es vollenden konnte.

Und Lena vermutete sofort, dass seine sogenannte Vision ebenfalls den *Oneiroiden* zuzuordnen war, was sich in mehreren Gesprächen auch bestätigte.

Patient GH/JM erinnerte sich demnach nicht länger nur an die bekannten »Horrorszenarien«, die inzwischen nahezu verschwunden waren. Er erlebte in dieser besonderen Gestalt »Allmachtszustände« und »größte Glücksgefühle« aufs Neue, die noch aus der Zeit herrührten, als die Nervenwachstumsfaktoren und neuronalen Stammzellen ihre höchste Wirksamkeit erreicht hatten und die Kopf-Körper-Verbindung noch nicht ganz, aber doch fast vollständig geschlossen war.

Als Kopffüßler konnte er die kurzen Beine einziehen, sich ganz leicht machen und fliegen. So erhob sich GH/JM über alle und alles. In seinen »Höhenflügen« durchmaß er schwerelos Raum und Zeit und erlebte normale Menschen als groteske, hässliche Wesen.

In kurzer Zeit, vor und dann später auch nach seiner Entlassung, fertigte er über fünfzig Bilder mit diesem Motiv in allen Farben und Größen und Stilrichtungen an.

Es war wie eine Sucht, und er malte wie im Rausch. Aber die Bilder gelangen ihm nur, wenn er diese schwarzen Handschuhe trug.

Voicerecording-Protokoll des Gesprächs mit Patient GH/JM
Warum er immer Handschuhe trägt? Also, der ganze Körper ist das eine, die Hände sind etwas ganz anderes. Noch viel komplizierter und extremer sind die! Bei den einfachen Dingen des Lebens, den Grundbedürfnissen, klappt die Koordination zwischen oben und unten schon fast perfekt. Meistens wenigstens. Die werden langsam ein Team. Eine echte Mannschaft, ein neuer Mann. Das Malen aber verlangt Fingerspitzengefühl, falls Sie verstehen, was ich meine! Und Hände sind verdammt sensibel. Delikat sind die! Echte Delikatessen! Etwa bei einem Klavierspieler. Wie feinfühlig Hände doch sind. Wie differenziert die sich bewegen müssen, um Bach oder Mozart zu spielen! Diese Feinmotorik ist nicht geschaffen für die schnelle Erfüllung, das dauert eben, von da oben bis da unten, vom Gehirn bis ins letzte Fingerglied. Das dauert ein Leben lang! In der richtigen Bewegung steckt immer alles drin. Alles, was man war, was man ist und was man sein wird! Trotzdem heißt es üben und immer weiter üben. Keine Quickies mit den Händen. Nein, der Gero-Kopf bereut nicht wirklich. Wirklich, er schwört es! Hands up! Der ist froh, wieder heile Hände zu besitzen. Für einen Maler ist berühren lernen wichtiger als gehen lernen. Tage und Nächte die Hände üben und jeden Finger trainieren. Strecken, beugen, krümmen! Alles klappt wieder. Und nirgends war ein Chip nötig! Auch ER kann einen Pinsel halten, kann greifen, Leinwände aufziehen, Farbe anrühren. Hat ihm Gero beigebracht. Begreifen kommt nicht zufällig von greifen. Was ich begreife, verstehe ich: berühren, streicheln, kratzen, schlagen, halten, reiben, darüberstreichen, zupfen, kreisen, antupfen, fassen, halten, klatschen, grabschen und so weiter

und so weiter. Wie viel Schönes, wie viel Verschiedenes können unsere Hände bereiten außer zu malen. Liebkosen, zärtlich sein. Zeigen Sie mir mal Ihre Hände, Doktor Kraft. Warum verstecken Sie die hinter Ihrem Rücken? Ist es Ihnen peinlich, anderen die Hände hinzuhalten und sie anschauen zu lassen? ER hat früher auch nicht gewusst, wie persönlich Hände doch sind. Wie viel verräterischer und eigenständiger als alle anderen Körperteile. Sie verraten viel: wer jemand ist und wie alt er ist. Lebenslinien ziehen sich durch unsere Handflächen und sagen unser Schicksal voraus. ER verehrt heute alle Hände, verneigt sich vor all den genialen Handwerkzeugen, sogar vor denen hinter Ihrem Rücken. Ein Hoch auf die Hände! Hands up, Baby! Schön, dass Sie lächeln. Zum ersten Mal verstehe ich jetzt, dass es früher so viele Handschuhläden gab und feine Damen und feine Herren in der Öffentlichkeit immer Handschuhe trugen. Eben nicht nur aus Eitelkeit, um ihr Alter zu vertuschen, um die Altersflecken oder die Rheumaknötchen zu verstecken. Handschuhe trugen früher auch die Jungen und Schönen. Die hatten noch Scham. Hände sind äußerst privat. Privater sogar als dein Glied! Seit ich das begriffen habe, trage ich Handschuhe. Ja, ja, ja, es gibt auch noch einen anderen Grund. Ich mag die neuen Hände auch nicht so besonders, immer weniger mag ich sie. Zu weich, keine echten Männerhände sind das. Aber ich habe ja keine Wahl. Hier kommt die Ärztepolizei: Hands up und Kopf hoch! Lassen Sie seine Hände in Frieden! Aber die gehorchen einfach nicht richtig, Herr Polizist. Verdammt!

Hände besetzen in der neuronalen Körperkarte, die in einem menschlichen Gehirn gespeichert ist, sehr viel Platz. Wenn man ihren Anteil an der Repräsentation in der Tastrinde in Fingerlängen umrechnen würde, dann müsste zum Beispiel der Daumen mindestens so lang sein wie der Kopfdurchmesser. Die Hände sind die Werkzeuge der Werkzeuge, sagte schon Aristoteles. Deshalb sind sie unser allergrößter Schwachpunkt. Diese fünffingrigen, unbedarften Leichtgewichte lassen den Maler im Stich, ärgern ihn, wo sie nur können. Zwischen der Befehlszentrale da oben und diesen Greifern herrscht tagtäglich ein heftiges Handgemenge. Von wegen vereint malen! Wenn er Handschuhe trägt, sind die Hände unpersönlicher, nur noch Umrisse. Und ich muss sie dann nicht mehr anschauen. Eingezwängt in diese Leder- oder Stoffhüllen verlieren sie alles Bedrohliche! Statt echten Lebenslinien und echter Haut nur noch Kuhhaut zwischen mir und ihm und mir und der Welt, eine entmilitarisierte Zone! Wo ist eigentlich Ihr weißer Kittel geblieben? Dadurch hatten Sie sich doch besser im Griff, genauso wie er die Hände besser im Griff hat, wenn sie eine zweite, robustere Haut besitzen. Immer wenn er malen will, läuft so viel schief. Trotzdem! Am einfachsten wäre es doch, mit dem Malen ganz aufzuhören! Aber wenn er sich das vorstellt, rebelliert der Gero-Kopf, noch! Der Showdown läuft! Hände hoch! Hands up!

Einer muss sterben.

Gegen diese Gedanken helfen die Handschuhe. Sie schützen die Hände vor ihm und ihn vor ihren Attacken. Sie haben früher von diesem anarchistischen Arm erzählt, der seine Trägerin im Schlaf erwürgen wollte? Und dann gab es noch diese zwei unkontrollierbaren Hände, die einer Frau immer mehr Essen in den Mund gestopft hatten, bis sie fast erstickt wäre. Deshalb lieber Handschuhe tragen als tot oder Hände ab! Hands up and keep your head up! Kopf hoch!

Doch ich werde diesen Gedanken nicht los.

Einer muss sterben.

III   Suchen und Ankommen

»Persons do not go with their brains.«

E. Steinhart, amerikanischer Ethikprofessor

Sollten sie doch ruhig unter das Bild schreiben: *Der Maler Gero von Hutten, der erste kopftransplantierte Mensch, wird morgen entlassen und freut sich auf ein normales Leben.* Sie wusste es besser. Kara Metzig ignorierte das Gesicht, das ihr entgegenblickte, und holte schnell das alte Album hervor, in dem das letzte Foto von Josef lag, das kurz vor seinem Unfall aufgenommen worden war. Beim Fußballspielen. Sie verglich das Sportfoto mit dem Zeitungsbild.

»Etwas dicker bist du geworden«, murmelte sie mit liebevollem Tadel. »Pass gut auf dich auf. Du bist älter geworden. Und wenn man älter wird, kann man nicht mehr so viel essen, ohne zuzunehmen.«

Am Montag, dem 21. Mai, verließ Patient GH/JM die schützenden Mauern des Prometheus-Campus, jedoch nicht still und leise. Eine Pressekonferenz war anberaumt worden, die Geschäftsführung hatte sie einberufen.

Auf dem Weg zu den Journalisten musste Lena die hohe gläserne Zentralhalle des Klinikums durchqueren. Sie registrierte, dass sich weder die Besucher noch die Kranken nach ihr umdrehten. Ohne den strahlend weißen altmodischen Kittel erkannte sie niemand. Sie hob sich nicht mehr von der Masse ab. Auch größer wirkte sie nicht, obwohl sie so aufrecht ging wie früher. Trotzdem fühlte sie sich immer noch am richtigen Platz. Vielleicht, schoss es ihr nun durch den Kopf, habe ich diesen Kittel tatsächlich nie gebraucht. Ich bin Lena-Maria Kraft, so oder so.

Lena nahm auf dem Panel rechts von ihrem Starpatienten Platz, der ein kleines Kopffüßlerbild vor sich liegen hatte. Zwei weitere, größere Motive hingen an der Wand. Vor ihm stand das Namensschild *Gero von Hutten, Maler.* Dass er dieser Präsentation zugestimmt hatte, hatte Lena zunächst erstaunt.

»Es ist ein öffentliches Bekenntnis zu Gero, dem Maler, das Josef zügeln soll«, hatte er erklärt.

Und so ähnlich sah es auch Yvonne, die im Stillen hoffte, eine steigende Nachfrage nach seinen Bildern würde ihn ermutigen, sich auch wieder an anderen Motiven zu versuchen und die Kopffüßler irgendwann hinter sich zu lassen.

»Würden Sie es noch einmal tun?«, fragte jemand den Mann, vor dem das Schild Gero von Hutten stand, und er meinte nicht die Bilder, sondern natürlich die Operation.

»Ja, weil ich Maler bin und mein Hände brauche.« Er stützte sich mit den Ellenbogen auf und dreht die Josef-Hände hin und her. »Ohne diese Werkzeuge ist mein Leben sinnlos.«

»Warum malen Sie immer diese Kopffüßler?«

»Das kann Ihnen meine Transplantationsbegleiterin Lena-Maria Kraft besser erklären!«

Lena war vorbereitet. Sie verwies auf ihren kurzen Vortrag über Oneiroide, der in der Pressemappe lag als weitere Hintergrundinformation, und erläuterte dann den anwesenden Journalisten die Bedeutung des Kopffüßlers anhand der mitgebrachten Beispiele.

»Diese körperlose Gestalt – ein Kopf mit Armen und Beinen – malen Kinder etwa im zweiten bis dritten Lebensjahr. Denn diese Menschenform steht in der Kindheit am Anfang des Sich-Bewusstwerdens, der Formung eines Ichs. Bis zum vierten Jahr braucht ein Menschenwesen, um ein Gefühl für sein Selbst zu entwickeln, und genauso lange malt es auch Kopffüßler. Die anthropologische Forschung ordnet diese Gestaltform dem Beginn eines ›Menschenbildes‹ überhaupt zu. In archaischen Gesellschaften stehen Kopffüßler am Anfang eines sich herausbildenden Bewusstseins oder auch Begriffs von einem Ich, einer Seele oder einer Psyche. Menschenbilder, bei denen Kopf und Körper noch identisch sind, stehen häufig für ein rituell abgesichertes soziales Stirb-und-Werde und begleiten Phänomene eines Übergangs. Deshalb kommen Kopffüßler in primitiveren Gesellschaften auch als Masken bei Initiationsriten zum Einsatz. Meistens bilden sie Grenzzustände ab, etwa des Rausches oder Schlafes. Als Grabbeigaben oder schmückende Darstellungen in Ahnenhäuser begleiten sie oft Geburt, Tod und Wiedergeburt. Die von unserem Patienten erlebte kindliche Körper-Kopf-Identität, die er in seinen Bildern nach außen gekehrt und sichtbar gemacht hat, begleitet in seinem Fall einen besonderen Übergang: aus der alten Kopfidentität und erworbenen Körperidentität in eine neue, ganze Person, in ein sich neu entwickelndes Ich. Auch deshalb war und ist es für ihn wichtig, diesen als befreiend erlebten Kopffüßler-Zustand malend nachzuerleben. Um die Rehabilitationskrisen durchzustehen – typische Beispiele sind Narbenschmerzen, Juckreiz, Koordinationsprobleme, insbesondere mit den Händen –, half es dem Patienten, sich als Kopffüßler zu visualisieren, um …«

Der Mann, vor dem das Schild Gero von Hutten stand, hob nun die Arme und unterbrach Lena laut: »… um loszufliegen.«

Einige lachten, die Ärztin nahm es amüsiert zur Kenntnis. »Das ist kein Witz, meine Damen und Herren! Es stimmt sogar, im übertragenen Sinne. Derart positive innere *Oneiroide* – der Kopffüßler flog ja tatsächlich über allen und allem – sind bisher nur bei diesem ersten Fall einer gelungenen Körperspende aufgetaucht. Aber wir vermuten, es könnte auch bei kleineren Gliederübertragungen, wie transplantierten Händen, Füßen, ähnliche unterstützende Bilder geben, die bislang nur unter den dominierenden Angsterlebnissen verschüttet waren. Wir Transplantationstherapeuten wollen deshalb in Zukunft versuchen, schwierigen Patienten ein eigenes positives Kopffüßlerbild als Wegbegleiter anzubieten, um die Einverleibung der Fremdglieder zu unterstützen. Schließlich lehnen immer noch ein Drittel der Empfänger von Teilextremitäten, besonders von Arm und Hand oder Penis, ihre Neuglieder ab, wie Sie sicher alle wissen. Die Hälfte der Problemgruppe lässt sich längerfristig die als fremd erlebten Transplantate sogar wieder amputieren. Deshalb wollen wir gerade bei dieser gefährdeten Gruppe, mit zugegeben viel kürzeren körperlichen Entäußerungszeiten, gezielter als bisher positiv besetzte *Oneiroide* erforschen. Solche Wegbegleiter in ein heiles Leben gilt es für mehr Menschen nutzbar zu machen. In Einzelfällen hat die Prometheus-Stiftung bereits einige der von Gero von Hutten geschaffenen Kopffüßlerbilder für Therapiesitzungen mit Transplantierten ausgeliehen. Das Angebot kam gut an, es soll ausgeweitet werden.«

Zur Überraschung der versammelten Medienvertreter nutzte die Prometheus-Stiftung den Termin auch, um den zweiten Fall einer erfolgreichen WBT bekannt zu machen, die das Rothoff-Team bereits im Januar durchgeführt hatte.

Zwei Elternpaare hatten sich zu einer offenen Körperspende entschlossen. Ein fünfjähriges Mädchen war in den zugefrorenen Gartenteich eingebrochen. Als das Kind herausgezogen wurde, stand sein Herz schon still, nach einer Wiederbelebung war es hirntot geblieben. Der Körper war an das siebenjährige, ebenfalls weibliche Opfer eines Autounfalls weitergegeben worden, das Mädchen war – ähnlich wie Gero von Hutten – stark verbrannt gewesen und hatte aufgrund schwerster Verletzungen kaum Überlebenschancen gehabt. Die transplantierte, neue Sechsjährige, von der jedoch keine Bilder gezeigt wurden, war inzwischen wieder vollständig bewegungsfähig. Sie absolvierte gerade ein Reha-Programm. Die Betreuung teilten sich beide Elternpaare, wobei den Körpereltern bereits ein langfristiges Besuchsrecht zugesichert worden war.

Und diese neue Sensation interessierte am Ende mehr als die erste Kopfverpflanzung, die schon wieder von vorgestern war. Über den Fall GH/JM berichteten die Medien in den folgenden Tagen sehr sachlich und wohlwollend, nur eine Schlagzeile lautete: *Neuer Frankenstein frei*

Die Euphorie war verflogen, die Zeit der großen Fortschritte vorbei, und für Patient GH/JM, den Neuen, begann der Alltag. Es blieb zunächst eine Phase der weiter fortschreitenden Geroisierung des Körpers, auf dessen Brust immer mehr Haare sprossen.

Yvonne von Hutten sprach weiter unbeirrt nur von »meinem Mann Gero« oder dem Maler Gero von Hutten. Trotzig erklärte sie ihm und allen Freunden: »Ich halte mich immer an das Gesicht. Das ist eindeutig. Es bleibt das Eindeutigste, was wir haben. In unserem Gesicht befindet sich der Ort der Subjektivität. Deshalb haben wir doch ein Porträtbild im Ausweis. Er war Gero, ist Gero und wird Gero bleiben!«

Wenn sie ihren Mann beobachtete, fragte sich Geros Ehefrau jedoch: Ist er dümmer geworden oder irgendwie leichtsinniger? Die langsame Josefisierung des Kopfes brach sich Bahn, als er sich ein Rennrad kaufte, obwohl alle warnten, dass es zu gefährlich sei. Yvonne musste ständig an Josef Metzig denken, wie er damals auf der Intensivstation gelegen hatte. Doch Gero kümmerte das nicht, er fuhr immer häufiger, auch in der Nacht, und legte sich in die Kurven, wie es Josef immer geliebt hatte. Nie nahm er einen Schutzhelm mit oder wenigstens Knieschoner. Und wenn das Lenkrad in seinen Händen rüttelte und der Fahrtwind ihm Gänsehaut bereitete, war er so glücklich wie einst der Maler Gero nach einem ersten gelungenen Pinselstrich. Hin und her, auf der Leinwand oder auf der Straße, vielleicht war es wirklich egal, ob jemand ein Lenkrad oder einen Pinsel hielt, wenn derjenige sich dabei so außerordentlich glücklich fühlte. Das wenigstens dachte er.

Nach der Entlassung wurde das Essen für ihn zur Qual, denn er konnte sich nicht auf das verlassen, was seine Augen sahen und seine Zunge schmeckte. Alles, was Gero früher den Mund wässrig gemacht hatte, schien Josef nun zu verachten.

Er erinnerte sich an den Vorfall mit den Ingwerpralinen, aber seitdem hatte Josef Ruhe gegeben. Wohl aus Angst, Gero würde ihn doch noch abstoßen! Doch nun, in Freiheit, wurde er sicherer und übermütiger – er war eben noch jung – und verlangte wieder mehr von Gero!

Eine Ernährungsberaterin von Prometheus, die bei einer Untersuchung von GH/JM einen deutlichen Gewichtsverlust festgestellt hatte, schrieb an die Körpermutter und bat um eine Liste der Lieblingsspeisen des Sohnes Josef Metzig sowie um eine Aufstellung aller Lebensmittel, vor denen er sich geekelt hatte. Dasselbe machte Yvonne von Hutten für ihren Mann. Aufgrund dieser Angaben erstellte die Ernährungsberaterin einen ausgeklügelten Speiseplan, der beiden Geschmäckern entgegenkommen sollte. Die Umstellung zeigte Wirkung. Der Neue nahm zu und fühlte sich besser und gesünder.

Die Invasion der Körperfresser hat begonnen, behauptet
Gero und blickt triumphierend an sich hinunter.
Hast du auch ein Leibgericht?, will Josef wissen. Was
man sich einverleibt, ist man, und zwar beim Essen
wie bei der Liebe. Pass also auf, Gero, leb dich nicht um
Kopf und Kragen und red dich nicht um Leib und
Leben.
Um welches Leben, bitte? Wen soll ich denn verkörpern
mit diesen verdammten Leibschmerzen und körper-
lichen Gelüsten?, fragt Gero zurück.
Die Antwort ist ein fernes Flüstern, das keiner von bei-
den versteht.

Im Juli entschied die Prometheusklinik, den kompletten
Kopffüßler-Zyklus auszustellen und einer breiten Öffentlichkeit zugänglich zu machen. Dazu sollte ein Kunst-
katalog erscheinen. Die Figuren, die Patient GH/JM malte,
hatten sich mit der Zeit verändert. Lena fiel es auf, als sie
mit ihm und seiner Galeristin die Hängung für die Ausstellung besprach. Die Kopffüßler hatten nach und nach
einen Hals und ein rechteckigen Leibansatz bekommen,
sie wuchsen sich langsam aus. Auf einigen Bildern ent-
sprangen dem großen Kopf ein oder zwei kleinere Köpfe,
wie ein bizarrer Karnevalshut. Seine letzten und größten
Bilder ähnelten den Ahnenfiguren der chilenischen Osterinsel, einem der Neuzeit-Weltwunder.

Als Lena den Neuen fragte, ob er diese Veränderung
auch bemerkt hätte, bejahte er das mit seinem charak-
teristischen kurzen Nicken. Er erzählte ihr, dass Geros
Onkel zu seinem fünfzigsten Geburtstag dorthin gereist
war.

»Damals galt dieser kleine Kosmos bei vielen Umwelt-
aktivisten, zu denen er auch gehört hatte, als warnendes
Beispiel für die Entwicklung der Welt und ihren ökolo-

gischen Untergang. Er hat mir damals viele Fotos von seiner Reise gezeigt. Eine dieser Figuren stand sogar auf seinem Schreibtisch. Sie maß höchstens zehn Zentimeter, ein billiges Andenken. Aber sie trug einen rötlichen, steinernen Hut, der unglaublich leicht war und immer herunterfiel, wenn man die Figur in die Hand nahm. Er war nicht aufgeklebt, sondern lag nur auf dem abgeplatteten Schädel. Irgendwann war die Figur verschwunden, und mein Onkel erzählte mir, sie sei auf den Boden gefallen und zerbrochen. Damals fragte ich ihn – ich muss etwa acht Jahre alt gewesen sein –, ob wir zusammen zur Insel reisen und eine neue kaufen könnten. Aber er meinte nur, das müsste ich schon alleine in Angriff nehmen, wenn ich alt genug wäre. Vielleicht werde ich das tatsächlich tun! Wenn ich schon anfange, diese Köpfe zu malen ...«

»Reisepläne zu schmieden, verrückte Träume zu träumen, ist immer gut«, meinte Lena. »Aber natürlich ist es noch zu früh, so etwas anzugehen. Sie brauchen noch ärztliche Betreuung, eine ständige medizinische Kontrolle ...«

»Dann kommen Sie doch einfach mit!«, sagte er unvermittelt und blickte sie herausfordernd an. »Sie sind doch schließlich meine Begleiterin, Lena.«

Es war das erste Mal, dass er sie mit ihrem Vornamen ansprach. Und Lena errötete.

»Aber als Reiseleiterin tauge ich nicht!« Sie lächelte. »Und wenn Sie reisen können, brauchen Sie mich ohnehin nicht mehr ...«

»Ich würde lieber Sie mitnehmen als Gero und Josef. Die können zu Hause bleiben.«

Der Neue kündigte immer öfter an, nicht nur das Kopffüßler-Motiv, sondern das Malen überhaupt aufzugeben.

Und er entdeckte etwas Neues für sich: das Schreiben. Lena ermutigte ihn, seine Gefühle und Sorgen in Worte zu fassen. Er sollte sich nicht nur seinem derzeitigen Befinden widmen, sondern auch seiner Vergangenheit und der Geburt des Neuen.

Je lebhafter und bewusster Erinnerungen waren, desto leibhaftiger wurden sie. Sie formten einen Menschen, seine Persönlichkeit, von der Körpersprache, der Weise, sich zu bewegen, zu lachen und zu sprechen, bis zu seiner Art, die Welt zu sehen. Jeder Mensch war auch seine verkörperte Biografie. Das war Lenas Überzeugung.

In einem schwarzen Notizbuch, das Lena ihm geschenkt hatte, legte der Neue seine Aufzeichnungen nieder und begann Gedichte zu schreiben. Er trug alle möglichen Dinge zusammen, die ihm in den Sinn kamen.

Als Lena ihn zum dritten Mal in Geros Atelier besuchte, sie wollte noch zwei bis drei Bilder für die Ausstellung auswählen, zeigte er ihr die erste Seite des Notizbuchs. *Zwiegespräche* hatte er quer über die erste Seite gekritzelt.

»Der Titel gefällt mir! Wie beginnt der Text?«

»Sie wollen den ersten Satz wissen?«

»Gerne!«

»Es ist ein Roman.«

»Und ist er auch die Hauptperson?«

»Ich weiß es noch nicht …«

»Sie haben schon wieder *Ich* gesagt«, freute sich Lena. »Vielleicht sollten Sie den ersten Satz in diesem Buch ändern: Ich bin ein Roman, klingt noch besser!«

»Ich bin noch ein Traum, und Sie sind es auch!«

»Dann träumen Sie auf jeden Fall weiter, farbenprächtig und geduldig!«

»Möchten Sie etwas von seinen Träumereien erfahren, Lena?«

Sie sah ihn schief an, las aber nichts als Neugier in seinem Blick. »Gerne!«

»Das habe ich gestern geschrieben.« Und er las ihr vor:

Er träumte,
er sei Josef,
der träumte,
er sei Gero,
der träumte,
ich ist der andere.
Wer träumte eigentlich?

Seine Kopffüßlerbilder verkauften sich weiterhin sehr gut, der Sensationsbonus tat seine Wirkung. Die Galeristin Valerie versuchte Gero zu überzeugen, die eingeführte Signatur *GvH* weiter zu verwenden oder wenigstens das durch die Medien bekannt gewordene Kürzel GH/JM. Auch Yvonne war dieser Meinung. Er weigerte sich jedoch weiter standhaft.

Noch aus einem weiteren Grund geriet er mit den beiden Frauen immer wieder in Streit.

»Die Bilder verkaufen sich nicht aufgrund ihrer Qualität besser als früher! Sondern nur, weil du dieser berühmte Patient bist…« Yvonne begann, seine Bilder einfach zu hassen: Die lauten Farben, besonders dieses alles dominierende Blutrot! Sie hasste die Kopffüßler.

»Er ist immer noch Maler!« Er wurde laut und tippte sich mit dem Zeigefinger an die linke Schläfe, mehrmals. Sein alter Stolz brach sich Bahn. »Hier drin ist immer noch Geros Gehirn, verstehst du? Da sitzt noch ein Künstler drin! Ein M A L E R …«

»Umso besser, aber dann widme dich wieder deiner Kunst, Gero! Schluss mit dieser Maltherapie!« Valerie betrachtete den kleinen blauen Kopffüßler. »Gero war ein hoffnungsvoller Maler. Das hier ist das Werk eines pinselnden Studenten! Nichts als Kinderbilder. Und auf längere Sicht wird die Neugier an deinem Schicksal diese Werke nicht mehr aufwerten! Dann sind sie unverkäuflich, also …«

»Kinder sind klug, sehr klug«, unterbrach er sie harsch und wandte sich ab, um nach einigen bedruckten Blättern zu greifen. »Das hier hat Lena, also Doktor Kraft, geschrieben, Druckfahnen für den Katalog zur Ausstellung in der Prometheus-Stiftung.«

»Spielt sie sich jetzt auch noch als deine Galeristin auf? Verschon mich bitte damit!« Valerie konnte es nicht fassen.

Er achtete nicht darauf, sondern begann unbeirrt zu lesen: »Kinder im Alter von zweieinhalb Jahren zeichnen ihre ersten Menschen als einen Kreis, setzen zwei Punkte als Augen hinein und …«

»Das muss ich mir nicht anhören!« Die Galeristin wandte sich zur Tür. »Besinn dich auf deine Stärken, Gero!«

Yvonne hielt sie am Arm. »Geh bitte nicht!« Doch sie sagte es nicht, um einen Streit zwischen Galeristin und Künstler zu vermeiden, sie wollte nicht allein mit ihm im Atelier bleiben. Zum ersten Mal fühlte sie sich in seiner Gegenwart unwohl. Gar bedroht.

Der Mann, der ihnen gegenüberstand, sah zwar noch aus wie Gero. Er hatte seine typischen Locken und dieses Gesicht, das sie so gut kannten. Er besaß den Tonfall des früheren Gero, wenn er auch in einer höheren Stimmlage als früher sprach und dadurch jünger wirkte.

Doch wer war dieses Gegenüber wirklich?

Yvonne hörte nicht mehr auf das, was er vorlas, sondern betrachtete nur noch seine Lippen, die sich schlossen und öffneten. Waren es die gleichen wie zuvor? Sie mussten es sein, doch Yvonne erschien alles an ihm plötzlich fremd. Auch seine Augen. Er hat andere Augen, dachte sie, obwohl Geros schöne basaltgraue Farbe und die etwas schläfrigen Lider geblieben waren. Auch die kleine Narbe entdeckte sie wieder, dort im linken Augenwinkel, die ihm immer etwas Verwegenes gegeben hatte. Sein Blick aber hatte sich verändert. Er war wie ein blinder Spiegel, in dem ihr Mann Gero unsichtbar wurde, jeden Tag ein Stück mehr. Auch sie selbst erkannte sich darin nicht mehr. Das Gesicht ähnelte nur noch dem ihres Mannes.

Wer stand hier vor ihr?

Gero, dann ein Fremder. Kein Bild konnte sie festhalten: Gero, ein Fremder, Gero, ein Fremder. Hin und her sprangen ihre Wahrnehmung und ihre Gefühle. Sie bekam Kopfschmerzen. Gero, ein Fremder, Gero, ein Fremder, Liebe, Abscheu, Liebe, Abscheu. Liebe … Hass.

Das menschliche Gehirn erlebt die Gegenwart in Einheiten von zwei bis drei Sekunden und verknüpft das, was auf diesen Inseln der Gegenwart passiert, zu übergeordneten Wahrnehmungsgestalten, etwa einer Melodie oder einem Wort. Diese kurzen Zeitintervalle sind der Herzschlag des Bewusstseins, der sich willentlich kaum beeinflussen lässt. Deshalb kippt bei Vexierbildern nach etwa drei Sekunden die Perspektive wie von selbst: von innen nach außen, von einem Totenkopf zu einer Landschaft, von einer alten zu einer jungen Frau, von einer Vase zu zwei Profilen. Und sie sah abwechselnd diese zwei Personen: Gero und den Fremden.

Es passierte Yvonne nicht zum ersten Mal, dass sie in diesen Strudel hineingeriet. Ihr Mann war für sie in den letzten Wochen immer häufiger zu einer Kippgestalt mutiert: Josef, Gero, Josef, Gero …

»Jetzt reicht es endgültig«, flüsterte Valerie in Yvonnes

Ohr. »Ruf mich an, wenn man wieder normal mit ihm reden kann.«

In diesem Augenblick verstummte der Vorleser. Seine rechte Hand öffnete sich und die Blätter fielen zu Boden, während sein Arm abrupt in die Höhe schnellte.

Die Galeristin fuhr zusammen, eine Sekunde lang fürchtete jede, dieser Mann würde sie schlagen, weil sie ihm nicht länger zuhören wollten. Doch er verharrte mitten in der Bewegung, die Hand, nun etwa in Kopfhöhe, bizarr verdreht, der Ellbogen einen rechten Winkel bildend. Seine Hände steckten wieder in schwarzen Lederhandschuhen. Sie waren ihr zuvor gar nicht aufgefallen! Doch natürlich trug er sie. Er trug sie immer.

Einmal, zweimal, dreimal, Yvonne zählte mit, um sich wieder zu fassen, zuckte die Extremität und senkte sich dann langsam, bis der Mann mit hängenden, erschlafften Armen mitten im Raum stand.

»Ich gehe!« Valerie verließ hastig das Atelier.

Yvonne widerstand dem Impuls, ihr zu folgen. Gero wirkte nun nicht mehr unheimlich, sondern traurig und elend. Sie konnte ihn in diesem Zustand nicht allein lassen. Als er nun beide Hände zu Fäusten ballte, erinnerte er Yvonne an einen Kriegsversehrten mit schwarz verbundenen Armstümpfen. Als er so hilflos und erschöpft vor ihr stand, war er plötzlich nur noch Gero.

Sie wollte ihn in die Arme nehmen und beruhigen, ihm sagen, dass die Kopffüßler doch nicht so schlecht und ohnehin nur ein Anfang wären. Sie könnten Valerie gemeinsam bitten, einen neuen Text für den Katalog zu verfassen, der treffender und auf jeden Fall klüger wäre, als es dieser Doktor Kraft jemals gelingen könnte, besonders hinsichtlich der künstlerischen Wertung.

Nur sein Kopf, zwang sich Yvonne immer wieder, beachte nur seinen Kopf.

Er streckte ihr fast demütig die Arme entgegen. Die schwarzen ledernen Handflächen zeigten jetzt nach oben.

Doch als Yvonne ihm zwischen seinen ausgestreckten Armen mit den schwarzen Händen so nahe kam, dass sie seinen Brustkorb fast berührte, verursachte sein Geruch ihr Ekel. Es war nicht wie auf ZI-N oder im Krankenhaus. Der ganze Mann roch fremd. Oder war es doch nur der Ledergeruch der schwarzen Handschuhe?

Über vierhundert Substanzen machen einen Körpergeruch aus, diesen ganz persönlichen Duft: Rösenöl ist darin enthalten und chemische Verbindungen, die nach Flieder, Zitrone, Gewürznelken und Zimt riechen. Verursacht wird der persönliche Körpergeruch von Mikroorganismen in der Achselhöhle, und deren genaue Ausprägungen wiederum steuern genetische Faktoren. Und Josefs Gene waren eben andere als Geros Gene, und die Chimärenzellen des Neuen veränderten wieder alles. Alles egal, sie konnte ihn nicht ausstehen, im wahrsten Sinne des Wortes nicht mehr riechen.

Auch Geros Magen krampfte sich zusammen. Es wurde von Mal zu Mal schlimmer. Bisher waren, wenn er in Yvonnes vertrautes Gesicht geblickt hatte, angenehme Erinnerungen in ihm aufgestiegen, doch plötzlich nicht einmal mehr das. Was wollte diese Frau nur von ihm?

Er drückte seine schwarzen Handschuhhände gegen ihre Schulter, um sie sanft auf Distanz zu halten. Doch weil Yvonne ihn fast zeitgleich wegstieß, taumelte sie wie nach einem heftigen Schlag nach hinten und stolperte. Dabei griff sie, um nicht zu fallen, nach der nächsten Staffelei. Das hielt ihren Fall zwar nicht auf, aber verlangsamte ihn wie in Zeitlupe. Auf ihren Beinen ruhte das Kopffüßlerbild, unversehrt. Ihr Schienbein schmerzte, sie blutete.

»Ich hasse diese Bilder«, brachte Yvonne hervor. Sie schleuderte das Bild weit von sich, stieß die umgefallene Staffelei mit einem Fuß aus dem Weg und stand auf. »Und wie ich sie hasse …!«

»Wen? Mich oder die Bilder oder Lena oder alles zusammen?« Er lachte sie nicht an, er lachte sie aus.

Yvonne wurde laut: »Diese Therapiebilder sind lächerlich und schlecht!«

»Lächerlich bist du, seid ihr!« Er klang abfällig. »Lass mich allein, und zwar sofort!«

Yvonne drehte sich wortlos um, während er die weißen Blätter vom Boden aufhob, um weiterzulesen.

»In diesem Fall steht der Kopffüßler«, seine Stimme wurde lauter, »als archaisches …«

Aber sie hatte das Atelier bereits verlassen und hörte schon nicht mehr, wie er wieder einmal mit Josef und Gero stritt.

Yvonne ging in den ersten Stock. Sie dachte an diese schwarzen, fremden Hände, als sie sich im Bad übergeben musste.

Später rief sie Lena an, um sich zu versichern, dass sie nicht verrückt geworden war. Sie schilderte ihr die Szene im Atelier. »Wie ist das mit seinem Geruch, bilde ich mir das nur ein?«

»Sicher nicht«, antworte Lena, »insbesondere Stressfaktoren können einen Körpergeruch stark beeinflussen und verändern, dazu gehört auch eine große Operation, wie er sie erlebt hat.«

Yvonne fragte sich, ob die Medizinerin eigentlich schon seit längerer Zeit aufgehört hatte, die Formulierung »Ihr Mann« zu verwenden. Und warum ihr das bislang nicht aufgefallen war.

Ich pass auf, dass er die Bilder richtig signiert. Josef
sucht eine Signatur. Aber ich sehe nichts, also ist er
auch ein Nichts.
Er hat noch keinen Namen, bedauert Gero. Wie soll er
da seine Werke signieren?
Dann kann er auch nicht beweisen, dass sie von ihm
gemalt sind! Josef kichert böse. Mein Fingerabdruck
hilft ihm jedenfalls nicht weiter.
GH/JM klingt doch nicht schlecht! Gero versucht zu
vermitteln. Ich weiß auch nicht, was er plötzlich gegen
uns hat.
Er ist eben ein Hohlkopf, behauptet Josef.
Gero wird wütend: Wenn einer hohl ist, dann du! Sogar
mehr als hohl. Wo früher dein Verstand saß, regiert
heute ein noch größeres Nichts als bei ihm.
Reg dich nicht auf, beschwichtigt Josef, wir werden
beide noch erleben, ob etwas anderes als Kopffüßler
diesem Kopf entsteigen kann.
Da haben wir eh keine Wahl, wir müssen einfach
abwarten.
Ja, aber wie lange noch? Wie lange können wir es noch
ertragen, abzuwarten?

Plötzlich fielen dem Neuen die Haare aus, eine kreis-
runde kahle Stelle bildete sich an seinem Hinterkopf.

»Alopecia areata«, erklärte der Hautarzt von Prometheus, »eine immunologische Reaktion, ausgelöst durch
Stresshormone. Etwas drei Monate nach einem Stress-
ereignis tritt es auf. Meistens ist es auch Ausdruck von
ambivalenten Gefühlen. Viele Patienten fühlen sich zu
etwas hingezogen und gleichzeitig von ihm abgestoßen.
Meistens sind die Betroffenen allerdings jünger. Wie alt
sind Sie?

»Wahrscheinlich neunzehn, in diesem Fall«, meinte er.

»Und zu den Stichworten *angezogen* und *abgestoßen* kann ich eine sehr lange Liste anbieten, ganz oben stehen Gero und Josef und Yvonne, Geros Frau.«

»Ist etwas Besonderes passiert vor drei Monaten?«

»Ich wurde aus der Klinik entlassen mit einem neuen Körper, aber etwas habe ich zurückgelassen ...«

»Was könnte das sein?«

»Josefs Seele. Und vielleicht auch meine!«

Er vergrub sich den ganzen Tag im Atelier, blieb auch oft über Nacht dort, ein Doppelbett stand schon immer darin. An dem langen Holztisch hatte er einen festen Platz, um die *Zwiegespräche* in dem schwarzen Buch aufzuzeichnen. Er schloss immer die Tür ab.

»Stör uns bitte nicht«, rief er, wenn Yvonne anklopfte.

Weil sie ihn gewähren ließ, blieb der Alltag erträglich, und das bedeutete ihr viel. Yvonne organisierte eine Haushaltshilfe und schirmte ihn ab, so wie er es wollte. Sie reichte die von ihm freigegebenen Kopffüßlerbilder weiter an die Galerie, wo Valerie sie immer noch mit gut gespielter Überzeugung verkaufte.

Es lief nun alles ganz gut, abgesehen davon, dass man ihn kaum noch zu Gesicht bekam.

Er ging regelmäßig zu Kontrolluntersuchungen in die Prometheus-Klinik. Lena traf er nicht, sie reiste, wie Yvonne erfuhr, gerade durch das spätsommerliche England und hielt Vorträge zur WBT. Aber sie war sicher, dass er sie vermisste und an sie dachte, als der Jahrestag der Operation näherrückte.

Yvonne hatte sich irgendwann bei ihrem Mann für den Streit im Atelier entschuldigt und versprochen: »Ich lerne schon noch, mit euch beiden zu leben, mit dir und Josef.«

Und auch er bekräftigte, dass er sich bemühen wolle.

Sie beschlossen, an dem Tag zusammen auszugehen, an dem sich die Körpertransplantation zum ersten Mal jährte.

Weißt du eigentlich, wie lange wir bei Prometheus waren? Gero rechnet. Fast auf den Tag genau neun Monate, wie bei einer ganz normalen Schwangerschaft, wenn aus zweien, einem Mann und einer Frau, ein Kind werden soll.

Neun Monate in der Prometheushöhle oder -hölle, du hast recht, Bruder, pflichtet Josef ihm bei. Aber war das genug, um jemanden aus uns zu machen?

Gero schüttelt den Kopf: Zwei Teile, zwei Namen, zwei Erinnerungen. Zwei Wirklichkeiten, zwei Seinsräume.

Werden wir überleben? Josef wirkt plötzlich nachdenklich.

Du bist doch schon tot, ganz vergessen? Gero muss laut lachen.

Und du bist dem Tod schon einmal von der Schippe gesprungen, kontert Josef. Ein zweites Mal gelingt dir das nicht.

Das werden wir sehen.

Wieso bist du heute so optimistisch?

Weil wir unseren Jahrestag feiern. Unseren Hochzeitstag. Und wir feiern ihn mit ihr.

Ja, mit ihr, sagte Josef. Für Gero klang es sorgenvoll. Fast furchtsam.

Am 22. August – wegen des Schaltjahrs war es ein Mittwoch – besuchten Yvonne und er ein asiatisches Restaurant, das beide immer sehr gemocht hatten. An diesem Abend trug er keine Handschuhe.

Ein hoffnungsvolles Zeichen, dachte Yvonne. Vielleicht wird er nun doch wieder ganz normal. Sie sprachen über die Ausstellung bei Prometheus und Anfragen von interessierten Galeristen aus New York.

Er schwieg oft, sagte selten ja oder nein, wirkte unentschlossen.

Als ihre Hand über den Tisch hinweg seine suchte, ergriff er ihr Handgelenk und schob es behutsam zurück, bis ihre Finger auf seinem Stoffärmel lagen. Josef mochte ihre Hand auf seiner Haut nicht, sie war ihm zu lang und zu kräftig, beinahe grob. Auf dem Ärmel konnte er die Berührung gerade noch ertragen.

Sie saßen zusammen wie ein Paar, das sich gut kennt, aber das auch fühlt, dass es zu Ende geht. Sie waren zu bemüht, zu rücksichtsvoll und viel zu höflich. Zu demonstrativ lachte sie, um diese Fremdheit zu überspielen. Sie trank zu viel und fing an, alte Geschichten zu erzählen, und Gero erinnerte sich und lächelte höflich.

Spürte sie nicht, dachte er, wie viel Konzentration es mich kostet, nicht zu gähnen und ihr zuzuhören. Denn der Neue wollte diese Gero-Geschichten nicht mehr hören. Und auch Josef war genervt von so viel Nostalgie!

Als sie aufbrachen, hakte Yvonne sich bei ihm unter. Vor der Haustür zögerte er, aber sie bemerkte es nicht. Sie gingen hinein und tranken noch etwas. Der Wein stieg ihm zu Kopf, weil er zu schnell und zu viel trank. Er hatte seit seiner OP keinen Sex mehr gehabt, und das tat keinem gut, darin war er sich mit Josef und Gero ausnahmsweise einmal einig. Deshalb wehrte er sich nicht, als Yvonne sich neben ihn setzte und sein Hemd aufzuknöpfen begann.

Sie legte ihre Hand auf seine Haut, betastete sie, erst seinen Bauch, dann den Brustkorb. Langsam fuhren ihren Finger höher, bis an seinen Halsansatz. Sie streichelte seine Narbe und hauchte in sein Ohr: »Sie ist ein Wunder, du lebst!«

Er hielt still, hielt ihre Nähe aus, obwohl er sich unbehaglich fühlte. Er sah Yvonne, die Geros Frau war. Und sie sah dieses Gesicht, sah ihren Mann. So nah waren sie sich seit langem nicht gewesen.

Es ist fast wie früher, dachte sie, als sie ihn vorsichtig auf den Mund küsste, und dieser Moment brachte sie zusammen. Gesicht an Gesicht. Ihre und seine Lippen erinnerten sich, küssten weiter. Sie mit geschlossenen Augen, er mit geöffneten Augen.

»Nur das Gesicht, die Lippen«, flüsterte er zwischen den Küssen, »nur im Gesicht, bitte!«

»Lass uns ins Bett gehen.« Es klang nicht spontan, wie sie es sagte. Jeder ging allein ins Bad, entkleidete sich und stahl sich nackt zurück ins Dunkel des Schlafzimmers. Dann lagen sie nebeneinander, zwanzig Zentimeter Abstand zwischen den Körpern, die einander zugewendet waren. Sie küssten sich und begannen sich vorsichtig zu streicheln. Mit ihrem Körper fühlte Yvonne so viel, der Mann dagegen nichts. Zwischen ihm und ihrem Körper gab es keine Verbindung, sosehr es Gero auch wollte.

Es erging dem einjährigen Neuen wie einem Roboter, der die Farbe Rot über die Wellenlänge von 650 Nanometer definiert. Er erkennt sie als solche, aber diese Information hinterlässt keine Spur des Erlebens. Keine Gedanken an Feuer, Liebe und Revolution, Blut und Zorn. Keine Erinnerung an ein rotes Kleid oder einen Sonnenuntergang, keinen Geschmack einer roten Frucht auf der Zunge, keinen roten Rosenduft.

Und wenn er die Augen schloss, fühlte sie sich noch fremder an.

Yvonnes Hände streichelten ihn jetzt, erkundeten seinen Körper, den sie so schön fand, aber er reagierte nicht. Keine Gänsehaut. Keine Erregung.

Gero fühlte sich hilflos und versuchte etwas anderes,

roch an ihrem Hals. Doch ihr Geruch und das Parfüm, das er ihr einmal geschenkt hatte, erinnerten ihn an etwas, das weit entfernt war, unerreichbar. Eine große Traurigkeit überkam ihn.

Und dann waren ihre Hände plötzlich überall. Wie ein lästiger Schwarm Fliegen, der sich auf Josef gestürzt hatte. Er schüttelte sie ab. Sie drängte sich an ihn, aber er rutschte weg und drehte sich zur Seite: »Es geht nicht! Wir machen uns etwas vor!«

»Warte! Hab Geduld, nach so vielen Monaten und diesem großen Eingriff! Da klappt es beim ersten Mal nicht! Wir sind zu aufgeregt, wie Teenager. Nicht wahr? Ja, es ist fast wie beim ersten Mal!« Sie kicherte, es klang peinlich und falsch.

»Es ist etwas anderes«, stieß er hervor. »Es ist ja nicht so, dass Gero dich jetzt nicht lieben will oder dass er es nicht kann! Dieser Körper kann dich nicht lieben.«

Er verriet ihr nicht, dass er ihre Nähe nur so lange aushielt, wie er sie sah – deshalb schloss er seine Augen nicht. Nur so konnte der Gerokopf den Josefkörper überhaupt in Schach halten.

»Es ist traurig.« Er wälzte sich auf die Seite. »Lass mich schlafen«, murmelte er irgendwann und schloss endlich die Augen. »Ich habe zu viel getrunken, der Wein hat mich müde gemacht.«

Yvonne sah das rote Ypsilon in seinem Nacken. Sie berührte den Körper nicht mehr, nur seine Wange streichelte sie so vorsichtig wie damals, als er das Halo-Gestell trug und sie durch die Stäbe greifen musste.

»Das ist gut«, murmelte er, »nur das Gesicht!«

Sanfter war sein Gesicht geworden, alles Harte, Kantige war wie abgeschliffen. Selbst die Bartstoppeln fühlten sich weicher an als früher. Sie streichelte ihn, bis sie seine regelmäßigen Atemzüge vernahm.

Yvonne starrte an die Decke und begriff, dass er recht hatte: Manchmal kam einem die Liebe einfach abhanden. Dabei fand sie ihn schöner als früher, begehrte diesen Körper. Aber es war ein kaltes Begehren, als ob sie sich einen Callboy hielt. Sie hatte sich inzwischen an ihn gewöhnt, auch an seinen neuen Geruch. Wie schon in einigen Nächten zuvor, roch sie nun an ihm wie ein Tier, das Witterung aufnimmt. Ihre Nase wanderte einen Zentimeter über seiner Haut entlang: von unten nach oben, die Wirbelsäule entlang und über die Narbe bis zum Haar, wo er plötzlich wieder ganz der alte Gero wurde. Sie schämte sich nicht mehr, wenn sie genau das erregend fand. Sie küsste sanft den Kopf ihres Mannes und den Leib des schönen Josef, die beide träumten, und empfand dabei fast so etwas wie Glück. Schließlich schlief sie neben ihnen ein.

Nachts schrie er oft im Schlaf, auch in dieser Nacht.

»Der Kopffüßler ist blau, Lena!«, rief er

Yvonne wachte davon auf und ihr Magen verkrampfte sich. Wieder hatte er nicht ihren, sondern diesen anderen Namen gerufen.

Schlaftrunken sah sie den schönen Josefkörper und den Gerokopf neben sich liegen, ruhig und entspannt, und schöpfte wieder Hoffnung: Das Wichtigste war doch, dass er wieder malte, und er würde auch wieder anders malen und sich entwickeln und verändern, und dann konnte sie ihn endlich vollständig lieben. Diese Lena war fort, und sie war hier, sie war für ihn da. Was sollte ihnen da noch geschehen?

Sie legte ihre Arme um seine Brust, umfing ihn, war ihm endlich nah, dem ganzen Mann. Ihre Knie ruhten in seinen Kniekehlen, ihren Bauch hatte sie gegen seinen Rücken gepresst, und er wehrte sich nicht. Denn er schlief so fest, dass er sie nicht spüren konnte.

Wir brauchen noch Zeit, dachte sie, viel mehr Zeit. Ein Jahr ist so schnell vergangen. Und wir sind doch schon so weit gekommen, vom Leben in den Tod und wieder zurück. Weiter kann niemand gehen.

Und wir haben alle Zeit der Welt.

Als sie am Morgen um neun Uhr aufwachte, lag sie allein im Bett. Er war schon wieder in seinem Atelier.

Sie erinnerte sich, dass heute ein besonderer Tag war. Das lähmende Gefühl kehrte zurück.

Es war der Tag, für den Josefs Mutter ihren Besuch angekündigt hatte.

Voicerecording-Protokoll des Gesprächs mit Kara Metzig
Es war kein gutes Jahr.

Dieses erste Jahr ohne Josef, ohne seinen Besuch.

Ich habe viel von meinem Sohn geredet.

Meine Freundinnen schüttelten den Kopf und sagten, du sprichst über ihn, als ob er noch lebte.

Sie wussten nicht, wie recht sie hatten.

Wenn ein Foto verspätet eintraf, dachte ich sofort, etwas ist passiert.

Es war kein Trost, sondern schrecklich, an diesen fernen Sohn zu denken.

Weil er nicht wirklich tot war, aber trotzdem auch nicht da war.

Zu seinem neunzehnten Geburtstag habe ich ihm heimlich etwas geschickt.

Seine Lieblingspralinen aus Ingwer.

Und einmal bin ich zu seinem Wohnhaus in Gemberg gelaufen.

Einfach gewartet habe ich dort, auf der anderen Straßenseite.

Aber er kam den ganzen Tag nicht heraus. Und ich habe mich nicht getraut, hinüberzugehen.

Das war kurz nach seiner Entlassung aus der Klinik.

Damals standen wieder diese schrecklichen Artikel über ihn in der Zeitung.

Ich wollte ihn sehen, ihm beistehen.

Immer habe ich zu meinem Sohn gestanden.

Vier Wochen vor dem Jahrestag habe ich es nicht mehr ausgehalten und Yvonne angerufen. Jetzt oder nie, habe ich mir gesagt.

Sie zeigte Verständnis und versprach, mit ihm zu reden.

Und dann rief sie zurück, um mitzuteilen, dass ich kommen kann, einen Tag nach dem Jubiläum.

Ich weiß nicht, ob es ihr wirklich recht war. Oder ob es sein Wunsch war, mich einzuladen.

Und ich habe die Tage gezählt und mir vorgestellt, wie es sein wird, Josef leibhaftig wiederzusehen.

Und dann ist es passiert.

Am Sonntag, einige Tage vor dem Treffen, stand Rita vor meiner Haustür.

Und dadurch änderte sich alles.

Seit Josefs Beerdigung und ihrem schnellen Aufbruch nach Amerika hatte Rita Simon das Gefühl nie verlassen, dass etwas noch nicht zu Ende gebracht war. Hals über Kopf hatte sie damals das Nötigste zusammengepackt, sich nicht richtig von Josefs Mutter verabschiedet und ihr in diesem Jahr niemals geschrieben, obwohl sie es sich des Öfteren vorgenommen hatte. Sie war zurückgekommen, um sich endgültig von Josef zu verabschieden. Um etwas loszuwerden, was immer noch auf ihr lastete. Vielleicht dieses Schuldgefühl, doch mitverantwortlich für seinen Tod zu sein. Und außerdem hatte sie in Los Angeles drei Monate zuvor einen Mann kennengelernt, der Josef ähnlich sah und der versprochen hatte, auf sie zu warten. Denn er hatte gespürt, dass etwas aus der Vergangenheit diese Frau, in die er sich verliebt hatte, unerreichbar machte und dass sie diese Reise angehen musste, um neu beginnen zu können.

Rita wohnte in Gemberg bei einer alten Studienkollegin. Am Sonntag, dem 19. August, fuhr sie mit dem Zug in den kleinen Ort, in dem Kara Metzig wohnte. Sie hatte sich nicht angekündigt, um keine Ausflüchte zu riskieren. Rita wollte unbedingt mit Josefs Mutter reden und sich mit ihr am Jahrestag der Beerdigung treffen, auf dem Gedenkhof des Prometheus-Campus.

Als sie unten stand, verließ gerade jemand das Haus und ließ Rita eintreten, sodass sie schließlich an der Wohnungstür von Kara Metzig klingelte.

Josefs Mutter hatte ihre Nachbarin erwartet und war umso erstaunter, die alte Freundin ihres Sohnes zu sehen. Ein überschwängliches Willkommen hatte Rita nicht erwartet, aber ein wenig Freude schon. Wenigstens einen Ausruf wie »welche Überraschung«. Doch Kara Metzig starrte sie nur entsetzt an und blieb stumm in der Tür stehen, unbeweglich wie ein Hindernis, an dem kein Vorbeikommen war.

»Hallo! Ich bin für ein paar Wochen zurück aus Amerika. Darf ich einen Augenblick reinkommen?«, fragte Rita schließlich vorsichtig.

»Es ist unordentlich im Haus.«

»Das stört mich nicht.«

Kara Metzig nickte langsam und schien etwas gelöster. »Also gut, kommen Sie rein. Falls Sie sich frisch machen wollen, dahinten ist das Badezimmer!« Hektisch deutete sie auf eine Tür, als Rita in den Flur trat.

»Das ist nicht nötig, danke.«

»Ich gehe schon mal vor. Räume noch kurz auf. Einen Moment noch!«

Kara ließ Rita stehen und rannte fast ins Wohnzimmer.

Rita sah sich um und runzelte die Stirn. Unordentlich, hier? Das war ein Witz!

Langsam folgte sie Kara ins Wohnzimmer und sah, dass diese ein paar Zeitungen auf dem Couchtisch übereinanderstapelte. Der Rest des Zimmers war wie geleckt, fast ungemütlich aufgeräumt.

Wie ertappt fuhr Kara herum. »Möchten Sie etwas trinken?«

»Wir haben uns früher geduzt«, sagte Rita. »Bleiben wir dabei?«

»Natürlich, ja … Es ist nur so lange her. Ein ganzes Jahr. Entschuldigung, aber ich bin sehr überrascht …«

»Es sollte auch eine Überraschung sein. Einen Tee nehme ich gerne.«

Während Rita im Wohnzimmer wartete, betrachtete sie die alten Fotos von Josef im Regal. Und es waren gute Erinnerungen, die in ihr aufstiegen. Hier tat es weniger weh, an ihn zu denken. Sie schlug ein Bein über das andere und stieß dabei mit dem Knie an den Couchtisch. Der Zeitungsstapel verrutschte, und Fotoecken war zu sehen. Sie begriff, dass Josefs Mutter etwas vor ihr versteckt haben musste. Und dass sie deshalb regelrecht panisch vor ihr ins Wohnzimmer gelaufen war. Dasselbe komische Gefühl wie bei der Beerdigung wallte in Rita auf. Ihr wurde übel, aber trotzdem griff sie nach den glänzenden Ecken und zog zwei Fotos heraus.

Das erste war das Ganzkörperfoto eines Mannes. Er war nur mit Boxershorts bekleidet. Eine hässliche Narbe zierte seinen Hals. Er schien sich in einem Krankenhaus zu befinden. Sie kannte ihn nicht. Rita nahm den nächsten Abzug und erkannte den gleichen Mann, nun mit längerem Haar und zivil gekleidet, doch noch immer mit einem eigentümlich durchdringenden Blick.

Rita legte das Foto beiseite und wartete auf den Tee.

Tassen klapperten in der Küche. Dann nahm sie wieder das erste Bild in die linke Hand und strich mit ihren rechten Fingerkuppen kopfschüttelnd und fast zärtlich über den Körper des Mannes. Konnte es tatsächlich sein? Kannte sie diesen Körper. Aber das Gesicht war ihr fremd, da war sie sich ganz sicher.

Ihr Mund wurde trocken. Ekelhaft.

Das war doch nicht möglich. Diese Narbe.

Doch sie kannte diesen Körper!

Nur den Kopf, den hatte sie noch nie gesehen!

Ihre Lippen zitterten, als sie das Foto umdrehte und die Beschriftung las:

Patient GH/JM. Bereits am 22. August dieses Jahres wurde in der Gemberger Prometheusklinik erfolgreich ein menschlicher Kopf transplantiert. Die Körperspende stammte von dem hirntoten Studenten JM (18), der Körperempfänger GH (32) war Überlebender eines schweren Autounfalls und hatte lebensbedrohliche Verletzungen erlitten.

Sie verspürte einen Schmerz, als hätte ihr jemand die Faust in den Magen gerammt.

Der hirntote Student JM.

Kalter Schweiß trat auf ihre Stirn.

Nicht ohnmächtig werden, befahl sie sich.

Sie blickte auf den Körper. Auf die Narbe.

Und sie begriff alles.

Begriff, warum die Atmosphäre auf der Beerdigung ihr so merkwürdig erschienen war. Warum alles nach dem Unfall so ungewöhnlich verlaufen war. Über zwei Wochen waren von der Hirntodfeststellung bis zur Beerdigung vergangen. Ständig hatte sie bei Josefs Mutter angerufen und gefragt, für wann die Beerdigung angesetzt war und wo sie stattfinden würde. Sie hatte keine befriedigenden Antworten bekommen, war vertröstet worden.

Und belogen. Von allen belogen.

Sie würden noch nach den passenden Empfängern für Josefs Organe suchen, hatte auch diese Ärztin behauptet, der sie sich anvertraut hatte. Und da man viele Organe nutzen wollte, dauerte es eben länger, alles zu koordinieren. So hatten alle sie hingehalten, und sie hatte es geglaubt, obwohl sie hätte misstrauisch sein müssen. Aber sie war einfach zu schwach gewesen. Gerade dieser Lena-Maria Kraft, Rita fiel der Name wieder ein, hatte sie vorbehaltlos Glauben geschenkt. Sie war aber nicht besser gewesen als die anderen. Auch Dr. Kraft hatte den Mund gehalten und ermöglicht, dass ihr der Freund geraubt wurde. Vermutlich war sie selbst daran beteiligt gewesen. Vermutlich sollte es ihr medizinisches Meisterstück werden.

Kara brachte den Tee und sah sofort die Bilder.

»Was ist das?« Rita konnte kaum sprechen.

Kara wandte sich ab.

»Was ist das?«, wiederholte Rita. Dann schrie sie auf: »Sprich mit mir! Erklär es mir, verdammt noch mal!«

»Verzeih mir! Ich habe es doch nur gut gemeint!« Kara stellte das Tablett mit dem Geschirr ab und fragte hilflos: »Eine Tasse Tee?«

»Nein, ich will keinen Tee! Ich will wissen, was das zu bedeuten hat!«

»Ich kann alles erklären. Doch … Du hast mir leidgetan, damals und … Aber …«

»Kein Aber! Wenn ich dir damals wirklich leidgetan habe, wie ist es dann heute? Tu ich dir immer noch leid?«

Josefs Mutter nickte.

»Dann beweis es endlich und erzähle mir alles! Über

ihn.« Sie zeigt auf das Foto von Patient GH/JM. »Ich will alles wissen!«

Und Kara Metzig setzte sich Rita gegenüber und erzählte ihr die ganze Geschichte und zeigte ihr alle gesammelten Zeitungsartikel über die erste Körperspende der Welt.

»Hast du in Amerika denn nichts darüber gelesen?«

»Ich habe mich nicht dafür interessiert. Es hatte doch nichts mit mir zu tun. Ich musste mich einleben, da hast du andere Sorgen!«

Kara erzählte weiter, und geduldig beantwortete sie alle Fragen von Josefs Freundin, die das alles nur schwer begreifen konnte und immer wieder nachhakte, jedes Detail erfahren wollte.

Rita verlangte seine Adresse, sie wollte ihn allein aufsuchen.

»Sollen wir nicht lieber zusammen hingehen?«, schlug Josefs Mutter vor und erzählte von ihrer Verabredung in vier Tagen.

»Nein.« Rita war erneut wütend. »Ich gehe allein. Das bist du mir schuldig! Nach einem Jahr der Lügen! Dieses Mal gehe ich voraus!«

Kara seufzte. Sie schwieg lange, und schließlich trat sie ihren Besuchstermin an Rita ab.

»In vier Tagen werde ich ihn wiedersehen«, murmelte Rita, und als sie aufblickte, hatte sie Tränen in den Augen.

»Ich werde ihn wiedersehen!«

Es klingelte eine Stunde früher als erwartet, Yvonne von Hutten war noch nicht wieder zu Hause. Deshalb öffnete er und blickte in das Gesicht einer fremden Frau mit kurzen schwarzen Haaren. Sie hatte sehr blaue Augen, die weit aufgerissen waren und ihn entgeistert anblickten.

»Ja, bitte?«, murmelte er.

Die Fremde starrte ihn nur weiter an.

»Zu wem möchten Sie denn?« Er wurde lauter: »Kennen wir uns?«

»Ich kenne Sie nicht, aber ich kenne Josef. Josef Metzig. Ich bin seine Freundin. Rita Simon.«

Er wurde bleich. Von der Freundin des Körperspenders hatte Yvonne einmal erzählt, jetzt erinnerte er sich auch an diesen Namen: Rita Simon. Aber war sie nicht ausgewandert? Dass sie hier stand, schien völlig unmöglich. Und gleichzeitig erschreckte es ihn nicht. So als wäre es das Normalste auf der Welt. So als hätte er die ganze Zeit darauf gewartet. Und nicht nur er – als hätten sie alle darauf gewartet.

»Eigentlich wollte Josefs Mutter kommen«, etwas anderes fiel ihm nicht ein.

»Ich bin an ihrer Stelle hier. Darf ich hereinkommen?«

Rita war fordernd, und sie war attraktiv, bemerkte er. Er ließ sie wortlos herein. Sie streifte seinen Körper, als sie wie ein verschrecktes Kind ins Haus schlüpfte, noch bevor er die Tür richtig geöffnet hatte.

Rita hatte sich vorher nicht wirklich überlegt, was sie tun oder sagen wollte. Jetzt verspürte sie nur den Drang, ihn anzusehen. Sie beobachtete, wie Josefs Hände die Tür schlossen. Wie Josef vor ihr herschritt, mit diesem schönen Gang, den sie immer so gemocht hatte. Sie bemerkte die Farbflecke auf der Hose.

»Du bist … Sie sind jetzt also Maler?«

»Ja, aber …«

»Darf ich die Bilder sehen?«

»Ja«, sagte er, ohne zu begreifen, was er da tat. Dann ergriff er die Hand dieser fremden Frau, und es war wunderbar.

Seit der Berührung an der Tür hatte Josef sich das

gewünscht, ihre Hand zu halten. Wie ein verliebtes Paar wirkten sie, als sie Hand in Hand schweigend in sein Atelier gingen. Es war ein betäubend schönes Gefühl.

Rita sah sich um und musterte die Kopffüßlerbilder, die überall herumstanden, in allen Farben und Größen.

»Ich habe es erst vor zwei Tagen erfahren …«

»Was denn?«

»… dass Sie auch Josef sind.«

Sie nahm seine rechte Hand und küsste den Handrücken, presste die Hand an ihren Mund und in ihr Gesicht, während ihr Tränen über die Wangen liefen.

»Geht es dir gut, Josef?«, fragte sie. »Sicher hast du mich vermisst.«

Er antwortete nicht, aber hielt still und ließ alles mit sich machen.

Sie wusste genau, wie sie Josef berühren musste, und es war so einfach wie beim allerersten Mal, ihn zu lieben.

Sie zog die Bettdecke auf den Boden, die Kissen fielen herunter.

»Nicht der Kopf«, bat er. »Bitte nicht das Gesicht küssen!«

Sie verstand. Rita ergriff ein kleines Kissen, riss den Bezug herunter und stülpte ihn über Geros Kopf. Er sollte sie nicht sehen, sie wollte sein Gesicht nicht sehen.

Jetzt war er tatsächlich nur noch Josef, den sie so geliebt und vermisst hatte. Und er hatte sich auch nach ihr verzehrt, das spürte sie genau. Und während sie, Brust an Brust gedrückt, auf ihm saß und seinen Oberkörper immer fester umschlang, liebten sie sich wie früher, so als seien sie nie getrennt gewesen.

In diesem Augenblick betrat Yvonne von Hutten den Raum. Sie stand da, unfähig, sich zu bewegen. Sie starrte auf zwei Nackte, eine Frau und einen Mann, die eine Bettdecke auf dem Boden ausgebreitet hatten und sich innig umarmten. Yvonne kannte diese Frau. Auf der Beerdigung hatte Kara ihr die Freundin des Spenders gezeigt. Sie war unverwechselbar, mit diesen schwarzen Stoppelhaaren. Diese Frau, die Yvonne von ihrem Mann zerren und hinauswerfen wollte. Aber stattdessen stand sie nur da. Blickte auf den Mann.

Ein Kissenbezug war über seinen Kopf gezogen. Wie ein Gefangener vor der Hinrichtung sah er aus. Ein schreckliches Bild. Jemand wird zum Schafott gefahren. Sack über den Kopf! Kopf ab! Jemand wird gefoltert! Sack über den Kopf. Trotzdem sind die Schreie noch zu hören, wenn auch gedämpft.

Sie wollte nicht, aber sie musste ihnen zusehen. Hörte Geros hektischen Atem. Der dünne Stoff flatterte vor seinem Mund, wurde wieder angesaugt und flatterte erneut. Erst jetzt handelte Yvonne, schlich rückwärts, vorsichtig, wollte nur noch hinaus. Sie war sich nicht sicher, ob die beiden sie überhaupt bemerkt hatten.

Rita Simon blickte ihr nach.

Sie war es also, die Frau, die auf Josefs Beerdigung mit der Ärztin getuschelt hatte. Rita keuchte, immer lustvoller und wütender, als die andere das Zimmer bereits verlassen hatte. Sie hasste diese Frau, die ihr Josef hatte wegnehmen wollen.

Doch es war ihr nicht gelungen.

Sie hatte ihn zurück.

Josef gehörte ihr allein.

Yvonne rief sofort Kara Metzig an: »Haben Sie seine Freundin hierher geschickt?«

»Sie wollte ihn unbedingt sehen! Das konnte ich ihr doch nicht verbieten! Ich konnte es nicht!«

»Rita ist bei meinem Mann! Nicht nur im Atelier, sondern auch im Bett.«

»Das ist nicht Ihr Ernst!«

»Dann kommen Sie und schauen Sie nach.«

Kara Metzig stöhnte auf. »Nein! Sie wollte ihn doch nur ansehen. Josef wiedersehen, nach einem Jahr. Ich hatte ja keine Ahnung, dass…«

»Sie betrügt mich mit meinem Mann!«, schrie Yvonne ins Telefon.

»Nein«, Kara war jetzt ganz ruhig. »Sie betrügt niemanden, sie liebt Josef. Sie war ihm ein Jahr lang treu! Sie ist ihm immer noch treu.«

»Aber…«

»Verstehen Sie endlich, dass er nicht nur Gero ist? Dass er viel mehr ist? Mehr als wir alle ahnen?« Kara Metzig unterbrach das Gespräch.

Es stimmt, sie hat ja recht, es ist nicht mein Mann, der mich betrügt, sagte sich Yvonne immer wieder. Es ist nur Josefs Körper.

Doch sie zitterte aus Schmach und vor Wut, dass dieses dürre Flittchen sich hier in ihrem Haus mit Josef vergnügte. Klar, dass er sie Yvonne vorzog.

Aber es war ja nicht Gero, sondern Josef, der für dieses Chaos sorgte, nicht wahr?

Josef war das Problem!

Schuld war nur Josef und nicht Gero, nur Josef!

Er verdarb alles!

Nur dieser Josef!

Zum Teufel mit ihm und mit seiner Freundin!

Nachdem sie den ersten Schock überwunden und sich beruhigt hatte, ging Yvonne zurück und lauschte an der Ateliertür, aber nun war es still. Sie hockte sich davor und wartete, ohne zu wissen, worauf. Die kalte Leere, die sich in ihr ausbreitete, tat überraschend gut. Denn sie brach diese bleierne Starre auf, die in letzter Zeit ihr Leben bestimmt hatte. Sie hatte Tränen in den Augen, weil sie Gero und seine Berührungen so vermisste und diesen Mann, ihren Mann, immer noch wollte. Aber sie ahnte, dass es dafür zu spät war. Sie würde ihn niemals mehr zurückbekommen.

Er ist nicht bei diesem Unfall gestorben, dachte sie, das hat erst die Operation geschafft, ihn zu töten. Das hätte ich wissen müssen, bevor ich mich auf das alles eingelassen habe.

»Identität entwickelt sich in einem Subjekt, aber auch intersubjektiv, zwischen den Menschen. Und dazu gehört auch eine sexuelle Beziehung.« Diesen Satz von Lena hatte sie noch genau im Ohr. Damals, als sie der Ärztin erzählt hatte, dass sie nicht mehr mit Gero schlafen würde. »Sie sollten sich damit arrangieren«, hatte Doktor Kraft ihr geraten, »wenn Sie sich nicht trennen wollen. Nach so einem großen Eingriff passiert das häufiger!«

Vielleicht, dachte Yvonne plötzlich, war es einfach gut, dass überhaupt etwas passierte. Gleichgültig, wie verletzend es war. Vielleicht würde jetzt klarer werden, wie es weitergehen sollte, mir ihr und mit ihm, der sie gerade da drinnen so schändlich hintergangen hatte.

Yvonne presste das Ohr an die Tür und meinte, ein ruhiges Atmen zu vernehmen. Sie wurde blass, als sie sich vorstellte, dass die beiden glücklich und erschöpft eingeschlafen waren, Arm in Arm.

Plötzlich sprang sie auf und trat gegen die Tür. Keine Antwort. Sie rüttelte an der Tür, drückte die Klinke und war überrascht, dass nicht abgeschlossen war. Sie mussten doch inzwischen bemerkt haben, dass Yvonne nach Hause gekommen war.

Aber weder Gero noch Rita waren zu sehen. Nur Kopffüßler, die sich um das zerwühlte Bett gruppierten wie Wächter um eine heilige Stätte.

Brief des Patienten GH/JM an Doktor Kraft
Copyright: Archiv der Promtheus-Stiftung

Verehrte Frau Professor Kraft und liebe Tranplantations-
begleiterin!

Sicher haben Sie erfahren, dass Rita Simon mich, genauer
Josef heimgesucht hat. An diesem Mann, der Ihnen schreibt,
hängen also inzwischen zwei Frauen. Da sollen einem Leib
und Leben nicht schwer werden? Die eine ist die Kopffrau,
die andere die Körperfrau. Und dazu kommen noch Sie, die
Dritte im Bunde, die sich an ihm vergeht. Bisher rein wissen-
schaftlich, leider! Und leider immer seltener.
Vielleicht sollte ich Sie per Kontaktanzeige zu erreichen versuchen.
Leibherr sucht Leibherrin! Will you still love me when my
head goes off?
Würden Sie sich melden? Ich hoffe es.
Zwei Leibeigene hat er schon: Gero war als Erster hier, er-
ledigte die Denkarbeit. Dann arbeitete sich Josef langsam
hoch und durchbrach die Blut-Hirn-Schranke mit seinen
hormonellen Geheimwaffen bei jedem Beischlaf. Aber ich,
den Sie den Neuen nennen, habe die zwei noch nicht wirklich gebändigt. Manchmal denken die Herren allein, gegen
mich oder jeder für sich. Und wenn der da unten mitdenkt
oder der da oben dagegen denkt, wird es kompliziert und
heftig. Besonders in Liebesdingen. Gerade handelt Josef so
kopflos, dass er dauernd mit Rita ins Bett stolpert, regelrecht willenlos. Nun gut, ich kann es ihm nicht verdenken, sie
hat einiges zu bieten.
Aber verzeihen Sie, wollen Sie das hören?
Yvonne dagegen rührt er nicht an, und Gero ist liebesmäßig
immer kotzübel. Und er sieht sich das alles an. Zwei Seelen
wohnen, ach, in seiner Brust! Wenn es doch wenigstens so

wäre! Dann könnte ich, der zukünftige Leibherr, nach Belieben durch meine zwei Seelenprogramme schalten und Spaß haben, mal mit Yvonne, ein anderes Mal mit Rita, oder beide ausschalten und Kraft-Training machen zur Seelenertüchtigung. Besitze ich eine Seelenkraft? Als Neurologin haben Sie das Wort Seele sicher schon lange beerdigt, aber das war ein Fehler: Zwar wurden Gero und Josef je zur Hälfte verbrannt, aber die Seelen der beiden sind unsterblich und spuken in mir herum. Rita kennt alle Horrorfilme. Und Sie, Doktor Kraft? Oder darf ich endlich Lena sagen? Ein schöner Name!

Maybe you will love me when my head does not go off?

Das ist kein Witz, denn ich bin ver-lieb-leibt. Das ist ein neues, aber sehr passendes Wort! So etwas mögen Sie doch?

Also raten Sie mal, an wen ich ständig denken muss?

Und wenn ich jetzt mit dem Namen unterschreibe, mit dem Sie mich manchmal rufen, bemerken Sie hoffentlich den Doppelsinn, weil auch das passende besitzanzeigende Fürwort davorsteht.

Melden Sie sich, Lena!

Das erhofft sich
Ihr Neuer oder der Leibhaftige

Lena las den Brief mehrmals. Dann schmunzelte sie. Wie lange war es her, dass ihr ein Mann gestanden hatte, an sie zu denken? Dass sie ihm gefiel? Der letzte war Rothoff gewesen, und mit dem hatte sie seit Wochen kein Wort mehr gewechselt.

Der Neue hatte sogar Humor, ihr Patient GH/JM, das war ihr noch gar nicht aufgefallen. Und was er schrieb, berührte sie. Wenn sie sich auch nicht darüber im Klaren war, auf welche Weise.

Eigentlich mussten alle Briefwechsel im Archiv der

Prometheus-Stiftung abgelegt werden. Lena überlegte, ob sie dieses Mal eine Ausnahme machen sollte. Sie wollte ein solch persönliches Stück eigentlich nicht zu den Akten nehmen. Andererseits dokumentierte es sehr gut die Entwicklung des Patienten.

Das »Er« hatte »Gero und Josef« inzwischen fast vollständig abgelöst, und das »Ich« war weiter auf dem Vormarsch. Seit einiger Zeit führte der Patient auf ihre Anweisung hin pro Tag eine sogenannte Ich-Zählung durch, zum einen in seinen Texten, die er in der schwarzen Kladde notierte, zum anderen auch für seine verbalen Äußerungen. An einem speziellen Kleincomputer in Armbanduhrgröße musste der Patient GH/JM bei jedem »Ich« einen Knopf betätigen. Die Daten wurden täglich an Prometheus gesandt. Diese bewusste Wahrnehmung der Aussage »Ich« sollte die noch in Entstehung begriffene Person weiter stabilisieren und den Neuen dazu erziehen, dieses »Ich« ganz bewusst zu verwenden. Seit dem Beginn der Zählung hatte sich seine tägliche Ich-Quote mehr als verdoppelt, ein vielversprechendes Ergebnis.

Lena streifte ihre Haare aus der Stirn. Sie musste den Brief zu den Akten nehmen. Es war wohl besser, sie hielt sich an die Regeln.

Wenn auch nicht ganz, entschied sie mit einem Lächeln. Sie kopierte die drei von Hand beschriebenen Seiten. Das Original würde sie selbst behalten.

Der Brief war ihr zu wertvoll.

Lasst uns das Spiel noch einmal spielen, schlägt er vor.
Meinst du das Kopf-und-Kragen-Spiel?, fragen Josef und Gero.
Genau, ihr beginnt und ich ergänze.
Körperöffnungen ... Leibeshöhlen
Körperertüchtigung ... Leibesübungen

Kopfnüsse ... Er muss zum ersten Mal überlegen ...
Leibesfrucht
Körpersprache ... Mir fällt nichts ein.
Jetzt fängst du an und wir ergänzen.
Leibeswohl ... Körpergefühl
Leibschmerzen ... Kopfweh
Leibhaftig ... kopflos
Leibspeise ... Wir haben nichts.
Wieder ein Kopf-an-Kopf-Rennen.
Nein, widerspricht er ihnen, ein Kampf um Leib und
Leben.

Sperrzone stand plötzlich auf der Tür des Ateliers. In großen Druckbuchstaben, mit weißer Farbe auf die Holztür gepinselt. Die anderen hatten ab sofort keinen Zutritt mehr: Weder Yvonne, Lena noch Gero und Josef kamen über die Schwelle.

Sperrzone: Das Wort war ein Bann.

Hier war fortan allein sein Reich, sein Gehege. Nur Rita durfte noch hinein und sich ihm nähern, aber dafür umso heftiger und immer regelmäßiger.

Er malte kaum noch. Die Kopffüßler hatten ihre Schuldigkeit getan. Sie waren noch wichtig, aber bald würden sie für immer verschwinden. Das spürte er. Seine Malwerkstatt verwandelte sich zusehends in ein Labor. Es war von einer etwas anderen Art als das Lenas, aber auch in seiner geheimen Werkstatt entstand Neues.

Für seine Neuschöpfungen benutzte er einige alte Instrumente aus dem zwanzigsten Jahrhundert, die ihm sein Onkel, dieser Hobbyfotograf, der zur Osterinsel gereist war, vererbt hatte. Das wertvollste Stück war der Fotoapparat mit einem kabellosen Fernauslöser: Eine Mittelformat-Kamera der Marke Hasselblad, eine der Besten ihrer Art. Die Filme, die Gero benötigte, lieferte nur noch ein Unternehmen auf der Welt, es war in der Schweiz angesiedelt. Für den angrenzenden Abstellraum hatte er schon vor einiger Zeit ein komplettes Fotolabor zusammengekauft. Er fertigte dort seine eigenen Abzüge von den 6 mal 6 Zentimeter großen Schwarzweiß-Negativen, die wunderbare, gestochen scharfe Vergrößerungen lieferten. Auch eine Studio-Blitzanlage mit einem eigenen Generator und diversen Leuchten und Reflektorschirmen gehörte zur alten Fotoausrüstung.

An der Wand des Ateliers hatte er eine drei Meter fünfzig breite weiße Rolle montiert, die sich wie ein Fensterrollo ziehen ließ. Vor diesem speziellen Fotohintergrund, den er sehr hell ausleuchtete, setzte er sich in Position, in genau festgelegten Markierungen, die er für zwei bis drei Aufnahmen beibehielt. Nur die Gesten veränderte er jedes Mal in diesem vorgegebenen Rahmen. Mithilfe eines großen Spiegels gegenüber der Leinwand kontrollierte er seine Körperhaltungen. Dann musste er nur noch den Auslöser drücken. Mit Doppel- und Mehrfachbelichtungen komponierte er seinen Körper vollständig neu: Aus den verschiedensten Teilen und aus unterschiedlichsten Perspektiven formte und verformte er so seinen Torso. Er führte sorgfältig Buch über seine Kunstexperimente. Für den Katalog der Prometheus-Ausstellung hatte er folgenden Text aus seinem Notizbuch ausgewählt:

Mit der Fotokunst hängt der Neue den alten Gero ab, lässt den Maler endlich hinter sich. Nicht länger ist er nun angewiesen auf die reibungslose Verständigung zwischen oben und unten. Er muss nicht mehr darauf hoffen, dass die komplizierte Abstimmung zwischen Gehirn und Handnerven noch in Gang kommt. Deshalb hat er von einem Tag zum anderen aufgehört mit den stupiden Fingerübungen und den ermüdenden

Hand-Kopf-Koordinationsprogrammen. Er will ganz heraus aus der Abhängigkeit von diesen malunfähigen Händen und hat endlich auch Josef hinter sich gelassen.
Der Neue inszeniert sich selbst, immer mit dem einen Ziel: Weg mit dem Kopf, diesem Kolonialisten! Alles andere hat jetzt das Sagen.
Hoch lebe die Körperrevolution!

Rita Simon und er liebten sich weiterhin intensiv und immer zu den verabredeten Zeiten, die alleine Rita vorgab. Er ahnte nicht, dass sie sich dabei nach ihren fruchtbaren Tagen richtete. Nach Verhütung hatte er nie gefragt, das war ihm nicht in den Sinn gekommen.

Nach dem vollzogenen Akt zog er sich nicht an, sondern blieb nackt und posierte, beflügelt und entspannt. Rita dagegen schlüpfte sofort in ihre Kleidung und verließ das Atelier. An manchen Tagen jedoch bat er sie zu bleiben. Dann assistierte sie ihm, wenn er besonders komplizierte Körperdrehungen versuchte oder sich für eine Aufnahme unbedingt auf den Kopf stellen wollte. Dann musste sie auf seine Anweisungen hin den Kameraauslöser betätigen.

Sie sprachen dabei wenig, und sie war froh, dass er sie außerhalb des Bettes nach nichts fragte. Sie hatten sich nichts mit Worten zu sagen. Rita beobachtete ihn genau, aber sie konnte nicht sagen, ob der Neue sich bewusst war, dass es zwischen ihnen nur eine Liebe auf Zeit gab, zu einem bestimmten Zweck. Sie wollte alles für ihn tun, bis sie schwanger war.

Dann würde sie ihn verlassen.

Seit Rita Simon ihn heimgesucht hatte, rasten Hormone durch den ganzen neuen Mann, und seine Orgasmen

setzten Kaskaden von Glückshormonen frei und über-
fluteten ihn. Das befreite ihn endgültig aus dem Kopf-
gefängnis. Er träumte sich schon länger nicht mehr als
Kopffüßler, weil er jetzt diesen Körper besaß, den er sich
selbst, Stück für Stück, zurückerobert hatte, um neu darin
zu leben. Und irgendwann würde er die letzten Ketten
sprengen, das nahm er sich vor, und frei sein: wie neu-
geboren, als Prometheus 21. Ein Name, den Lena ihm zur
Zeit der Presserummels verpasst hatte und den er zuerst
als lächerlich abgetan hatte. Lächerlich und übertrieben,
so überdreht wie die ganze Frau in ihrem weißen alten
Arztkittel. Doch inzwischen gefiel ihm der Name, und
manchmal nannte er Rita scherzhaft »meine Pandora!«

Sie fand das überdreht.

»Aber du hast so viel geöffnet!« Er lächelte anzüglich.
»Nicht nur das, was du denkst!« Seine Hand fuhr ihren
Körper hinab, zwischen ihre Beine. »Ich rede von meinem
Körpergehäuse, diesem von Josef und Gero bewachten
Gefängnis! Wir haben es in die Luft gejagt und seine
Wärter verscheucht! Peng!«

Wenn er in ihr war, flogen seine Arme und Beine in
alle Richtungen, es gab kein Vorne und Hinten, Oben oder
Unten mehr. Er sprengte alle alten Körpermaße, sprengte
sich frei und öffnete seine harten Schalen. Aber es war
eher ein Implodieren, ein alles Durchdringen, sodass der
Körper wieder ein Leib werden konnte.

Ein neuer Leib.

So wie auf seinen Fotos.

Gefühlsduseleien

Der Neue sagt:
ER fühlt, also bin ICH.
Bin ICH deshalb, was ER fühlt?

Oder eher das, was ER
noch nicht fühlt und tastet
nicht riecht und schmeckt
nicht hört und sieht
und noch nicht liebt?

Zwei Monate hörte Lena-Maria Kraft nichts von Patient
GH/JM, alle Termine in der Prometheus-Klinik hatte er
abgesagt, erfuhr sie nach ihrer Rückkehr von der Vor-
tragsreise. Ihr kam zu Ohren, dass seine Frau mit der
Galeristin zusammen nach Amerika aufgebrochen war,
um dort eine große Kopffüßlerausstellung vorzubereiten.
Sie hatte oft an ihn denken müssen, während sie Artikel
über die Oneiroide, das halluzinatorische GH/JM-Syn-
drom und die Stammzellen-Kleber verfasst und Vorträge
darüber gehalten hatte. Und seinen Brief bewahrte sie
immer noch auf. Er erheiterte sie, wenn sie sich einsam
fühlte.

Ende Oktober erhielt sie einen Anruf von Rita Simon:
»Sie erinnern sich an mich?«
»Natürlich!«
»Sie haben mir nicht erzählt, was Sie mit Josef vor-
hatten.«
»Es war nicht möglich. Ich hatte mein Wort gegeben.«
»Sie haben mich belogen ... Aber es ist einerlei. Wissen
Sie Bescheid über mich und ihn?«
»Ich denke schon. Er hat mir einen Brief geschrieben.«
»Ich möchte mich von Ihnen verabschieden, aber nicht
am Telefon. Wann haben Sie Zeit?«
Lena horchte auf. Sie wird mit ihm weggehen, dachte
sie und verspürte einen Stich, einen scharfen Stich im
Herzen.
»Wieso sprechen Sie von Abschied?«
»Ich werde ihn verlassen. Ich bin schwanger!«

Lena schwieg so lange, dass Rita fragte: »Hallo, sind Sie noch dran?«

»Doch, doch, ich bin noch da. Herzlichen Glückwunsch!«

»Danke. Auch wenn es nicht sehr überzeugend geklungen hat.«

»Wie kommen Sie darauf?«

Rita lachte auf. »Wo können wir uns treffen? Mir ist alles recht, aber bitte keinen Ort auf dem Prometheus-Campus.«

Lena schlug ihr ein Bistro im Gemberger Stadtpark vor. »Darf ich Sie einladen?«

»Gerne, wenn Sie versprechen, ehrlich zu sein.«

An Ritas schwarze Stoppelhaare und die blauen Augen erinnerte sich Lena noch sehr gut, genauso wie an ihre schmale, sportliche Figur. Rita sah nun nicht mehr jünger aus, sondern so alt, wie sie tatsächlich war. Sie musste bald fünfundzwanzig werden, überlegte Lena. Anders als bei ihrem ersten Treffen in der Prometheus-Klinik waren die beiden ebenbürtiger. Sie musterten sich durchaus respektvoll, waren auf der Hut voreinander.

»Wie ist es Ihnen in LA ergangen?«, fragte Lena.

»Ich bin ihm treu geblieben, ein Jahr lang. Einem Toten. Und ich fühlte mich bis heute schuldig. Trotzdem konnte ich studieren und arbeiten, ich habe einen großen Überlebenswillen, das hätte ich früher nicht von mir gedacht. Aber ich war nie ohne ihn in diesem Jahr. Am Ende ließ alles nach, die Sehnsucht und die Schuldgefühle. Aber verschwunden ist beides nicht. Es gab auch einen anderen Mann auf der anderen Seites des Ozeans, aber der ist nicht mehr wichtig. Ich werde nicht mehr nach Amerika zurückgehen. Für ein Kind ist es besser, hier aufzuwachsen.«

Auf dem niederen, breiten Sessel wirkte die zierliche Frau nun regelrecht verloren. Lena hätte ihr gerne, wie schon bei ihrer Begegnung, die schwarzen Haare gestreichelt, um Rita zu trösten.

»Warum stand für Sie eigentlich immer fest, dass es Gero von Hutten war, der überleben würde, und nicht Josef?«, fragte Rita. »Warum wurde mir der Freund entrissen und nicht der anderen der Mann? Warum ist Yvonne nicht schon damals Witwe geworden? Es hat doch so viel mehr von Josef überlebt.«

Lena schwieg, sie wollte nicht preisgeben, dass Josefs Mutter darauf bestanden hatte. Weil es nichts mehr änderte.

»Wahrscheinlich haben Sie sich das nie gefragt, niemand hat sich das gefragt, nicht einmal am Tag seiner Beerdigung! Weil sie Josefs Körper wollten und die Freundin nicht sahen, die ihn geliebt hatte.« Rita schaute Lena anklagend an. »Wenn ich damals geahnt hätte, dass in der Prometheus-Klinik, keine zehn Minuten von mir entfernt, mein Josef, sein Körper, mit einem anderen Kopf herumspaziert!! Es wird mir jetzt noch schlecht, wenn ich daran denke. Warum haben Sie mir eigentlich nie gesagt, was wirklich passiert ist? Sie mochten mich doch, das habe ich gemerkt. Tat ich Ihnen denn nicht leid?«

Lena nickte. »Aber wie hätten Sie sich denn entschieden, wenn Sie Bescheid gewusst hätten?«

»Ich wäre wahrscheinlich auch dafür gewesen, aber nur unter einer Bedingung: dass ich es gewesen wäre, die ihn bekommen hätte. Aber dann hätten die anderen wahrscheinlich nicht zugestimmt, Gero von Hutten und sein Frau. Heute habe ich mich damit abgefunden. Denn auf eine besondere Art habe ich Josef am Ende zurückbekommen.

Als ich Ihrem Patienten GH/JM zum ersten Mal gegenüberstand, begriff ich schnell, was ich diesem zusammengesetzten Mann geben konnte und wollte. Und ich begriff auch sofort, dass er für mich ein Geschenk war: Ein lebender Behälter für den Samen meines geliebten Josef, von dem ich mir ein Kind gewünscht hatte.«

»Und jetzt hat er seine Schuldigkeit getan, meinen Sie? Sie haben ihn nur benutzt.«

»Aus ihrem Mund klingt das nicht sehr überzeugend, Frau Doktor Kraft. Sie haben ihn doch ausgenutzt! Sich mit ihm produziert. Damals war er für Sie doch nur ein wissenschaftliches Experiment, Ihr Meisterstück, für mich war er mein Leben…«

»So einfach ist das nicht.«

»Die Wahrheit ist, dass wir ihn alle benutzt haben. Und dass er uns ebenfalls benutzt, jeden auf seine Weise. Lassen wir das! Es ist geschehen und vorbei. Es bringt nichts. Er spricht übrigens oft von Ihnen… Schauen Sie nicht so… so… konsterniert, Sie wissen es doch. Machen Sie sich keine Sorgen, ich nehme Ihnen den Mann schon nicht weg!«

Lena verschränkte die Arme vor der Brust. »Rita, was soll das?«

»Er will mich doch gar nicht behalten, das Kind und ich kümmern ihn nicht. Als ich ihm gestand, dass ich schwanger bin, hat er sich zwar gefreut. Und einen kurzen Augenblick fürchtete ich sogar, er würde das Kind wollen, ich meine als Vater. Es sind ja seine Gene, die das Kind hat. Rechtlich gesehen, ist er der Vater. Aber er hat sich nur gefreut, weil er ahnte, dass ich ihn mit Josefs Kind im Bauch wieder verlasse. Er wollte mich loswerden, ich war die Richtige für Josef, aber nicht für ihn. Er ist nicht mehr Josef und nicht länger Gero, das können Sie mir glauben. Wahrscheinlich wissen Sie das sogar besser als ich! Sehen Sie ihn sich genau an, als Mann meine ich, er hat es verdient. Sie passen gut zusammen, das spüre ich. Sie wissen doch, dass ich mit meinen Liebesprognosen meistens recht behalte. In dieser Sache bin ich etwas überdreht, meinte schon Josef. Der echte Josef… Wie nennen Sie ihn eigentlich?«

»Meistens *Der Neue*.«

»Das ist kein Name für einen Mann. Und glauben Sie mir, er ist einer. Aber andererseits passt es zu ihm. Alles an ihm und in ihm scheint neu zu sein.«

Rita griff in ihre Handtasche und legte ein Päckchen vor Lena auf den Tisch. Lena sah sofort, dass es ein Buch war.

»Für Sie, mein Abschiedsgeschenk und ein Dankeschön, dass Sie Josef gerettet haben!«

Das graue handgeschöpfte Einwickelpapier hatte schwarze Einsprengsel. Genau wie bei der Urne, erinnerte sich Lena. Sie riss das Papier weg und hielt den Roman *Frankenstein* in Händen.

»Was soll denn das schon wieder?«, entfuhr es Lena mit aufkeimendem Zorn.

»Es ist eine sehr besondere Ausgabe«, erklärte Rita ruhig, »gedruckt im Jahr 1831. Geschrieben hat die Autorin den Roman allerdings dreizehn Jahre früher. Mit achtzehn! Genauso alt war Josef, als er sterben musste.«

»Und darum schenken Sie mir diesen grässlichen Schund?«

Rita beschwichtigte Lena. »Der Roman ist weder Schund noch grässlich. Und für diese Ausgabe hat Mary Shelley ein neues Vorwort verfasst. Darin hat sie sich zum ersten Mal offen und stolz zu ihrer Autorenschaft bekannt. Seit seinem ersten Erscheinen im Jahr 1818 ist dieses Buch nie vergriffen gewesen, hätten Sie das gedacht? Lesen Sie es endlich! Sie haben übrigens mehr mit ihr gemeinsam, als Sie denken, nicht nur den Namen. Sie hieß Mary und Sie heißen Maria, nicht wahr?«

»Lena, bitte.«

»Selbst der Untertitel passt wunderbar, zu Ihnen und zu ihm!«

Lena war überrascht, als sie las: *Frankenstein oder der moderne Prometheus.*

»Das wusste ich nicht! Aber was bezweckte die Autorin mit diesem Untertitel?«

»Wenn Sie das Buch gelesen haben, verstehen Sie es!«

Lena hatte sich vorgenommen, das Buch zu Hause einfach in den Aktenvernichter zu werfen. Aber es war ein Geschenk von Rita, und der schuldete sie etwas, weil auch sie damals gelogen hatte. Deshalb setzte sich Lena mit einem Glas Wein in den Sessel vor dem Fenster, nahm den Band zur Hand, schlug ihn langsam, fast widerwillig auf und begann zu lesen.

Zunächst suchte sie das Wort *Monster*, vergeblich. Und das überraschte sie. Victor Frankenstein sprach stets nur von seiner *Kreatur*. Was er diesem Menschen verweigerte, waren Bildung und Liebe, zwei Voraussetzungen für eine innere, aber letztlich auch für äußere Schönheit, eine Ausstrahlung. Auch deshalb konnte Victor Frankensteins Werk nur hässlich werden.

Lena formte ihre Hände zu einem nach oben offenen Schädel und lächelte in sich hinein. Schon die englische Maria hatte begriffen: Nur im Austausch mit anderen lernt man zu fühlen und findet seine Sprache. Und die Ärztin erinnerte sich, dass Robert J. White, der Mann, der die erste Kopfverpflanzung beim Menschen unbedingt selbst hatte durchführen wollen, was ihm aber nur beim Rhesusaffen gelungen war, immer behauptet hatte: Diese junge Frau – und er hatte damit die Schriftstellerin Shelley gemeint – hätte seiner Karriere geschadet!

Inzwischen war die Welt viel weiter. Kaum einer

fürchtete sich noch vor Frankenstein. Auch sie nicht, und wie die Prometheus-Befragung gezeigt hatte, bestenfalls noch dreizehn Prozent der Bevölkerung!

An einigen Stellen des Romans musste Lena sogar weinen, das passierte ihr selten bei einem Buch. Und nur weil Marys Geschichte so berühren konnte, hatten auch so viele Menschen vor ihr – es waren Millionen und Abermillionen gewesen – diese Geschichte gelesen und unsterblich gemacht. Der Roman behandelte kaum die wissenschaftliche Seite des berühmten Experiments, das Buch war ein einziger lauter Schrei nach Mitmenschlichkeit. Shelleys Werk handelte von der Liebe und dem Selbstbewusstsein als Bedingungen für eine Menschwerdung.

Als Lena die letzte Seite gelesen hatte, lehnte sie sich zurück und blickte in die Nacht hinaus, wo ein grausilbriges Schimmern und lautes Vogelgezwitscher bereits die Morgendämmerung ankündigten. Auf die Menschwerdung kam es auch jetzt noch, im einundzwanzigsten Jahrhundert an, in Zeiten der WBT und der Spiegelneuronen.

Lassen Sie uns also kurz über das Selbstbewusstsein sprechen. Damit ist nicht das selbstsichere Auftreten gemeint, sondern es geht um die Frage: Wie kann ein Mensch eine Vorstellung, ein Bewusstsein von sich selbst entwickeln?

Dazu braucht es den göttlichen Funken, eine Seele, dachte man früher und machte sich ein Bild davon. Heraus kamen bunte Seelenvögel, die den Häuptern entstiegen, und goldene Strahlen, von Augen übersät. Kleine Doppelgänger oder geflügelte Engel, die im Kopf oder Herzen saßen. Als Schmetterling flog die Anima *gen Himmel, die den toten Körper zurückgelassen hatte.*

Schließlich wurde die Seele mit handfesteren Methoden

verfolgt: *Man wog einen Menschen kurz vor und kurz nach seinem letzten Atemzug und errechnete einundzwanzig Gramm Unterschied – das Seelengewicht. Man versuchte die Seele zu fotografieren und mit Röntgenstrahlen zu orten, die Anfang des zwanzigsten Jahrhunderts in einen lebenden Körper blicken ließen und das schlagende Herz endgültig als vermeintliche Seelenkammer entzauberten.*

Als elektrische Hirnstromkurven Signale aus Schädeln funkten, verschwand die Seele als naturwissenschaftlicher Forschungsgegenstand. Zum Seelenersatz wurde das Gehirn auserkoren, und die Bilder seiner Strukturen und Landkarten seiner Stoffwechselaktivitäten glitzerten so schön und verführerisch wie mittelalterliche Miniaturen und wurden als neue Erkenntnisbringer fast ebenso verehrt. Die Inhalte der abgebildeten Denkprozesse blieben trotzdem so wenig greifbar wie die unsichtbare Seele.

Gewachsen ist seit der Jahrtausendwende allerdings das Verständnis für elementare Zusammenhänge, nicht zuletzt durch die fortschreitende Erforschung der menschlichen Erbanlagen. Von Anfang an, bereits wenn ein Embryo heranwächst, beginnt das komplizierte Spiel zwischen Innen und Außen. Genetische Anlage und Umwelt treten in einen lebenslangen Dialog. Im Gehirn bleiben dabei mehr Gene aktiv als in jedem anderen Organ des Körpers, nur das Immunsystem ist annähernd so lebensbestimmend und prägend, reagiert genauso plastisch auf Reize, lernt und passt sich ständig an.

Immer in Kontakt mit anderen und anderem, niemals allein und isoliert wächst solch eine Person heran: ein Individuum mit bestimmtem Verhalten und einzigartigem Aussehen, das sich mit eineinhalb Jahren zum ersten Mal im Spiegel erkennt und bald danach zum ersten Mal Ich sagen kann. Jede Person wird fassbar nur durch ihren Körper, der sich mit einer Biografie verändert.

Dass Gefühle und Empfindungen, das Selbstbewusstsein, eng an die Körperempfindungen gekoppelt sind und eine organische Grundlage brauchen, scheint trivial, aber es ist existentiell. Nur in festen und vertrauten Körperverhältnissen sind wir als Person lebensfähig. Können Gründe abwägen und zeitlich planen, uns erinnern und vorausdenken.

Damit niemand sich ständig seines Selbst versichern muss – diese Unsicherheit würde jeden verrückt machen –, laufen viele Bewegungen und Sinneswahrnehmungen automatisiert und unbewusst ab: Das Stammhirn und Kleinhirn regeln still und leise die Atmung und sorgen dafür, dass niemand durchs Leben stolpert, sondern aufrecht geht. Funktionieren ohne nachzudenken, auf all die wunderbaren Reflexe ist Verlass. Wir spüren uns einfach und sind Ich.

Diese ganz elementare Selbst-Sicherheit verlieren zum Beispiel Patienten, denen ein Arm oder Bein amputiert wurde. Sie haben »Phantomschmerzen«, denn in ihrem Gehirn bleibt das verlorene Körperglied präsent, neuronal verortet, ist weiter fühlbar. Wenn andererseits computergesteuerte Beinprothesen zerstörte Gliedmaßen ersetzen, brauchen die Prothesenträger oft lange, bis sie in diesen metallenen Konstruktionen »mein« Bein, »meine« Hand oder »meinen« Arm sehen. Sobald sie ihren Ersatzteilen Namen geben, von Mr Hook für ein Bein bis zu Zauberstab für einen Arm, beginnt eine Beziehung, und schließlich werden die künstlichen Körperglieder nicht mehr schamhaft unter langen Röcken und Hosen versteckt. Sie gehören jetzt zum Selbstbild, sind im wahrsten Sinne des Wortes inkorporiert, also einverleibt als »ein Teil von mir«.

Die Wort gewordene Existenz, dieses einzigartige Ich steht aber auch für die Fähigkeit des Menschen, eine Innenperspektive einzunehmen und seinem Empfinden selbst nachzufühlen. Dieses Innenerleben übrigens gilt den meisten Forschern als eine der wunderbarsten Eigenschaften des menschlichen

Denkorgans. So wunderbar wie die schönen alten Bilder der
Seele, die nie gefunden wurde.

Zwei Monate, nachdem er die Sperrzone ausgerufen
hatte, und acht Tage, nachdem Rita ihn verlassen hatte,
sah sich der Neue in einem Traum zum ersten Mal mit
seinem Erkennungszeichen, dem roten Band, das sich um
seinen Hals zog wie eine Schlinge. Es war kein Albtraum
gewesen und kein Kopffüßler-Flug. Er hatte bloß ein Hemd
anprobiert und dann selbst den Kragen mit den beiden
Händen so lange zurechtgerückt, bis die Narbe nicht
mehr zu sehen war. Es war ein furchtbar geschmackloses
buntes Hemd gewesen.

»Das muss ich ihr erzählen, das habe ich versprochen«,
war sein erster Gedanke, als er sich morgens an die
nächtlichen Bilder erinnerte, und sein zweiter Gedanke
war: »Ich muss sie wiedersehen.« Deshalb schrieb er
Lena einen weiteren Brief, den die Medizinerin, weil sie
sich gerade in Gemberg aufhielt, schon einen Tag später
verwundert, aber mit einem Glücksgefühl im Bauch in
Empfang nahm.

Sie zog drei beschriebene Seiten aus einem großen
Umschlag, der außerdem noch ein flaches Paket in alt-
modischer DIN-A4-Größe enthielt. Der Brief war erneut
mit Tinte geschrieben.

Brief des Patienten GH/JM an Doktor Kraft
Copyright: Archiv der Prometheus-Stiftung

Verehrte und allerliebste Lena-Maria Kraft!
Sie müssen mich anhören und mir Ihr Mitleid gönnen. Wie
kann ich Sie erweichen? Wie kann mein Flehen Sie bewegen,
auf Ihr Geschöpf ein mitleidiges Auge zu werfen?

Glauben Sie mir bitte, ich bin gutherzig, Liebe und Menschlichkeit erfüllen meine Seele. Aber bin ich nicht allein, jämmerlich allein? Meine Laster sind allein die Auswüchse einer erzwungenen Einsamkeit, die ich verabscheue. Rita Simon hat meine lasterhafte Seite oder die bessere untere Hälfte nur benutzt und ich habe sie gerne gewähren lassen! Aber Yvonne hasst ihn ganz, weil er sie nicht mehr lieben kann und will.

Vergessen Sie nicht, dass ich Ihr Geschöpf bin. Ich müsste Ihr Adam sein, aber stattdessen bin ich ein gefallener Engel, der aus dem Paradies vertrieben wurde. Das Unglück hat mich zum Teufel gemacht. Machen Sie mich glücklich, dann bin ich auch wieder tugendhaft.

Aber wenn ich niemand, nicht einmal Ihnen, Liebe einflößen kann, werde ich Furcht verbreiten wie das Monster des modernen Prometheus, der zu seinem wissenschaftlichen Vater sagte: Du bist mein Schöpfer, aber ich bin dein Herr; gehorche!

Sie müssen eine Frau für mich schaffen oder finden, die mir mit der für meine Existenz nötigen Sympathie begegnet. Dazu sind vielleicht nur Sie imstande, und ich verlange es von Ihnen als ein Recht, das Sie mir nicht verweigern dürfen. Wann also werde ich endlich die Zuneigung einer empfindsamen Frau erfahren? Und müssten Sie nicht sogar selbst diese Frau sein? Könnten Sie sich das vorstellen?

Einige Tage lang trieb ich mich an der Stelle herum, an der die Ereignisse stattgefunden hatten, die uns zusammenführten. Manchmal schlich ich auf dem Campus umher und wünschte mir, Sie zu treffen. Manchmal beschloss ich sogar, die Welt und ihr Elend auf immer zu verlassen. Schließlich wanderte ich auf diese Berge zu und bin seither in ihren zerklüfteten Weiten umhergestreift, von einer brennenden Sehnsucht verzehrt, die nur Sie befriedigen können. Wir dürfen uns nicht trennen, bevor Sie nicht versprochen haben, meine Forderungen zu erfüllen. Vielleicht ist das Leben – und meins ganz besonders! – nichts als eine Reihe von Zufällen und Schicksalsschlägen, aber ich hänge daran und werde es verteidigen.

Ihr Geschöpf GH/JM

1. P.S. Haben Sie schon einen richtigen Namen für mich gefunden?

2. P.S. Anbei meine neuen Arbeiten – keine Kopffüßler mehr!

Mit zitternden Fingern hielt Lena die Blätter fest. Sie war aufgewühlt. Schon wieder brachte er sie durcheinander. Sie las seinen Brief ein zweites Mal und zwang sich, sich darauf zu besinnen, was er ihr über die Entwicklung des Absenders sagte.

Ein psychotischer Schub schien es jedenfalls nicht zu sein, dazu war alles zu geordnet. Große Teile kamen ihr sogar bekannt vor, aber woher? Welche Berge er wohl meinte, grübelte sie. Und warum dieser pathetische Ton? Er musste aus einem alten Buch zitiert haben. Das Gerede von Adam und Eva, einem Engel und dem Paradies, nichts passte zu ihm. Unerträglich fand sie diese stellenweise schwülstige Sprache, den verquasten Stil. Und jetzt erkannte sie die Autorin endlich. Natürlich, das konnte nur von Mary Shelley stammen. Hier stand es doch: Monster des modernen Prometheus – wie hatte sie diesen offensichtlichen Hinweis nur überlesen können? Er hatte seinen Brief scheinbar in großen Teilen aus »Frankenstein« abgeschrieben. Jetzt machte auch er sich lustig über sie, indem er sie mit Victor Frankenstein und sich selbst mit dessen Kreatur verglich. Lächerlich war das, beleidigend. Und auf gewisse Weise herausfordernd.

Dieses Mal konnte sie nicht lachen über seine ironischen Anspielungen. Sicher hatte Rita Simon auch ihm dieses Buch geschenkt, mit dem er ihr jetzt auf den Leib rückte. Es war Lena nicht recht, dass er sich als »ihr Geschöpf« aufspielte. Und dann noch dies, das Schlimmste, was einer Ärztin passieren konnte: Patient verliebt sich in Therapeutin. Therapeutin verliebt sich in … Nein! Das war nicht möglich.

Trotzdem fühlte sie sich schuldig.

Sie las seinen Brief zum dritten Mal. Seine Selbstmordgedanken waren auf jeden Fall ernst zu nehmen. Und trotzdem: Es reichte nun, sie würde den Fall besser ganz abgeben. Diese penetrante Mischung aus Anmaßung und Demut. Er schaffte es immer wieder, dass sie wütend wurde, nicht nur auf ihn, sondern auch auf sich selbst. Immer schon war es so gewesen, schon beim allerersten Mal, als sie den hirntoten Josef sah und noch niemand an Gero gedacht hatte, und an ihn schon gar nicht.

Sie war nun so hilflos wie damals, vollkommen durcheinander. Sie hatte das ungute Gefühl, dass ihr alles entglitt.

Doch statt alles ungeöffnet an ihn zurückzuschicken, zog sie das kleinere, flache Pakt aus dem großen Umschlag. Sie konnte einfach nicht anders. Sie riss das Geschenk auf. Es enthielt, in einer Plastikhülle verpackt, »Fotos aus der Sperrzone«. Die Beschriftung sagte Lena nichts.

Unangenehm, war ihr erster Gedanke, als sie den Stapel hastig durchblätterte, provokant und exhibitionistisch. Das sollte seine neue Kunst sein? Da würde sich seine Galeristin noch nach den Kopffüßlern zurücksehnen.

Lena legte den Stapel zur Seite. Ihr Atem ging schneller. Sie öffnete das Fenster und holte tief Luft. Nach und nach beruhigte sie sich. Dann ging sie zurück an ihren Schreibtisch und nahm aus der unteren Schublade ein Päckchen, das in Form und Größe seinem Geschenk glich. Es enthielt alle wissenschaftlichen Ganzkörperfotos des Patienten GH/JM, die sie selbst digital aufgenommen und ausgedruckt hatte. Zwei oder drei aus jedem Monat, anfangs noch mit und später ohne den Halo-Fixateur. Zusammen waren es einunddreißig Stück geworden und sie ergaben, auf den Boden und hintereinander gelegt, eine lange Reihe.

Der Körper war in den vergangenen Wochen immer mehr von Gero erobert worden, das hatte sie bereits festgestellt. Doch die Brust, auf der eine Zeit lang die gerotypischen Haare gesprossen waren, zeigte sich am Ende doch wieder in der alten, josefgemäßen Glätte. Schlaffer wirkten Bauch und Oberarme, und auch ein wenig speckiger waren sie mit der Zeit geworden, aber nicht wirklich dick. Er war immer noch sehr schön. Der Körper auf den letzten Fotos gehörte jedoch keinem Neunzehnjährigen mehr, kein blühender Jüngling war darauf zu sehen, sondern ein Endzwanziger. In nur einem Jahr war der Josefteil um unglaubliche sieben bis acht Jahre gealtert.

Der Kopf hatte sich, was das Alter betraf, dem Körper ebenfalls angenähert, aber das war auf den Fotos weniger offensichtlich. Falten verschwanden nicht so einfach, trotzdem wirkten die Gesichtszüge mit jedem Bild weicher. Wahrscheinlich auch, weil er etwas zugenommen hatte. Auf den Videos hatte sich die Kopf-Verjüngung deutlicher gezeigt: Seine Art zu sprechen, besonders die Stimmlage und die Bewegungen belegten eindeutig eine Entwicklung in Richtung eines Mittzwanzigers.

Lena saß im Schneidersitz auf dem Boden und studierte die Bilderreihe. Stück um Stück. Von einer fortlaufenden Verschönerung würde niemand sprechen, aber von einer gelungenen Harmonisierung auf jeden Fall. Die achtzehn Lebensmonate von GH/JM hatten die dreizehn Jahre Altersunterschied zwischen Kopf und Körper fast vollständig eingeebnet. Das war kein zweigeteilter Mensch mehr, keine Chimäre und kein Zwitterwesen, kein Gryllus und ganz sicher kein Monster. Der Gero-Kopf und der Josef-Körper formten zusammen etwas Ganzes: ihren Neuen.

Sie griff nach den Sperrzonen-Fotos und legte die Bilder ebenfalls in eine Reihe, genau unter ihre eigenen Aufnahmen. Und als sie die Bildersequenzen verglich, erschrak sie, wie würdelos plötzlich die von ihr gemachten Aufnahmen erschienen. Obwohl er auf den medizinischen Abbildungen immer mit Shorts bekleidet war, degradierten ihn diese kühlen Körperbilder zum Objekt. Das war kein Meisterstück, auf das man stolz sein konnte. Er sah verdammt jämmerlich aus, abgelichtet mit einem distanzierten Forscherblick.

Auf der Fotoserie *Sperrzone* dagegen, auf denen er durch die Doppelbelichtungen zu anatomischen Missgeburten mutiert war, mit Brustwarzen auf Schenkeln und abgehackten Gliedmaßen und vervielfachten Geschlechtsteilen, strahlte jeder nackte und noch so verformte und verdrehte Torso mehr Kraft und Würde aus als das Studienobjekt GH/JM. Er hätte auch eine aus Holz geschnitzte oder aus Ton geformte archaische Figur darstellen können. Denn selbst das Groteske barg eine fremdartige Schönheit, und selbst das Abstoßende wirkte anrührend. Jeder noch so verzweifelt mit sich ringende Körper besaß auch etwas Sinnliches und Männliches. Diese Gestalten bedauerte man nicht, stellte Lena nun fest, sondern man empfand eine große Zärtlichkeit für diese Torsi. Weil seine Bilder lebten, weil sie etwas ganz Eigenes waren. Sie zeigten ihn verletzt und geschunden, aber endlich auch leibhaftig und wirklich. Ein Bild nach dem anderen nahm sie in die Hand, und sie gefielen ihr immer besser.

Jetzt war er kein Fall, kein Experiment mehr, keine

Kreatur. Hier hatte er sich selbst und neu erschaffen. Lena empfand durchaus so etwas wie Stolz im Angesicht ihrer Schöpfung und seiner fotografischen Schöpfungen. Das Meisterstück war gelungen und hatte sich endgültig dieses wunderbaren Namens als würdig erwiesen: Prometheus 21. Und nun störte es sie auch nicht mehr, was er in seinem Brief behauptet hatte: Dass er »ihr Geschöpf« wäre. Es stimmte auf eine ganz besondere Weise. Und sie war bereit, sich dazu zu bekennen, auch vor ihm, der hier ausgebreitet vor ihr lag, aufgeblättert.

Während sie die Fotos zusammensammelte und aufhob, überlegte sie, ob sich der Neue schon mit seiner Narbe geträumt hatte. Sie vermutete aufgrund der Sperrzonen-Bilder, dass es bereits geschehen war oder bald so weit sein musste. Und deshalb würde er sich sicher bald bei ihr melden und vorbeikommen. Das hatten sie verabredet, als er noch bewegungslos und nur Kopf gewesen war. Und wenn sie es nicht vergessen hatte, dann würde auch er sich daran erinnern.

Lena hielt das letzte Bild aus der Sperrzonen-Serie in Händen. Es gefiel ihr am besten. Darauf tauchten zum ersten Mal Teile seines Kopfes auf. So wie eine Sonne am Horizont aufgeht, erschienen seine Locken am Rand des abgelichteten Leibes. Sie gestand sich endlich ein, dass sie sich auf ein Wiedersehen mit ihm freute. Sie war gespannt zu erfahren, wie er sich fühlte, der in seinem Brief nach einer Frau, genauer nach ihr, verlangt hatte.

Als ob sie die große helle Klinikhalle in ihrem weißen Kittel durchschritt und viele Augen, besonders die seinen, auf sie gerichtet waren, so sehr im Mittelpunkt stehend fühlte sie sich jetzt wieder. Aber auch etwas von dem süßen Grauen durchfuhr sie, das sie seit der Nacht, als sie zum ersten Mal seinen Körper gesehen hatte, nie wieder losgelassen hatte. Und sie wünschte sich, diesen männlichen Körper nicht nur mit den Augen zu berühren, sondern mit ihren Händen.

Kopflos winden sich die Körper im leeren Raum.
Nichts ist mehr an der richtigen Stelle und ich stehe
sogar Kopf.
Das Experiment bin ich selbst, alle meine Glieder sind
jetzt das Material und mein Körper ist die Leinwand.
Diese Biofakte fragen sich, was sie noch werden können
in und außerhalb der Sperrzone.

Er besuchte Lena schneller als erwartet. Zwei Tage, nachdem sie seine Post erhalten hatte, klopfte er unvermittelt an ihre Bürotür in der Prometheus-Stiftung. Seit Abschluss ihrer Vortragsarbeiten war sie nun wieder die meiste Zeit hier zu finden.

»Im Labor wurde mir gesagt, dass du hier bist.«

Lena war nicht überrascht, ihn zu sehen. Sie hatte seit seinem letzten Brief an nichts anderes gedacht. Und dass er sie ganz selbstverständlich duzte, gefiel ihr. Natürlich musste er sie duzen. Er hatte ihr seine Zuneigung gestanden, und noch viel mehr.

»Du siehst gut aus«, meinte er, »ohne diesen weißen Klinikpanzer. Menschlich und sehr weiblich!«

»Ich trage diese Kittel schon länger nicht mehr. Auch keine Brille, sondern Kontaktlinsen.«

»Und das Haar offen. Steht dir sehr gut.«

Verdammt, sie wurde tatsächlich rot.

»Ich habe es nicht mehr ausgehalten. Ich wollte dir unbedingt persönlich sagen, dass ich mich mit meiner Narbe geträumt habe ...«

»Wunderbar!«, unterbrach sie ihn und betrachtete die Schnittstelle. Sie lag genau einen Meter sechzig über dem Boden und von der Narbe bis zum Scheitel kamen nochmals dreiundzwanzig Zentimeter hinzu. Er maß von Kopf bis Fuß einen Meter dreiundachtzig.

»Ich habe dir aber noch mehr zu sagen. Hast du Zeit?« Sie wies auf den Stuhl. »Bitte!«

Sie kannte jeden Millimeter dieses Körper und jeden Quadratzentimeter in diesem Kopf in und auswendig, und trotzdem kannte sie diesen Menschen, diesen Mann nicht, dessen prüfender Blick sie schon wieder erröten ließ.

»Willst du mich nicht nach dem Brief fragen? Du hast Marys Buch doch auch gelesen, Rita hat es uns beiden geschenkt. Doch, ich bin dankbar, dass ich lebe. Aber auch ich renne namenlos umher. Patient GH/JM ist kein Name und Josef oder Gero passen schon länger nicht mehr. Merkst du, dass ich fast nur noch ich sage, und deshalb will ich weder ein Kind von ihm noch von Rita. Ich habe nichts mehr mit denen zu tun. Ich kokettiere nicht, denn was in dem Brief steht, stimmt. Du hast einmal gesagt, meine Bilder würden dich an diese gigantischen Moai erinnern, die auf der Osterinsel stehen. Das hat mir besonders gefallen, und weißt du auch warum? Diese Insel sehen viele als Menschheitsmodell, besonders ihres rätselhaften Untergangs wegen. Dieser kleine Kosmos steht für die ganze Welt, behaupten viele. Vielleicht ist dieses Weltwunder aber auch ein Hinweis darauf, dass wir uns damit abfinden müssen, manche Dinge nie vollständig zu verstehen. Weder die Osterinsel noch das Gehirn. Dazu passt ein Zitat, das ich dir ans Herz legen möchte. Warum sagt eigentlich niemand ›ins Hirn legen‹? Diese sehr wahren Worte stammen von Victor Frankenstein, hör bitte genau zu: ›Ich begriff zum ersten Mal die Pflichten eines Schöpfers gegenüber seinem Geschöpf und dass ich ihn glücklich zu machen hatte, eh ich mich über seine Bosheit beklagte. Diese Motive veranlassten mich, seiner Forderung nachzugeben‹.«

Was sollte sie nun tun: Widersprechen? Ernsthaft diskutieren? Ihn auslachen? Oder ihm einfach um den Hals fallen?

Er musterte sie.

Lena blickte auf ihre Uhr.

Er stand auf, aber er ging nicht zur Tür, sondern direkt auf sie zu. Sie verspürte keine Angst, als er sie an sich zog.

»Lass uns zusammen dorthin fahren, zur Osterinsel«, flüsterte er.

Er trug keine schwarzen Lederhandschuhe, eigenartig, dass ihr das zuvor nicht aufgefallen war. Sie musste die ganze Zeit nur sein Gesicht oder die Narbe im Blick gehabt haben.

Sie wehrte sich nicht, als er sie noch fester an sich presste.

Dies ist etwas Unvernünftiges, etwas Dummes, dachte sie, aber sie genoss seine Berührungen. Sie hatte ihn so oft angefasst, aber stets, um ihn zu untersuchen oder für die Fotodokumentation zu positionieren. Sie hatte ihn gehalten, als er verzweifelt war, und jetzt hielt er sie, und sie war weder verzweifelt noch verärgert. Sie war zufrieden, geradezu glücklich.

Obwohl sie ihn doch in- und auswendig kannte, überraschte er sie mit einer ganz neuen, ihr noch fremden Körpersprache, die sie berührte und anrührte, außen und innen.

Mit ihm Liebe zu machen war immer einfach und unkompliziert gewesen, hatte Rita Simon bei ihrem ersten Zusammentreffen über Josef gesagt. Und an diesen Satz erinnerte sich Lena nun, weil sie sich genau das immer ersehnt hatte. Doch immer war es schiefgelaufen. Mit Studienkollegen. Mit Rothoff, den sie seit Monaten nicht mehr zu Gesicht bekommen und den sie fast vergessen hatte. Doch nun ahnte sie, dass es mit diesem Mann vielleicht möglich wäre. Seit langem einmal wieder.

Und als er sie abermals fragte: »Fährst du mit?«, und sie aus ihren Gedanken riss, nickte sie.

In diesem Augenblick fiel ihr auch ein Name ein für diesen Mann, der sie umarmte. »Jorge«, wisperte sie.

»Was?«

»Ich fahre mit, wenn ich dich Jorge nennen darf.« Das Du kam ihr plötzlich ganz leicht über die Lippen.

»Jorge«, er murmelte den Namen in ihr Haar, wiederholte ihn, mehrmals, leise. »Hast du dir den Namen schon vorher überlegt?«

»Nein, er ist mir gerade eingefallen!«

»Jorge«, sagte er, »das gefällt mir!« Er überlegte kurz. »Neu ist der Name und doch auch gebaut aus dem vergangenen. Die ersten Silben zweier alter Namen fügen sich zusammen und werden zu einem ganz neuen Namen, für diese andere, die neue Person. Das meinst du doch, nicht wahr?«

Sie schüttelte lächelnd den Kopf. »Jorge hat einfach einen Klang, der zu dir passt. Und ich liebe das Spanische.«

Er strich ihr über die Wange. »Du bist tatsächlich so viel mehr als eine Wissenschaftlerin.«

Einen Moment lang hielten sie sich stumm im Arm.

»Auf der Osterinsel«, fuhr er dann fort, »sprechen sie viel Spanisch und Rapa Nui.«

Er hielt sie immer noch fest, sie spürte seinen Atem an ihrem Ohr.

»Wie klingt denn dieses Rapa Nui?« Sie rührte sich immer noch nicht.

»Keine Ahnung. Wir werden es erfahren.«

»Wirst du Probleme bekommen, wenn du mit mir weggehst?«

Ihr Kopf schmiegte sich genau in die Kuhle neben seiner Schulter. »Ich hänge nicht mehr an Prometheus«, sagte sie. »Ich hatte ohnehin gehofft, dass du mein letzter, wichtigster … Patient sein würdest. Und so scheint es zu sein.«

Ihr Computer piepte und meldete einen Besprechungstermin. Sie lösten sich voneinander, ohne sich geküsst zu haben.

»Kann ich dich heute Abend besuchen? Ich kenne die Adresse! Ich bin dort schon oft vorbeigegangen.« Er war nicht verlegen, aber sie schon.

»Ich bin ab acht Uhr zu Hause.«

»Gut«.

»Aber jetzt muss ich los!«

»Bis heute Abend!«

Das Warten machte sie verrückt. Während sie in ihrer Wohnung hin und her lief, da ein Kissen umlegte, das Bett glatt strich, Gläser in der Küche ordnete und immer wieder vor den Spiegel trat, dachte sie daran, wann sie das letzte Mal eine wirkliche Verabredung gehabt hatte. Neben kleineren Affären war es nur mit Rothoff gewesen, aber wirklich ernst hatte er es nie gemeint. Doch war das noch wichtig, nach alledem, was geschehen war? Rothoff zählte nicht mehr. Nun war da dieser Mann, der sie so sehr faszinierte wie es keiner zuvor getan hatte. Lena erinnerte sich an ihren ersten Besuch in Koje 02. Und dieses Bild, das so tief in den Falten und Fallen ihres Gehirns verschwunden gewesen war, tauchte auf. Klar und gestochen scharf sah sie ihn vor sich: Josef Metzigs fast nackten Körper. Nur beatmet wurde er nicht mehr. Und er hatte Geros Gesicht.

Damals hatte sie sich nicht eingestanden, wie sehr sie ihn begehrt hatte. Aber genau deshalb hatte ihr am Morgen nach ihrer ersten Begegnung dieses schaurig schöne Grauen die Kehle zugeschnürt. Es war die Scham gewesen, einen Hirntoten begehrenswert zu finden. Sie blickte auf die Uhr, es war bereits fünfzehn Minuten nach acht. Wenn er es sich anders überlegt hatte? Lena wollte nicht daran denken.

Als er endlich kam, war wirklich alles leicht und selbstverständlich. Kaum dass er die Wohnung betreten hatte, küssten sie sich zum ersten Mal, vorsichtig, langsam, fast andächtig.

Sie wollten nicht reden, nur noch spüren und fühlen.

Und dann gingen sie Arm in Arm in ihr Schlafzimmer. Als er merkte, dass sie zu scheu war, seine Narbe zu berühren, nahm er ihre Hand und legte sie auf sein rotes Mal. Sie konnte mit den Fingerspitzen auch die kleine Kuhle unter dem Kehlkopf erfühlen, die von dem Luftröhrenschnitt zurückgeblieben war.

Und als sie sich liebten, konnte er endlich die Augen schließen und trotzdem bei sich bleiben und bei ihr: Er spürte sich und sie vollständig. Keiner von beiden war mehr allein in der Welt. Und als die Lust ihren Höhepunkt erreichte, war er so erschüttert, dass er weinte.

Lena spürte seine Tränen auf ihrem Hals.

Später, als sie nebeneinanderlagen, Lena und Jorge, und in die Nacht lauschten, fielen Lena wieder die Sätze aus den *Vertauschten Köpfen* ein. Sie war jetzt Sita, aber nicht nur in ihrer Phantasie, sondern als leibhaftig Erweckte. Noch nie zuvor waren diese Sätze so wahr gewesen wie heute: »Genau dieses Glück nun, das man überirdisch nennen darf, hatte ein launisches Geschick dem Liebespaar zugespielt. Und sie genossen es in trunkenen Zügen. Sie war nun die begünstigste Frau der Welt und empfing Wonnen, die sie früher nur mit geschlossenen Augen erträumt hatte. Was in der Einheit eines jeden die Hauptsache gewesen war, hatte sich zusammengefunden und eine neue, alle Wünsche erfüllende Einheit gebildet. Sie war im Besitz eines Gemahls, der, wenn man so sagen darf, aus lauter Hauptsachen bestand.«

Jorge gestand ihr, dass er sich gleich am Beginn seines Lebens in sie verliebt hatte, damals, als der Gerokopf erwacht war, und er zum ersten Mal wieder gesehen und dabei sie erblickte hatte. »Doch dann habe ich das einfach vergessen, weil das neue Leben zu anstrengend war.«

»So einfach ist das nicht«, gab sie zurück und legte den Kopf auf seine Brust.

»Aber es wäre doch schön, wenn es so einfach wäre. Was spricht dagegen? Also lass es mich doch einfach glauben, und lass unsere Geschichte genau so beginnen, mit diesem magischen Moment meiner Geburt, als du aus dem Nebel aufgetaucht bist.«

Dass es nicht einfach war, erwies sich bald. Der Neue, der bei Lena eingezogen war, wurde plötzlich wieder von alten Dämonen heimgesucht. Der Unfall, die Operation, an alles erinnerte er sich wieder so glasklar, als ob er Gero wäre! Und diese kurzen Zustände als Kopffüßler waren keine Höhenflüge mehr und trösteten ihn nicht, im Gegenteil: Ohne einen Körper zu sein, nachdem er ihn gerade gefunden und mit jedem Tag mehr in Besitz nahm, ließ ihn erzittern. Posttraumatisches Belastungssyndrom, PTBS, lautete die Diagnose.

»Die Pflicht, sich zu erinnern, gibt es nicht, aber das Recht zu vergessen schon!«, schrie er. »Lass uns Gero von Hutten töten, auslöschen! Die Monate seit seinem Unfall einfach vergessen.« Und er fragte Lena, ob sie ihm nicht diese besonderen Pillen besorgen könnte, die Erinnerungen gezielt auslöschten.

Sie redete es ihm aus, weil die Forschungen noch ganz

am Anfang standen zu *Vergißmeinnicht* und *Vergißmein-bloß*, wie die Substanzen intern von ihren Kollegen genannt wurden. »Falls etwas schiefgeht … falls deine ganze Erinnerung zu – wie soll ich sagen – zu einem zähen Brei wird, könnten wir uns am Ende wieder verlieren.«

Und genau das wollte weder sie noch er riskieren.

Rita Simon war mit dem positiven Schwangerschaftstest in der Tasche sofort zu Kara Metzig gefahren. Sie hatte ihren Besuch nicht angekündigt.

Als Rita klingelte und ihren Namen nannte, fragte Kara durch die Gegensprechanlage: »Was willst du?«

»Du wirst Großmutter!«

Rita wartete, drückte gegen die Tür, dann klingelte sie noch einmal.

»Mach bitte auf! Es ist mein voller Ernst.«

Endlich summte der Türöffner. Rita betrat das Haus und hastete die Treppe hinauf.

Kara Metzig wartete im Eingang ihrer Wohnung im ersten Stock. Sie fand immer noch keine Worte und umarmte still, aber fest die junge Frau. Zusammen gingen sie hinein und setzten sich in das Wohnzimmer. Im Bücherregal standen Josefs alte Fotos neben dem allerletzten Ganzfoto von Patient GH/JM, das sie kurz vor dem Jahrestag der OP erhalten hatte.

»Ich bin erst in der siebten Woche. Gerade am Anfang kann noch viel passieren.«

»Wann wird das Kind auf die Welt kommen?« Kara Metzig schien aus der Trance zu erwachen …

»Es ist ein Junge. Nächsten Sommer, bald zwei Jahre nach Josefs Unfall. Der errechnete Geburtstermin fällt auf Anfang Juli.«

»Ich kann es kaum glauben.« Kara Metzig stiegen die Tränen in die Augen. Diese Nachricht entschädigte sie für so viele schlaflose Nächte, in denen sie gezweifelt hatte, ob ihre Entscheidung für die Körperspende richtig gewesen war. »Es ist wie ein Wunder. Aber ich ahnte es schon immer: Josef wird weiterleben! Tod und Auferstehung! Er hat sich doch so sehr ein Kind gewünscht, und jetzt, zwei Jahre nach seinem Tod… Deshalb durfte er nicht sterben. Am Ende war es doch richtig, was ich getan habe.«

Und Rita strich stolz über ihren Bauch und nickte. »Alles fügt sich, es war gut, dass ich im August hierherkam und die Bilder auf deinem Tisch fand.«

»Bist du auch wirklich ganz sicher, dass es sein Sohn ist?« Kara Metzig deutete auf ein Bild im Silberrahmen, das Josef noch allein zeigte. »Dass es nicht der… andere war?«

»Er hat wirklich nur einen Schwanz und zwei Hoden und das waren die von Josef«, lachte Rita. »Nur auf den Bildern waren es mehr.«

»Auf welchen Bildern?«

»Unwichtig! Aber du kannst beruhigt sein. Ich habe eine genetische Frühuntersuchung machen lassen, für alle Fälle.« Sie zog das Papier mit den Testergebnissen aus der Tasche und reichte es Kara. »Weil auch ich plötzlich Angst bekommen hatte. In GH/JM hätten sich irgendwelche Chimärenspermien bilden können. So wie er jetzt aussieht! Aber es ist das Kind von Josef, das hat der Gentest mit neunundneunzigprozentiger Sicherheit ergeben. Und es wird ein Junge, ein neuer Josef! Wunderbar!«

»Was sagt er denn dazu? Gero von Hutten, meine ich? Will er das Kind wirklich nicht für sich?«

»Nein. Das Kind, sagt er, hat nichts mit ihm zu tun.«

»Aber du hast mit ihm dieses Kind gezeugt, du hast mit ihm geschlafen. Ihm gehört Josefs Körper, also ist er rechtlich auch der Vater.«

»Gero hat sich verändert. Ich kenne Gero sehr gut, und glaub mir, er ist längst ein anderer geworden. Bald gibt es ihn überhaupt nicht mehr.«

»Wie meinst du das?«

»Josef ist schon für tot erklärt worden, er ist bestattet. Und der nächste Tote wird Gero von Hutten sein...«

»Wieso der nächste Tote?«, fragte Kara erschrocken.

»Ich will, dass auf der Geburtsurkunde meines Kindes Josef Metzig als Vater steht, verstorben an jenem 22. August. Aber dazu müssen wir Gero für tot erklären lassen und uns Josefs Gencode zurückholen. Das ist möglich, meint ein Freund, der sich in rechtlichen Dingen auskennt. Gero von Hutten soll nicht biologisch sterben, keine Sorge, sondern nur als Person verschwinden.«

»Und das kannst du veranlassen?«

»Besser ist es natürlich, wenn die Ehefrau den Antrag stellt.«

»Yvonne von Hutten? Aber sie leben doch noch zusammen...?«

»Ob sie ihn noch will, bezweifle ich.«

»Wegen des Kindes?«

»Das ist nicht mehr wichtig. Er ist bereits auf andere Weise von ihr gegangen. Patient GH/JM ist zu Doktor Kraft gezogen, wusstest du das nicht?«

Kara Metzig starrte sie mit offenem Mund an. »Du meinst, sie sind ein Paar, mein Josef... ich meine er und diese Ärztin?«

»Waren sie das nicht schon immer?«, fragte Rita zurück.

»Aber doch nicht auf diese Weise...« Kara Metzig schüttelte den Kopf.

»Übrigens, er nennt sich jetzt Jorge!«

»Ein seltsamer Name, das war sicher ihre Idee. Trägt sie immer noch den weißen Kittel?«

»Ich glaube nicht. Habe sie schon lange nicht mehr damit gesehen.« Rita Simon stand auf, um in der Küche ein Glas Wasser zu holen.

Kara Metzig saß einige Minuten allein da, und wie damals im Warteraum während der Operation faltete sie die Hände in ihrem Schoß und schloss ihre Augen.

Ich habe recht behalten, dachte sie, Josef ist nicht tot, und er wird Vater werden. Ich kann die alte Babypuppe auf dem Speicher doch noch meinen Enkeln zeigen und ihnen von Josefs und auch noch von meiner eigenen Kindheit erzählen.

Als Rita zurückkam, machte Kara ihr ein Angebot: »Wenn du willst, kann ich mit Yvonne von Hutten sprechen.« Josefs Mutter hatte in der Zwischenzeit einen Entschluss gefasst. »Wir haben zusammen meinen Sohn und ihren Mann gerettet. Jetzt sollten wir auch zusammenhalten und GH/JM helfen, aber nur, wenn er es auch will. Ich werde mit ihr, also mit Geros Frau, reden. Vielleicht können wir alles zu einem guten Ende bringen.«

Im Haus herrschte Totenstille. Yvonne von Hutten blieb eine Weile sitzen und lauschte, als erwarte sie noch jemanden. Das hatte sie sich in den letzten Tagen angewöhnt. Sie blieb dann vor dem früheren Atelier ihres Mannes stehen, in dem niemand mehr arbeitete. Die Tür war abgeschlossen. Sie rüttelte am Griff, klopfte auf das Holz, immer heftiger, ununterbrochen. Sie kauerte sich auf den Boden, den Rücken an die Tür gepresst, die Beine angezogen, das Kinn auf die Knie gestützt. Sie war nur noch Kopf und Beine und Arme, fast wie einer seiner Kopffüßler sah sie aus. Sie fühlte sich, als wäre sie im vergangenen Jahr um das Zehnfache gealtert. Damals hatte sie Himmel und Hölle in Bewegung gesetzt, um ihren Mann Gero nicht sterben zu lassen. Jetzt wollte sie nicht länger mit diesem Monster leben, das sie täuschte und betrog. Rita Simon bekam ein Kind von Josef, Gero malte nicht mehr und der Neue lebte unter dem Namen Jorge mit Lena-Maria Kraft zusammen. Aber sie hatte nichts und niemanden mehr. Meine verzweifelte Liebe, denkt sie, hat mich blind und taub gemacht. Kopflos eben!

Genau an diesem Tag rief Kara Metzig an und unterbreitere ihr Ritas Wunsch und Idee. Yvonne konnte es kaum glauben. Darauf hatte sie gewartet. Sie sehnte sich nach einer Grabstätte, einem Ort, an dem sie um ihren Mann, der von ihr gegangen war, trauern konnte. Yvonne war sofort bereit, die notwendigen Schritte einzuleiten.

Nur zwei Wochen später stellte das Ehepaar von Hutten, vertreten durch die Prometheus-Juristin Hildegard Müller, den Antrag beim Familiengericht Gemberg, Gero von Hutten für tot zu erklären und offiziell beerdigen zu lassen. Sie beriefen sich dabei auf eine analoge Anwendung des Transexuellengesetzes. Denn das Trans-Personal-Gesetz war immer noch nicht vom Parlament verabschiedet worden, aber auch das Transplantationsgesetz hatte erst dreißig Jahre nach der ersten Herzverpflanzung seine endgültige Form und eine Mehrheit gefunden.

Wichtigste Grundlage war auch in Gero von Huttens Fall Artikel 2 Absatz 1 des noch immer geltenden Grundgesetzes, das jedem – gleichgültig, wie beschaffen oder transplantiert, wie gezeugt oder genetisch verändert – das Recht auf freie Entfaltung der Persönlichkeit garantierte. Und so beantragten sie, den alten Namen der registrierten Person Gero von Hutten löschen zu lassen und ihm einen neuen Namen zu geben: Jorge Warnet. In seinem Fall war die Operation (große Lösung) der Namensänderung (kleine Lösung) vorausgegangen. Seinen neuen

240

Nachnamen hatte Gero aus dem Stammbaum frei wählen können. Es sollte der Familienname seines angeheirateten Onkels, des Osterinselreisenden, werden.

Die neue Person Jorge Warnet sollte Gero von Huttens zweifachen Gencode (JM 238971148 und GH 108693535) als Persönlichkeitsmerkmale übernehmen, ebenso die registrierten Fingerabdrücke des Körperspenders.

Gleichzeitig leitete die werdende Mutter Rita Simon eine gesonderte Vaterschaftsanerkennung für Gencode JM 238971148 ein, ehemals Eigentum des verstorbenen Josef Metzig. Ein Gentest für das gezeugte, aber noch ungeborene Kind, das später Victor Josef Metzig heißen sollte, lag bereits vor.

Psychiatrische Gutachter bestätigten nach Durchsicht sämtlicher Voicerecording-Protokolle und des Archivmaterials der Prometheus-Stiftung, außerdem nach Vernehmungen von Kara Metzig, Rita Simon und Yvonne von Hutten, dass sich der Maler Gero von Hutten zu einer neuen Person entwickelt habe. Der noch als Gero von Hutten geführte Mann ließ in einem Gespräch mit dem zuständigen Richter keinen Zweifel daran, dass er sich als eine neue Persönlichkeit wahrnahm. Das schlage sich inzwischen so im äußeren Erscheinungsbild nieder, dass er gerade angewiesen worden sei, ein neues, aktuelles Passfoto vorzulegen.

Dieser gesamten Verjüngung versuchten Forscher der Prometheus-Stiftung immer noch anhand der wöchentlichen Blutproben des Patienten GH/JM auf die Spur zu kommen. Die Hormonprofile des Patienten GH/JM durchliefen bereits wichtige Tests. Einen »umgekehrten Dorian-Gray-Effekt« hatte die Prometheus-Gruppe dieses erstmals beobachtete Phänomen getauft, das den Richter nachhaltig beindruckte.

Alle Fachartikel zum Thema – von der allerersten, jahrzehntealten Veröffentlichung Steinharts »Persons versus brains« bis zu den neuesten *Brainom*-Arbeiten – lagen dem Gericht vor. Das *Brainom* Gero von Huttens wurde als ein zentrales Beweismittel eingestuft. Dafür hatte Lena, die als Gutachterin befragt wurde, alle fMRT-Aufzeichnungen analysiert, die sie mit Patient GH/JM angefertigt hatte. In festen Zeitabständen, während der Lösung bestimmter Aufgaben, war sein Gehirnaktivitätsmuster aufgezeichnet worden. Zurzeit arbeiteten sie daran, aus dem Zeitverlauf der fMRT-Bilder eine Veränderungs-*Brainom* zu erstellen. Die Verschiebung des Musters, die über den Zeitverlauf stattgefunden hatte, war über Rechenoperationen in Säulendiagrammen sichtbar gemacht worden und eindeutig: Abgeglichen mit dem Durchschnittsweltgehirn ergab sich eine Persönlichkeitsverschiebung von agressiv zu kooperativ und von intuitiv zu abstrakt.

Mit dem DTI hatte Lenas Team die neuen kortiko-kortikalen Hirnverbindungen aufgespürt und legte der Welt, und natürlich dem Gemberger Gericht, erstmals einen *in vivo* neu geformten personalen »connectional fingerprint« vor, der dem genetischen Fingerabdruck in seiner Individualität durchaus vergleichbar war. Denn Geros frontale Gehirn-Muster hatten sich so sichtbar verändert, dass Lena bei ihrer Befragung sogar vom »Umbau einer Person« sprach.

Der Richter verkündete schließlich am 7. November, einen Tag, bevor Josef Metzig zwanzig Jahre alt geworden wäre und eineinhalb Jahre nach Josefs offiziellem Ableben, den personalen Tod des Gero von Hutten, der mit seiner Frau vor ihm saß. In der Urteilsbegründung hieß es: »Kein Mensch kann unter den gegebenen, besonderen Umständen gezwungen werden, wegen einer einmal erfolgten Eintragung sein Leben als eine Person zu führen, der er sich seelisch und körperlich nicht mehr zugehörig fühlt. Die Existenz einer Person kann nicht allein an das Gehirn gekoppelt werden. Es kann zwar einen Hirntod geben, aber kein isoliertes Hirnleben. Zu einem personalen Leben gehört immer der gesamte Körper, der natürlich auch das Gehirn umfasst. Und wenn der Körper, einschließlich seiner Denkmuster, ein anderer wird, wie Unterlagen im Fall GH/JM eindrücklich belegen, kann auch die alte, allein über das Gehirn definierte Person verschwinden und eine neue, dritte Person entstehen. In diesem Fall ist die große Lösung, also eine Operation (Körperspende bzw. Kopfverpflanzung) der kleinen Lösung (Namensänderung) vorausgegangen. Soweit der Betroffene verheiratet ist, kann die Ehe mit Rechtskraft der Feststellung des Gerichts über die Zuordnung zu einer neuen Person aufgelöst sein oder der Partner als verwitwet gelten. Die Wahl obliegt der Ehefrau und ist gegenüber dem Gericht unwiderruflich zu erklären.«

Der Richter schüttelte ihnen die Hand: »Alles Gute für Ihren weiteren Lebensweg, Herr Jorge Warnet.«

Von der zweiten Möglichkeit machte Yvonne Gebrauch und wurde deshalb zu Gero von Huttens Witwe. Sie erbte die wenigen alten Arbeiten und alle seine Kopffüßlerbilder und – auf Jorges ausdrücklichen Wunsch – auch die Fotoserie *Sperrzone*, die langfristig mehr Geld bringen und damit ihren Lebensunterhalt sichern würden. Beim Verkauf hatte sie fortan freie Hand. Denn sie hatte versprochen, Jorge Warnet ein Drittel der Erlöse zu überweisen. Er wurde offiziell als Kunstberater geführt. Das war ihm mehr als recht in seinem neuen Leben.

Auf dem Gelände der Prometheus-Klinik, auf dem sich ihrer aller Wege zum ersten Mal gekreuzt hatten, trafen sie sich am dritten November-Sonntag. Alle waren schon einmal hier gewesen, außer Jorge. Es nieselte an diesem schmutzig grauen Tag, an dem es nie richtig hell und der Nebel immer dichter wurde.

In der Mitte des Gedenkhofs auf dem sanften Hügel des anonymen Massengrabes der Organspender glänzte eine Skulptur aus schwarzem Marmor.

»Was ist denn das für ein Ding?«, fragte Josefs Mutter.

»Sehr schön«, meinte Rita, »so feierlich!«

»Wissen Sie, was das darstellen soll?« Yvonne von Hutten warf Lena einen Blick zu.

Die Ärztin hatte in der Kommission gesessen, die dieses Kunstwerk einstimmig ausgewählt und Prometheus den Ankauf empfohlen hatte. Die Skulptur war der Stiftung von einem Museum angeboten worden, das dringend Geld benötigt hatte.

»Das Werk ist schon älter, es stammt aus dem Jahr 2003, und der Künstler ist bereits verstorben. Der Sockel hat die Form eines traditionellen Grabes. Aber es steht kein Kreuz darauf, sondern diese geometrische Figur, die sich sogar genau berechnen lässt. Dieser Stein ist dem Oktaeder auf Dürers berühmtem Kupferstich *Melancholia* nachgebildet. Wie herabgefallen von einem dunklen Unstern soll er wirken. Das hat der Bildhauer selbst gesagt. Als geometrische Form und auch der Farbe wegen, steht dieses Gebilde auch für die schwarze Kunst. Es verkörpert den Willen des Menschen, die physische Welt zu bewältigen, ja zu beherrschen. Und das passt doch ausgesprochen gut zur Prometheus-Philosophie.«

Die kleine Gruppe stellte sich im Halbkreis vor Wand III auf. Zwei Namen standen jetzt untereinander auf der Platte der Urnenkammer:

Josef Metzig

Gero von Hutten

Alle außer Jorge hatten eine weiße Lilie dabei. Nicht nur Yvonne trug Schwarz, auch alle anderen. Trotzdem wirkten sie fröhlich, nicht wie übliche Trauernde. Denn die kleine Gruppe freute sich an diesem Tag auch über zwei neue Menschen: über Jorge und Victor, den noch ungeborenen Sohn Josefs.

Ihren Kragen hatte Rita hochgeschlagen, der kühle Wind wehte heftiger und blies die letzten Blätter von den Bäumen. Sie legte ihre Hände auf den Bauch und sah kurz in die fast kahlen Baumkronen.

»Ich habe mich entschlossen, als Erste zu sprechen. Denn ich möchte mich bedanken, und zwar bei der Wissenschaft, letztlich bei der Prometheus-Klinik, vertreten durch Sie, Doktor Kraft. Mathias Rothoff konnte leider nicht kommen, er muss operieren, wie immer. Sie beide haben es möglich gemacht, dass ich mit Josefs Kind schwanger bin, das ist ein großes Geschenk, nein, ein unfassbares Glück! Dieser Sohn ist etwas Besonderes, ein wahrer Sohn des Prometheus. Denn in ihm materialisiert sich, was in dem alten Mythos noch unmöglich war: ein Stück Unsterblichkeit auf Erden. Wie wir wissen, formte nach einer Überlieferung der Titan, der dieser Klinik ihren Namen gab, die Menschen aus Regenwasser und Erde. Er stahl den Göttern das Feuer, um die Menschen zu beseelen. Doch es gelang ihm nicht, sie unsterblich zu machen. Zum Trost stattete er den vergänglichen Körper mit paarigen Gliedmaßen aus. Deshalb besitzen wir zwei Arme und zwei Beine. Der Hals jedoch stellte eine Scheidelinie dar, auf ihm thronte der Schädel, und zwar nur einmal. Und dieses Haus des Geistes bewohnte – so erzählt der Mythos – die unsterbliche Seele, die nach dem Tod des Fleisches wieder zu den Göttern aufsteigen würde. Danach schuf Prometheus das von Gefühlen entflammbare Herz, an dem das Leben hängt, und schließlich die anderen Organe. Der Prometheus des einundzwanzigsten Jahrhunderts weiß so viel mehr und ist weiter, er hat Ersatzorgane in Reserve und verpflanzt ganze Körper und Köpfe. Das ist mehr, als die alten Götter zu träumen wagten und uns Menschen zutraute. Mein Kind ist geboren aus dem Samen eines Mannes, der keinen Kopf mehr hatte, aber dessen Herz dafür umso heftiger für mich schlug. Josef liebte mich über seinen Tod hinaus, und Gero schaute zu und weinte, weil sein Geist diesen Josef-Körper nie wirklich besitzen konnte. Als mein Sohn gezeugt wurde, ist Josefs Bewusstsein aus seinem Leib gefahren und hat den Körper freigegeben, für einen anderen, jemand Neues. Und auch Gero konnte seinen Kopf endlich befreien und Jorge hereinlassen. Es war endlich Platz für neues Leben, in mir und in ihm. So habe ich das erlebt, so sehe ich es, auch wenn die Wissenschaftlerin unter uns nun sicher den Kopf schüttelt. Heute gedenken wir Gero am dem Ort, an dem die Asche seines Körpers bereits begraben wurde, zusammen mit der Asche meines geliebten Josef. Wenn wir heute die Person Gero von Hutten offiziell beerdigen, mischt sich in meine Trauer, und ich bin sicher, das geht uns allen so, auch eine große Freude: Weil wir alle endlich frei sind! Weil endlich Klarheit herrscht. Wenn mein Sohn heranwächst, kann ich ihm von seinem verstorbenen Vater Josef erzählen und von dessen besonderem Freund Gero, die sich so nahe waren wie niemals zwei Menschen zuvor. Im Leben als Fleisch zu Fleisch. Und nun auch im Tod; Asche zu Asche. Ruhet in Frieden, ihr zwei.«

Yvonne schluckte, und Kara Metzig legte ihr eine Hand auf die Schulter. Geros Frau war nun, wie sie selbst, Witwe geworden. Kara konnte nachfühlen, was sie empfand.

Nachdem Lena die zweite weiße Lilie auf den Vorsprung vor der Gedenkplatte gelegt hatte, ergriff auch sie das Wort: »Ich möchte nochmals an euren Mut erinnern, Kara und Yvonne. Es gehörte wirklich Mut dazu, so zu denken und zu handeln, als Josef hirntot und Gero ohne Hoffnung auf ein normales Leben war. Ihr habt es aus Liebe für diese Männer getan und dabei mich als Wissenschaftlerin ermutigt, weiter und vorwärts zu gehen, weiter als alle zuvor. Nur durch eure Weitsicht und Intuition, auch wenn sie der Verzweiflung einer Mutter und einer Ehefrau entsprungen waren, haben wir es geschafft. Viel früher als geplant wagten wir den Eingriff. Was wir persönlich gelernt haben, alle, die wir hier stehen, und was wir oft unter Schmerzen erfahren haben, das hat bereits geholfen und wird in Zukunft noch vielen anderen helfen, ein neues Leben zu leben.

Rita, Sie haben mir ein Buch geschenkt, aus dem ich etwas zitieren möchte. Es sind die letzten Sätze, die Mary Shelley ihrem gescheiterten Wissenschaftler Victor Frankenstein in den Mund legt. Ich habe mir die Stelle auf einem Zettel notiert. Sie lautet: ›Suchen Sie das Glück in einem friedlichen Leben. Meiden Sie Ehrgeiz, auch wenn es sich nur um den scheinbar unschuldigen handelt, sich in Wissenschaft und Entdeckungen auszuzeichnen. Meine eigenen Hoffnungen in dieser Hinsicht sind gescheitert, aber vielleicht hat ein anderer Erfolg.‹

Nun, genau ein Vierteljahrtausend später, haben wir es tatsächlich geschafft, und wir haben den Erfolg. Uns wird applaudiert. Denn wie ihr sicher gelesen habt, sind Professor Rothoff und ich selbst für den Medizinnobelpreis im nächsten Jahr im Gespräch. Und zwar für unsere gemeinsamen Arbeiten zum Patienten GH/JM, an dessen vollständigem Grab wir heute stehen. Und wir haben tatsächlich gute Chancen, das behaupten viele Fachkollegen. Natürlich freue ich mich, aber es bedeutet mir viel weniger, als ich immer dachte. Ich habe endlich bei der Prometheus-Stiftung gekündigt, denn ich werde mit Jorge auf eine Reise gehen, eine lange Reise. Was danach kommt, wissen wir noch nicht. Sollte ich wirklich in einem Jahr nach Stockholm fahren dürfen, wird er mich begleiten, das hat er mir versprochen. Ein friedlicheres Leben als zuvor, das wünsche ich uns allen für die nächste Zeit.«

Lena nickte Jorge zu, der jetzt vortrat.

Er berührte die neue Gedenktafel, auf der die beiden Namen in goldenen Lettern standen.

»Ihr habt bereits vor achtzehn Monaten an dieser Stelle getrauert«, begann er. »Mit den Männern, um die ihr damals geweint habt, habe ich seitdem zusammengelebt. Inniger und intensiver ging es kaum. Und sie haben es mir nicht einfach gemacht. Gero kannte ich sehr gut, ihn verstand ich. Aber Josef machte es mir schwerer. Was sind sie heute für mich? Brüder? Nein, dazu waren sie beide zu überlegen, zu mächtig. Auf eine Art sind beide eher meine Väter gewesen, meine Erzeuger, und wie jeder Sohn musste ich mich gegen sie behaupten. Gero würde mir die Anspielung verzeihen! Er hatte für so etwas Sinn! Ich musste gegen die zwei buchstäblich meinen Kopf durchsetzen, und zwar immer wieder, und tagtäglich meine Art finden, mit Geros Kopf zu denken und mit Josefs Körper zu fühlen. Das wäre mir ohne euch nie geglückt. Vier Frauen, die mich gewollt haben, mit Haut und Haaren, vom Kopf bis zum Zeh. Und zwar jede auf ihre Weise. Und so hat auch jede von euch etwas anderes in mir gestärkt und mir geholfen, der zu werden, der ich heute bin: Jorge. Zum ersten Mal stehe ich vor dieser Gedenktafel, und ich bin wirklich berührt. Es ist schon ein komisches Gefühl, zu wissen, dass diese zwei Männer letztlich für mich gestorben sind. Ich hoffe sehr, dass der gerade verschiedene Gero auch seinen Frieden findet und seine, meine und unser aller Dämonen gebannt sind. Für immer hier begraben.

Manche sagen, was soll das, ein Name? Doch dieser zweite Name auf dem Grab, in dem die Asche seines Körpers seit langem ruht, bedeutet sehr viel für mich. Aber noch mehr für Yvonne. Dir wünsche ich aus ganzem Herzen und mit ganzem Hirn, dass du endlich Abschied nehmen und trauern kannst um deinen Mann, der dich, glaub es mir, ich kannte ihn gut, über alles geliebt hat. Heute ist ein glücklicher Tag, besonders auch für mich. Aber was ist Glück? Doch, das darf man fragen an so einem Tag. Und ich möchte einen Philosophen zitieren, Walter Benjamin, der schrieb ›Glücklichsein heisst, ohne Schrecken seiner selbst innewerden können.‹ Ich danke dir Lena, und ich danke euch allen, dass ich das erleben kann.«

Die Trauergemeinde stand noch eine Weile schweigend vor Wand III, bevor sich Kara Metzig und Rita Simon entfernten und in Richtung Sandsteintor vorausgingen. »Mein Junge und ich werden eines Tages hierher zurückkommen und beiden in großer Dankbarkeit gedenken«, versprach Rita.

»Ich weiß. Und vergesst nicht, bei mir vorbeizuschauen«, flüsterte Kara und wischte sich über die Wangen.

Ihnen folgte mit schnellen Schritten Yvonne, die Jorge zum Abschied lange umarmt hatte.

Auf dem schwarz glänzenden Stein klebten viele braune Blätter, der Wind hatte sie dorthin geweht. Lena begann, die Blätter aufzusammeln, und Jorge half ihr dabei.

Der Nebel war noch dichter geworden, und die Umgebung glich fast einer Eislandschaft. Lena musste lächeln. Am Schluss von Mary Shelleys Roman war die Kreatur im polaren Nebel verschwunden, orientierungslos und einsam. Frankensteins Geschöpf war nur noch das Umher-irren in einer eiskalten, für Menschen unbewohnbaren Welt geblieben.

Lena und Jorge schlossen sich in die Arme. Ihre Monster ruhten jetzt hier in Frieden. Sie aber würden in acht Tagen aufbrechen und nach Mexiko fliegen. Sie würden weiterreisen, die Westküste des südamerikanischen Kontinents entlang, bis nach Santiago de Chile.

Dort würden sie das Flugzeug besteigen, das sie zum Nabel der Welt bringen sollte.

IV   Am Nabel der Welt

Weiter als der Himmel – ist das Hirn –
Denn – leg sie Seit an Seit –
Nimmt dieses jenen leicht noch auf
Und Dich – wie nebenbei

Emily Dickinson (Übers. Durs Grünbein)

Der Nabel ist das Zeichen, dass wir von einer Frau geboren wurden. Aus den vernarbten Resten der durchtrennten Nabelschnur formt sich dieser Fixpunkt unserer leiblichen Existenz: Eine rundliche Vertiefung ist er, manchmal eine Auswölbung oder eine unregelmäßige Verwachsung, immer ein kleiner Krater zwischen Schambein und Brust: Der Nabel ist der Mittelpunkt einer Körperwelt, der ein Ich entsteigen wird.

Als »Nabel der Welt« erlebten die Bewohner von Rapa Nui ihre Heimatinsel im Pazifik. »Nabel der Welt« hieß in ihrer Sprache *Te pito o te henua*. Kein anderer Ort auf Erden ist einsamer, liegt so weit von anderen bewohnten Kontinenten und Archipelen entfernt. Im Umkreis von 3700 Kilometern in östlicher und 2100 Kilometern in westlicher Richtung lebt bis heute keine Menschenseele, sodass sich die Männer und Frauen von Rapa Nui in den alten Tagen ganz allein auf der Welt und als deren Mittelpunkt wähnten. Nur die Seeschwalben, die auf den vorgelagerten Klippen brüteten, vermittelten den Inselbewohnern eine Ahnung, dass es hinter den Horizonten des endlos scheinenden Meeres vielleicht noch etwas anderes geben könnte. Glaubten sie, dort läge das Paradies? Fortan träumten sie vom Fliegen und entwickelten, als ihre Hochzeit zu Ende ging, den Vogelmannkult. In Stein ritzten sie das Bild dieses Mischwesens aus Mensch und Vogel. Doch wie breit dachten sie sich die Flügel des Vogelmannes?

Die Menschen von heute kommen, wie Lena und Jorge, in großen metallenen Vögeln auf breiten Schwingen, von weit her. Respektlos und überdimensioniert ist die Landebahn, die eine Betonschneise in die karge Landschaft schlägt. In den Siebzigerjahren des zwanzigsten Jahrhunderts ist sie von Amerikanern gebaut worden. Am »Nabel der Welt« lag damals der Ausweichlandeplatz für das Spaceshuttle, ein Raumschiff der frühen Generation, an das sich heute kaum noch jemand erinnert.

»Absurd«, staunt Lena nach der Ankunft am Flughafen von Rapa Nui, »dass auf dieser Insel, die so einsam im Pazifik treibt wie unsere Erde im Weltall, ausgerechnet Raumfähren notlanden sollten.«

»Weißt du eigentlich«, fragt er zurück, vielleicht weil sie mehrere Stunden über das Meer geflogen waren, »dass das Verhältnis von flüssiger zu fester Materie in einem Menschen und auf unserem Heimatplaneten gleich ist? Siebzig Prozent der Erdoberfläche bestehen aus Wasser, und wir bestehen zu ungefähr siebzig Prozent aus Flüssigkeiten. Ich habe keine Ahnung, was das bedeutet, aber das kann doch kein Zufall sein.«

Der Vogelmensch, das religiöse Oberhaupt der alten Rapa-Nui-Gesellschaft, wurde durch einen Wettkampf erwählt. Er selbst oder sein Stellvertreter musste der Sieger sein, wenn die von den Clanführern ausgewählten jungen Kämpfer im Frühjahr die steilen Klippen bei Orongo hinunterkletterten und zum Nistplatz der Seeschwalben schwammen. Wer das erste Ei unbeschadet in einem Schilfkörbchen zurückbrachte, war der Gewinner. Doch trotz seines so erworbenen Ansehens und seiner Macht konnte der Vogelmann sich nicht in die Lüfte erheben. Hoffte das Oberhaupt auf ein Wunder oder betete es zum Vogelgott, der Make Make genannt wurde, und bat um Flügel? Stieß er Menschenopfer die Steilküste hinab, um dieser Bitte Nachdruck zu verleihen?

Es ist ein schaurig-schöner Ort, an dem sie am zweiten Tag nach ihrer Ankunft stehen und mit Ehrfurcht in die Tiefe blicken.

»Was opfern wir heute für unsere Träume? Immer noch Menschen?« Lena drückt seine Hand.

»Werd bitte nicht melancholisch«, stöhnt er und legt den Arm um sie. »Hör auf zu grübeln! Schau lieber her!«

Aus seinem Rucksack holt er das Notizbuch mit den *Zwiegesprächen*. Ein Blatt nach dem anderen reißt er heraus und zerreißt jedes zu kleinen Schnipseln, die er in die Luft wirft. Dabei hüpft er übermütig wie ein Kind. Der kräftige Passatwind bläst die beschriebenen Fetzen über den Rand der Klippen, formt aus seinen Gedanken Schmetterlinge und grauweiße Vögel. So klein und frei wie die Seeschwalben in weiter Ferne.

Er weiß, wie er sie zum Lachen bringt.

Das letzte Blatt faltet er zusammen und legt das Papier in ihre Hände, die er zu einer Halbkugel geformt hat.

»Was ist das?«

»Ein besonderes Gedicht«, sagt er nur.

Sie schließt die Hände, umfasst und beschützt Jorges Geschenk, keine Windböe soll es ihr entreißen.

»Ich lese es dir übermorgen vor«, verspricht er, »am Rano Raraku.«

Im Jahr 1722 wurde das hügelige Rapa Nui, an dessen drei Enden erloschene Vulkane aufragen wie Wachtürme, von holländischen Forschungsreisenden entdeckt. Sie tauften den unzugänglichen Flecken Erde nach dem Tag ihrer Landung auf den Namen Osterinsel. Ein entzauberter, fast banaler Name für diesen Ort, an dem damals nur noch wenige Insulaner überlebt hatten. Zerstört worden war das Leben, untergegangen in einer durch ungehemmte

Waldrodungen ausgelösten ökologischen Katastrophe, in Kämpfen und Kannibalismus. Nur die steinernen Ahnen, die Moai, hatten zu Hunderten, und damit in größerer Anzahl als die Menschen, dem Untergang getrotzt.

Das Gefühl von Zeit verschwindet im Angesicht dieser mächtigen Figuren, die immer noch als geheimnisvolles, aber auch unheimliches Weltwunder bestaunt werden. Vier bis sechs Meter hoch sind sie, einige Giganten bringen es auf eine Größe von über zwanzig Metern. Gekrönt sind ihre Häupter mit roten behauenen Tuffsteinen, die wie steinerne Hüte aussehen. Der Moai ist mindestens zur Hälfte Kopf, er besitzt weder Unterleib noch Beine, nur angedeutete Arme und einen kurzen Rumpf, der knapp über oder unter dem Bauchnabel endet.

Könnte das ihre Gestalt erklären, überlegt Lena, dass niemand den Nabel der Welt zu Fuß verlassen und weggehen oder wegfliegen konnte; nicht einmal der Vogelmann?

In Gruppen, aber auch einzeln, ruhen die grauen Steinfiguren auf Sockeln, den Ahus, in denen man einst Gräber fand. Ihre gebogenen Rücken sind immer dem Meer zugewandt, ihre Gesichter blicken landeinwärts, dorthin, wo früher die Siedlungen lagen. Die Moai beschützten ihre Nachkommen, bewachten sie. Auch Augen besaßen sie, gefertigt aus weißer Koralle und mit einer schwarzroten Pupille aus Vulkangestein, besondere Schätze, von den Dorfältesten gehütet. Nur an Festtagen und bei Ritualen beseelten ihre Schamanen die Köpfe mit den glänzenden Augen und brachten die dunklen Augenhöhlen zum Strahlen.

»Wenn Sie genug bezahlen, kann ich solch ein Ritual in der Bucht *Anakena* für Sie arrangieren«, erklärt ihnen der Besitzer der kleinen Pension im Dorf Hanga Roa, in dem sie ein Zimmer gemietet haben. »Das ist etwas ganz Einzigartiges!«

Doch Lena schüttelt den Kopf. »Auch wenn Sie das nicht verstehen, glauben Sie mir – Ich will nie wieder in starre Pupillen schauen.«

In der Nacht vom dritten auf den vierten Tag wacht sie auf. Sie spürt Jorge neben sich und ihrer beider Geruch erinnert sie daran, wie sie sich zuvor geliebt haben in der Stille dieses Zimmers, das immer noch warm ist und dessen Teppichboden immer noch modrig riecht, obwohl alle Fenster geöffnet sind, hinaus in eine sternenklare, kühle Nacht. Sie kann nicht mehr einschlafen und betrachtet ihn, diesen Mann, um dessen Hals sich eine feine rote Linie zieht.

Ihre Fingerspitzen gleiten seine Narbe entlang und liebkosen sie federleicht, dieses Meisterwerk.

Ist es tatsächlich die Liebe, der Eros, die aus der Dunkelheit das Licht entstehen lässt und uns werden lässt, uns ganz macht und heilt, fragt sie sich. Wahrscheinlich ja, wie sonst hätten sie es bis hierher schaffen können, aus den kalten Labors in diese Wärme? Sie sind nicht allein. Nicht gestrandet in der Kälte des Eismeeres, sondern auf einer Insel im Pazifik. Sie sind nicht verloren und verdammt wie diese Kreatur und ihr Schöpfer in der Geschichte der englischen Mary Shelley. Ihr »Frankenstein«, obwohl er unzählige Male immer wieder neu und immer wieder anders erzählt worden ist, hat bislang stets böse geendet für die beiden. In der Wahrnehmung der Welt sind sie schon lange zu einer unmenschlichen Monstrosität verschmolzen.

Für uns beide, weiß Lena, wird die Geschichte des modernen Prometheus zum ersten Mal anders enden. Nicht nur, weil wir ein Mann und eine Frau sind. Nicht nur weil wir in der zweiten Hälfte des einundzwanzigsten Jahrhunderts leben. Ich habe viel mehr gewagt als mein berühmter Vorgänger Victor. Denn ich habe mein Geschöpf auch gelehrt, »Ich« und »Du« zu sagen, und ihm außer einem Namen auch meine Liebe geschenkt.

Ganz leise, um Jorge nicht zu wecken, flüstert sie in sein Ohr: »Ich liebe dich.«

Vorsichtig klettert Lena aus dem Bett, streift ein leichtes Sommerkleid über und setzt sich an den Tisch in der Ecke. Dort schaltet sie die kleine Schreibtischlampe an und betrachtet den Stapel Blätter, der auf der langen Reise zum »Nabel der Welt« stetig angewachsen ist. Sie hat keinen Computer, keinen *Voicerecorder*, sondern einen Tintenfüller benutzt. Hat genau wie Mary in ein großes gebundenes Buch geschrieben. So hat sie sich ihr näher gefühlt, als nun ihr zweites Meisterstück entstanden ist. Denn auch Lena will von einer ungeheuren Tat berichten. Allerdings ist es eine wahre Geschichte, ihre Geschichte.

Sie dreht den Kopf und vergewissert sich, dass dieser Mann, der bei seiner Geburt fünfundzwanzig Jahre alt war, immer noch schläft, bewacht von einem modernen Prometheus, der schließlich zu seiner Gefährtin geworden ist.

Wo alles begonnen hat, dorthin soll ihr Bericht zurückkehren, zusammen mit den kopierten Dokumenten aus dem Archiv der Prometheus-Stiftung und ihrer heimlichen Abschrift von seinen *Zwiegesprächen*. Das Kurierpaket ist bereits beschriftet, übermorgen will sie es am Flughafen abgeben. Lena streicht die letzten leeren Blätter glatt.

Während sie zu schreiben beginnt, hört sie die Wellen an die Steilküste von Rapa Nui schlagen, es klingt wie fernes, zustimmendes Rauschen, und der Geruch von Eukalyptus hängt in der Luft.

An ihrem vierten Tag auf der Osterinsel lassen sich Lena und Jorge frühmorgens mit einem Jeep zur Ostküste fahren, zum Rano Raraku, dem eigentlichen Ziel ihrer Reise. Dort wollen sie allein sein. Sie steigen Hand in Hand die Südflanke des Vulkans hinauf. Der Trampelpfad führt fast bis zum Kraterrand, der an seiner höchsten Stelle einhundertsechzig Meter misst. Und tatsächlich sind sie an diesem Morgen die einzigen Besucher unter den steinernen Kopfwesen. Der Ort ist so besonders, dass er geradezu unecht wirkt, wie von findigen Tourismusmanagern angelegt. Doch sie stehen in keinem Osterinselfreizeitpark mit über dreihundert wohl platzierten Osterinselköpfen in allen Stadien ihrer Entstehung. Hier hat tatsächlich die alte Freiluftwerkstatt der Moai nahezu unangetastet bald vier Jahrhunderte überdauert.

Das Ende von Rapa Nui war sehr plötzlich gekommen: Am Rano Raraku waren die Steinmetze in Panik geflohen, nachdem sie zuvor noch schnell und achtlos ihre Basaltbeile weggeworfen hatten. Zum Aufräumen war keine Zeit mehr gewesen, sie wollten nur fort, fort von hier.

»Rannten sie kopflos um ihr Leben oder mussten sie in eine Schlacht ziehen? Oder sind sie vielleicht gerade erst vorhin geflohen, als sie uns kommen sahen, zwei große, weiße Fremde?«, lacht Jorge und gibt Lena einen Kuss.

Am Südhang erinnern viele Skulpturen an seine in der alten Welt zurückgelassenen Kopffüßlerbilder. Oben stoßen sie auf eine Figur, die horizontal in der Felswand ruht, starr und unverrückbar wie der Berg, nur ihre Umrisse schälen sich aus dem schwarz-braunen Tuffstein.

Lena und Jorge stehen in den schmalen Gräben neben den Figurensockeln wie einst die Arbeiter, diese erfahrenen Menschenbildner, die sich so mit ihren Werkzeugen langsam vom Kopf über den Hals bis zum Nabel vorarbeiten konnten. Die Wanderer sind wie zwei Figuren in einem surrealen Bild, Traumgestalten auf einer Zeitreise.

Er betrachtet lange einen Moai, der noch bis zum Hals eingegraben ist. So wie nun Jorge haben früher die Steinmetze auf Augenhöhe mit ihren Kunstgeschöpfen gestanden, um deren kurze oder lange Ohren, platte Nasen oder wulstige Lippen mit den steinernen Meißeln zu formen.

Er erinnert sich an Josefs und Geros Kämpfe in seinem Innern. Aber ihre Zwiegespräche sind nur noch ferne Echos in seiner Erinnerung.

Köpfe ohne Gesichter, teils verwittert, teils abgeschlagen oder gar geschändet, aber auch gänzlich ungeformte, kopflose Steinblöcke liegen herum. Nur wenige sind noch durch einen Zapfen mit dem Vulkangestein verbunden, bei den meisten war diese steinerne Nabelschnur bereits durchtrennt worden.

Die fertigen Moai, anfangs noch stolz aufgerichtet, haben sich während des langen und vergeblichen Wartens auf ihre Reise immer tiefer in die Erde gedrückt, inzwischen in bizarren Schieflagen.

Hat die ungestillte Sehnsucht nach seiner wahren Bestimmung dem steinernen Kopfmann mit Namen *Hinariru* sogar den eigenen Kopf verdreht?, fragt sich Lena und folgt dem Blick dieses ganz besonderen Moai. Vielleicht sucht er immer noch dort hinten in der Ferne, an der flirrenden Küstenlinie, den Platz, der einmal für ihn vorgesehen war. Aber er hat längst aufgegeben, jemals dorthin zu gelangen.

Jorge beobachtet Lena, die ihre Augen zusammenkneift. Er erinnert sich, wie er sie zum ersten Mal gesehen hat, durch die Spalte seiner sich öffnenden Augenlider.

»Doch wir haben es geschafft«, meint sie und wendet sich ihm zu.

Er blickt sie verständnislos an.

»Vergiss es.« Sie lächelt und hakt sich bei ihm unter. »Lass uns ganz hinaufgehen.«

Der Weg ins Innere des Vulkanberges führt durch einen Einschnitt im zerklüfteten Kraterrand. Ein sechshundert Meter breiter See füllt den Krater des erloschenen Ranu Raraku fast ganz aus. Eingefasst von einem hellgrünen sumpfigen Rand, ruht er vor ihnen wie ein riesiger Edelstein. Auf dem zum Wasser hin abfallenden Hang inmitten hüfthoher tiefgrüner Gräser wachen kleinere Moai-Gruppen, das Kinn gen Norden gestreckt. Jorge und Lena setzen sich dazu und blicken stumm über den See.

Die andere Seite des Kraters bedeckt ein rotbraun, gelb-grüner Flickenteppich, gewirkt aus Erde, Flechten und Grasbüscheln. Schön ist er, diese farbsatte, steinerne Erdnabel.

Lena zieht sein Geschenk aus ihrer Jackentasche. »Lies mir vor, was du geschrieben hast!«

»Behalte den Zettel, ich kann es auswendig. Denn ich habe es ganz allein geschrieben.«

Die Zeilen, die allein für sie bestimmt sind, spricht Jorge ganz leise. Seine Stimme ist kaum mehr als ein andächtiges Flüstern.

Nie mehr fallen
prometheusgleich,
sondern entfliehen
mit ihr
ganz und gar.

endlich losfliegen
den ganzen Himmel
im Kopf
und dich.

Lena lächelt. Sie will diese Zeilen noch einmal hören, langsam und leise und nur für sich allein.

Doch dann vernehmen sie ein dunkles Grollen.

Sie erschrecken beide und heben die Köpfe.

Auf der gegenüberliegenden flacheren Seite des Kraters stürzt eine Herde wilder Pferde über den linken Kraterkamm und galoppiert durch das Schilfgras am Seeufer, während das Wasser hoch aufspritzt. Wie aus dem Nichts sind die Tiere gekommen, mit Mähnen wie Gischt. Und wie ein Spuk verschwinden sie rechts hinter dem rotbraunen Rand, mit trommelnden Hufen, in einer Staubwolke.

Lena und Jorge spüren sie beide, diese Ahnung von Freiheit und Stärke.

Sie sitzen einfach nur da und schweigen.

Irgendwann lehnen sie sich zurück und blicken in den weiten Himmel, und ihre Sinne nehmen alle Farben und Gerüche auf, um diesen Moment nie zu vergessen.

Denn es ist ein Morgen wie am Anfang der Welt, ein Tag wie am Beginn der Schöpfung. Der Himmel spiegelt sich im Wasser in blauer Unendlichkeit. Die von der Morgensonne vergoldeten Wolken ziehen vorbei und die durchsichtige Stille des Windes ist überall.

Danksagung

Ich danke meinem Mann für die vielen (Streit-)Gespräche zum Thema und für manchen Literaturtipp, insbesondere für den Hinweis auf die *Oneiroide*. Und unsere Reise zur Osterinsel habe ich aus sehr verschiedenen Gründen sowieso nie vergessen.

Der Lübecker Neurochirurg, Professor *Volker Tronnier*, nahm sich die Zeit, mit mir nicht nur in Gedanken eine Kopftransplantation durchzuführen und die entsprechenden Passagen im Buch auf fachliche Fehler gegenzulesen, er unterwies mich auch ganz handfest in den neuen virtuellen Operationsprogrammen.

Die Rechtsanwältin *Gunda Diercks-Elsner* aus Lübeck beriet mich und lieferte Material zu juristischen Fragen, die in den Roman Eingang gefunden haben.

Der Basler Künstler *Angelo A. Lüdin* erlaubte mir, seine Fotoarbeiten *Sperrzone* der Hauptfigur zuzuschreiben, beantwortete Fragen dazu via Mail und korrigierte sanft meine Beschreibungen. Seinem Galeristen *Franz Mäder* aus Basel danke ich für den Tausch *Katalog Sperrzone* gegen Lübecker Marzipan.

Frau Professorin *Christa Habrich* führte mich im Dezember 2006 durch die »Frankenstein-Ausstellung« in der Ingolstädter Anatomie, wo auch das berühmte doppelköpfige Hund-Exponat zu sehen war.

Mit Fachkompetenz gegengelesen haben das fertige Manuskript der Lübecker Neurologe Prof. *Detlef Kömpf* und die Wissenschaftsjournalistin *Barbara Bachtler*, Berlin. Danke für die letzten Korrekturen an beide!

Mein Lektor Carsten Polzin hat mit seinen konstruktiven Eingriffen und einer anspornenden Kritik dafür gesorgt, dass ich nie »kopflos« wurde, besonders nicht beim Endspurt.

Lübeck, im Dezember 2007   Charlotte Kerner

Quellen

Bücher und Aufsätze zum Thema sind überaus zahlreich. Vier Veröffentlichungen, die mir ganz grundsätzliche Ideen gegeben haben, möchte ich nennen, in der Reihenfolge meiner Lektüre:

E. Steinhart: *Persons versus Brains: Biological Intelligence in Human Organisms*, in: Biology & Philosophy, Volume 16, No 1, S. 3–27, January 2001. Kluwe Academic Publishers, Dordrecht, Boston, London

Detlef B. Linke: *Hirnverpflanzung. Die erste Unsterblichkeit auf Erden.* Rowohlt Taschenbuchverlag, Reinbek 1996

Christian Jungblut: *Meinen Kopf auf deinen Hals. Die neuen Pläne des Dr. Frankenstein alias Robert White*, S. Hirzel Verlag, Stuttgart 2001

Simone Ehm, Silke Schicktanz (Hrsg.): *Körper als Maß? Biomedizinische Eingriffe und ihre Auswirkungen auf Körper- und Identitätsverständnis*, S. Hirzel Verlag, Stuttgart 2006

Bei den Zitaten aus dem Roman *Frankenstein* (insbesondere für den Brief auf S. 233–4 lag mir folgende Ausgabe und Übersetzung vor: *Mary Shelley: Frankenstein oder Der moderne Prometheus*, aus dem Englischen übersetzt von Ursula und Christian Grawe, Philipp Reclam jun., Dit-zingen 2005

Für die Zitate aus der Erzählung *Die vertauschten Köpfe. Eine indische Legende* wurde folgende Ausgabe ver-wendet: *Thomas Mann: Sämtliche Erzählungen, Band 2*, S. 234–327, S. Fischer Verlag, Frankfurt/Main 1998

Die Skulptur *Melencolia* 1514–2003 auf dem Gedenkhof stammt von Claudio Parmiggiani und ist abgebildet im Ausstellungskatalog der Neuen Nationalgalerie, Berlin: Jean Clair (Hrsg.): Melancholie – Genie und Wahnsinn in der Kunst, S. 494, Hatje Cantz Verlag, Ostfildern 2006

Ralf Isau

Die Dunklen

Roman. 592 Seiten. Gebunden

Spannend und rasant wie nie zuvor beschwört der wortge-
wandte Geschichtenerzähler Ralf Isau die Jagd der »Dunklen« nach dem mächtigsten Musikstück der Welt, das lange
verschollen ist. Die berühmte Pianistin Sarah d'Albis verfügt über eine geheimnisvolle Gabe, die auch die Wissenschaft
fasziniert: Synästhesie. Sie »sieht« Töne als Farben und
Formen. Während sie in Weimar der Premiere eines bislang
unbekannten Stücks von Franz Liszt beiwohnt, erblickt sie
in der Musik eine unheimliche Botschaft – und gerät zwischen
die Fronten eines uralten Konflikts. Bald kann Sarah nie-
mandem mehr vertrauen, und eine lebensgefährliche Hetzjagd
quer durch Europa beginnt. Denn die Zukunft der Welt
hängt davon ab, wer die »Purpurpartitur« zuerst entdeckt.

01/1673/01/R

PIPER

Robert B. Laughlin
Abschied von der Weltformel

Die Neuerfindung der Physik. Aus dem Amerikanischen
von Helmut Reuter. 336 Seiten mit s/w Abbildungen.
Gebunden

Seit Richard Feynman hat kein Physiknobelpreisträger mit
solcher Klarsichtigkeit geschrieben wie Robert B. Laughlin,
der die Neuerfindung der Physik in Angriff nimmt. Weil im
Zeitalter der Superstring-Theorien und der eleganten Uni-
versen die Grenzen physikalischen Wissens so unfassbar weit
von uns weg liegen, sprechen manche bereits vom »Ende
der Wissenschaft«. Für Laughlin dagegen sind wir noch nicht
einmal in dessen Nähe. Lediglich der reduktionistische
Traum einer »Theorie von allem«, die Suche nach der Welt-
formel, wie sie Einstein oder Heisenberg und heute Haw-
king oder Greene betreiben, ist an ihre Grenzen gekommen.
Während jenseits davon die Welt der Emergenz – die
Selbstorganisation der Natur – zu entdecken und zu verstehen
ist.

01/1679/01/L

PIPER

Jonathan Barnes

Das Albtraumreich des Edward Moon

Roman. Aus dem Englischen von Biggy Winter. 400 Seiten.
Gebunden

London, im Jahr 1901: Edward Moon hat seine besten Zeiten
als Bühnenzauberer hinter sich. Seine wahre Vorliebe gilt
jedoch dem Lösen von Kriminalfällen. Gemeinsam mit seinem
Assistenten, einem zwei Meter großen, schlafwandelnden
Giganten, wird er von Scotland Yard berufen, eine bizarre
Mordserie aufzuklären. Die Ermittlungen führen Moon
und den Giganten in die Unterwelt des viktorianischen
London: ein Reich der Fliegenmenschen, Hellseher und
Geheimbünde … Für alle Fans von Susanna Clarkes Bestseller
»Jonathan Strange und Mr. Norrell« – ein schillerndes
Meisterwerk voll schauriger Poesie, Verschwörungen und
wandelnder Toter.

»Barnes' superbes Debüt ist ein betörendes, geistreiches
und geisterhaftes Kabinett der Kuriositäten.«
The Observer

01/1680/01/R